文春文庫

半分、青い。

上

北川悦吏子

文藝春秋

雨が降っていた。

高校の昇降口。雨のかからないぎりぎりの場所で、少女はうすい灰色の空を見上げていた。

少女の手に雨具の類《たぐい》はない。しかし、彼女は別に途方に暮れているわけではなかった。いざとなったら、制服に雨がしみとおる前に家に走りつく自信ぐらいある。

彼女は、雨を聞いていた。

やわらかく地面を打つ雨の音に、耳を澄ましていた。

「ほいっ」

後ろから走ってきた少年が、突然、少女の手にビニール傘を無造作に押し付けてきた。

少女は反射的に傘を受け取る。

少年はそのまま躊躇《ちゆうちよ》なく、雨の中に飛び出していった。

少女はぼんやりと、少年が勢いよく泥をはね上げながら、友達らしい男子ふたりのもとに駆け寄っていくのを見送る。彼は友達の傘の中に入ると、じゃれ合いながら、弾むような足取りで遠ざかっていく。

「おーい。おーい、律《リツ》!」

手の中の傘に気づいた少女が大声で呼ぶ。

「へ?」

少年は不格好にバランスを崩しながらも、きれいな動作で振り返った。どこか周囲から浮き上がって見えるような彼だけの特別な動作。

「ありがとうー!」

少女は傘を彼に向かって掲げる。

少年はくすぐったそうな微妙な表情を少女に向けた。自分の顔以上に見慣れた、彼の顔。少女は屈託のない笑みを返す。

少年は友達に小突かれると、そっちの方を向いて大きく笑い、そのまま、ふざけ合いながら、駆けていった。

少年たちの姿が校門の外に見えなくなり、少女はおもむろに傘を開く。

透明なごくごくありふれたビニール傘。

しかし、傘の骨が折れ、シルエットは歪《ゆが》んでいた。

「あ……」

しかし、彼女はそのまま傘を差し、歩き出す。

（たとえば、でも、この傘が不格好と思うか、変な形でもちょっと面白いと思うか、はその人次第で……）

少女は雨の中を歩きながら、傘がはじく雨の音に耳を澄ます。

（たとえば、私。左の耳が聞こえない。小学校三年生の時におたふく風邪で。だから、こうして、傘を差しても、左側に降る雨の音は聞こえなくて、右側だけ雨が降っているみたい……）

骨の折れた傘をくるりと回す少女の口元には、小さな笑みが浮かんでいる。

（でも、これを悲しいと思うか、面白いと思うかは、その人次第……。そして、私なんかは、ちょっとこれ、面白い、なんて思うんだ……！）

気づけば雨の音が右側からも消えていた。少女はふと立ち止まり、手のひらを天に向ける。

いつしか雨は上がっていた。

「あ、晴れた……」

灰色だった空は、気づけば晴れだしていた。

空の右側。きれいに半分だけ、広がる青空。

少女は骨の折れた傘を差したまま、青空に手を伸ばした。

目次

脚本：北川悦吏子
ノベライズ：前川奈緒

半分、青い。

上

一九七一年夏　岐阜県東美濃市

タクシーの運転手がちらちらと後部座席に視線を送る。

タクシーの後ろからは終始、低いうめき声が聞こえていた。声の主は晴《ハル》だ。今にもはち切れそうなお腹を抱え、苦し気にうめいている。商店街一と名高い美貌《びぼう》の持ち主であるハルだが、今、その顔は紙のように真っ白だった。その横では夫の宇太郎《ウタロウ》が人の好さそうな顔をハル以上に蒼白にし、必死に彼女の腰をさすっていた。

「もう少しやから、な」

ウタロウの言葉に運転手がすかさず「あ、出来る限り急ぎますんで」と告げる。しかし、ウタロウは首を振った。

「いえ、身重《みおも》ですので、ゆっくり」

「あ……」

「大丈夫、ここで産んだりしませんので、なんつって」

ウタロウが自分の冗談に乾いた笑い声を上げる。運転手も愛想笑いを返したが、その顔は引きつっていた。

「あっ、生まれる！」

ハルの叫び声に、運転手がびくっと体をすくませる。

ハルははあっと大きく息を吐いた。

「……ような気がした」

運転手の体から力が抜ける。彼は額に滲《にじ》んだ冷や汗をぬぐった。

ウタロウはハルの手をぎゅっと握りしめる。ハルの手はぎょっとするほど冷たい。ハルが手の平の内側に爪が食い込むほど握り返しても、ウタロウはただその手を握り続けた。

岡田医院につくと、ハルはすぐに分娩室《ぶんべんしつ》に運び込まれた。

しかし、彼女を診《み》た女医の貴美香《キミカ》先生は「うーん、なかなか下りてこんねえ」と首をひねった。これだけ、ハルが痛がっているのに、まだ赤ちゃんが下りてくる気配がないのだと言う。仕方なく、ハルは「痛い」とうわ言のように繰り返しながら、子供が下りてくるのを待ち続けた。しかし、八時間が経っても、子供が下りてくる気配は少しもない。

ハルが苦しむ様子を見守り続けたウタロウは、もう今にも気を失いそうな表情で、ハルの手を握り、必死に励まし続けていた。

「ウーちゃん、もう痛すぎて死にたい。失神したい。ウーちゃん、代わって」

痛さのあまり、子供みたいなことを言い出したハルの手をぎゅっと握ると、ウタロウは診察中のキミカに縋《すが》るように言った。

「キミカ先生、ずっと痛がっとるけど、なんとかならんかね」

「静かに」

キミカはぴしっと言うと、小さなラッパのようなトラウベ聴診器をハルの腹にあて、赤ちゃんの心音に耳を澄ました。

「これ……お腹の赤ちゃん、寝とるね」

キミカの言葉に、ハルとウタロウは同時にえっと驚きの声を上げる。

「ちょっとねえ、赤ちゃんにもその気がないと、産道下りてきてくれんでね」

「えっ！　私が、母親の私がこんなに苦しんどるのに、この子、お腹の子、寝とるってなんちゅうことや⁉」

飛び起きんばかりの勢いのハルを、ウタロウが「まあまあ」と慌てて抑え込む。

「大らかな子になるんやないの？」

キミカは笑顔でさらりと言うと、さっさと分娩室を出て行ってしまった。残されたハルは呼吸もままならないほどの痛みに弱々しい息を漏らし、「冷たい」と恨み言を言う。

「ん……いや、こんなもんやないの？　病気やないし」

ウタロウの呑気《のんき》な一言に、ハルはウタロウの腕をつねり上げた。

「痛い痛い痛い痛い」

「私はその五千倍痛いわ!」

ハルは腹立たしさに、一瞬痛みも忘れ、ウタロウの腕に一層爪を食い込ませた。

一九七〇年、いざなぎ景気とやらの興奮と大阪万博の熱狂の冷めやらぬ中、日本はまだまだいけいけどんどんで、誰も彼もが浮足立っていた。

ハルとウタロウ、そしてウタロウの父の仙吉《センキチ》と母の廉子《れんこ》の四人で切り盛りする楡野《にれの》食堂にも、その浮かれた空気は確実に押し寄せていた。

食堂はいつでも満席で、大賑わい。ハルたちは休みもほとんど取らず、きびきびと働き続け、なんとか注文をこなしていた。嬉しい悲鳴というやつだ。

近所の不動産屋からは二号店を出さないかという誘いもあった。誰もが我先にと事業を拡大し、店舗を増やした時代だったのだ。

しかし、不動産屋の話にウタロウは流されなかった。「お客さんの顔が見えるところで、俺やおやじが作ったものを出す」というやり方を彼は気に入っていたし、プライドももっていた。

話は断ったものの、商売の好調にどこか浮かれた気分ではいたのだろう。予想外の出来事が起きた。

ハルの妊娠が発覚したのだ。

ハルとウタロウは手放しで喜ぶこともできず、困惑した。

そもそも、ふたりに子供を産む気はなかった。ハルには腎臓の持病がある。妊娠中は老廃物を処理しきれなくなり、母体にも、子供にもリスクがあると知ったふたりは、子供を諦める決断をしていたのだった。

しかし、子供を授かってしまった。

「……どうしよう」

妊娠がわかった病院からの帰り道、ハルはとぼとぼと歩きながら、ウタロウに向かって呟《つぶや》いた。

「ウーちゃんはどうしたい？」

「……俺は、そりゃ……」

「そりゃ？」

「ハルさんが元気なのがいい。ハルさんが第一や」

ハルはうっすらと微笑んだ。まっすぐな言葉が嬉しかった。

「でも、先生、言っとったやないか。今やったら、数値も安定してるから、産めるって。先生も応援するって。だから、俺はハルさんのしたいようにするのが一番やと思う。ハルさんの身体だ。俺はどっちでも応援する。ハルさんが決めたことに、賛成する」

「ウーちゃん、私、産む。産みたい」

ハルの心はすっかり決まっていた。「ハルさんが第一や」というウタロウの言葉が、その意味とは逆の方にぽんと心を押し出してくれた。

「うん……」

ウタロウはかみしめるように、しっかりと頷《うなず》いた。

ハルがウタロウの手に自分の手を重ねる。ふたりはしっかりと手をつないだ。

そして、それから半年、ハルとウタロウはまたしっかりと手をつないでいた。

ハルが分娩室に運ばれてもう一晩経《た》っている。ハルは痛いくらいの力でウタロウの手を握る。その必死にすがるような握り方に、ウタロウはハルの感じているであろう痛みを思わずにはいられなかった。

「ウーちゃん、ウーちゃん、すごい痛い。ま～、あかん。私、子供なんかいらん！」

「ハルさん。ハルさん、しっかりしろ。ハルさん。赤ちゃんも頑張っとる！　なっ、キミカ先生！」

ウタロウがハルの手をしっかりと握り、キミカを振り返る。しかし、診察を終えた彼女は返事もせず、固い表情のまま、ウタロウを部屋の隅へと連れて行った。

「臍《へそ》の緒、中で巻いちゃったかもしれん」

キミカは声を潜《ひそ》めて言う。ウタロウはその言葉の意味がよくわからず、ぼんやりと首をひねった。

「えっ……ああ、そういえばよう動いとった、赤ん坊。それ関係あるんかな？」

「ないともいえない」

「キミカ先生……」

ウタロウはごくりと唾《つば》を飲み込んだ。いつも冷静で、取り乱すことのないキミカの顔が、こわばり青ざめていることに、ようやく気付いたのだ。

ウタロウはハルのもとに向かい、「ハルさん」と呼びかけた。

しかし、その続きを言葉にすることができない。ハルがじれて「何？」と聞き返すと、口ごもるウタロウに代わって、キミカが口を開いた。

「あのね、帝王切開もね、視野に入れようかと思ってるの」

躊躇なくズバッと口にしたキミカの横で、ウタロウがわたわたしている。

「ウーちゃん、私、お腹切るの？」

ハルがうつむきながら、ぽつりと尋ねた。どんなにか怖いだろう。ウタロウは唇を嚙む。しかし、その直後、ハルはぱっと顔を上げ、切実な口調で尋ねた。

「傷残るの？　もう、ビキニとか着れんの？」

大事なのは、そこなのか。ウタロウは戸惑ったが、賢明にも口に出さなかった。お腹の子のマイペースさは母親譲りに違いない。あまりに長い時間、緊張にさらされ続け、ウタロウは今にも倒れそうだった。ハルのためにも自分のためにも、少しでも早く無事に生まれてきてくれることを、彼はただ願うことしかできなかった。

分娩室からさほど離れていない廊下は、ひと気もなくしんとしていた。無機質な病院の床に美しく日差しが差し込んでいる。その日差しの中、お腹の大きな女性――和子《ワコ》が長椅子に座って、文庫本を読んでいた。

あたたかな日差しのような、柔らかな雰囲気をまとった彼女は、静かに自分の順番を待っていた。岡田医院は小さな個人病院だ。ふたり同時に出産できるような設備はない。ワコは分娩室が空くのを、もう何時間も待たされていた。しかし、ワコは待つ時間を苦に感じていなかった。大好きなミステリーを夢中になって読みふけっていたからだ。

中年の看護婦がまだ時間がかかると伝えに来た。大丈夫かと問われ、ワコはふわっと笑って頷いた。

「ああ、なんかあまり痛くないの。ちょっと、痛いかなってくらい」

看護婦が立ち去り、ワコはまたひとり廊下に残された。海外小説特有の登場人物の名前の覚えづらさに苦労しながらも、ワコは夢中になってページをめくり続ける。

「あれ、痛い……？」

ふと本から顔を上げ、腹に手を当てる。少し痛い気もした。しかし、痛みはまだまだ遠く、本に夢中になってしまえば、忘れてしまえるほどのものだった。

「ま、いっか」

ワコは本の世界に戻っていく。自分の番が来る頃までには、はっきりした陣痛があればいいなと呑気なことを思いながら。

分娩室ではハルの戦いが続いていた。

付き添うウタロウが汗を拭いて、「大丈夫か？」と声をかけるのだが、そうやってそっと触れられることさえつらく、ハルはその手をよけ、一人苦しみ続けた。ウタロウはタオルを持った手をぎゅっと握る。ハルの苦しみをただ見守るしかないことが苦しかった。

ハルとウタロウの周囲では慌ただしく、出産の準備が行われていた。ようやく赤ん坊が自力で頭を出し始めたのだ。一度は帝王切開しかないと思われたのだが、キミカは自然分娩で行けると判断した。そう告げられても、ハルにビキニが着られると喜ぶ余裕はなかった。まだ、この痛みが続くのかと思うばかりだ。陣痛は数分間隔で襲ってくる。体がバラバラになりそうな痛みに、ハルはいっそ意識を失いたいとさえ思った。しかし、痛みがそれを許さないのだった。

「いいですか？　一、二の、三で、こっちも助けるでね！　次、陣痛来たら行くでね！」

キミカがハルの顔をのぞき込んで叫ぶ。その凄《すご》みのある表情に、ハルは思わず「は、はい」と答える。

「ウタロウ、出ていってもらったけど、大丈夫やよね？　ここからは女三人の戦いや！」

「女、三人？」

「私と、ハルさんと、赤ちゃん」

キミカはきっぱりと告げる。ハルは戸惑った。超音波診断なんてものはない時代。生まれてくる子供が男か女かなんてまだわからないはずだ。しかし、キミカは「長年の勘や！」と堂々と言い切った。

「次、陣痛来たら、押します！」

分娩台に飛び乗ったキミカはハルの腹に、手をのせる。

「そして、出しましょう！　任せて！　でも、あんたが頑張るのよ！　産むのはあんたなんだから！」

そうだと思った。自分の戦いは痛みに耐えることではない。この子を産み出すことだ。憔悴《しょうすい》しきったハルの目に、光が戻る。戦う母の顔だった。

「はいっ」

それから、陣痛が押し寄せるたびに、キミカが腹を押し、ハルは精一杯いきんだ。脳の血管が音を立ててはじけ飛びそうなほどにいきむ。しかし、子供はなかなか生まれてこない。ハルの額に汗が噴き出す。キミカの顔も汗だくだった。腹を押すたびに、汗が飛び散り、ハルの絶叫が響く。まるで戦場だった。生きるか死ぬかの戦いの場。ハルも必死なら、キミカも必死だった。

息も絶え絶えになりながら、それでも、ハルはいきみつづける。私の赤ちゃん。私の娘。痛みでとぎれとぎれの意識の中、ハルは必死に思い描く。キミカの言った言葉は、ハルの中でもう事実のようになっていた。お腹にいるマイペースな子は、きっと女の子だ、と。

「陣痛来た？　よし、行こう、一、二の、三、ハイ！」

キミカが渾身《こんしん》の力でお腹を押す。ハルも息を合わせ、「ウーッ」と獣のような声をあげ、必死にいきんだ。

自分の番はまだ回ってこない。ワコは手を腹に添えた。痛かった。陣痛の間隔もずいぶん狭くなってきている。読書にも集中できず、ワコはもう本を閉じてしまった。

「回旋、回旋がうまくいかんって言っとるで、キーランや、キーラン」

「新生児室や、蘇生具！」

数人の看護婦たちがワコにはわからない言葉を口々に叫びながら通り過ぎていく。ワコはおずおずと呼び止めようとするが、その小さな声は彼女たちには届かなかった。

「あの、すみません、私、お腹……そろそろ」

立ち上がり、あたりを見回す。しかし、看護婦どころか人影さえも見当たらない。

「困ったな……」

ワコはぺたんと長椅子に腰を下ろす。痛みはもはや無視しがたいものになりつつあった。

どれだけ、じっと痛みに耐えていただろう。玄関から聞こえてきた声に、ワコは顔を上げる。

スリッパに履き替え、やってきたのはセンキチと廉子だった。

ふたりは病院には顔を出さないつもりでいた。楡野食堂に休みはない。お客さんのためにも、ウタロウとハルの分まで働きながら、食堂で孫の誕生を待つつもりでいた。

しかし、結局、いてもたってもいられず、ふたりは神棚に手を合わせ、ご先祖様に店を休むことを詫び、いそいそと病院に駆け付けたのだった。

「ああ、写真館の……」

「あら、ワコさん」

ワコに気づいたセンキチと廉子はにっこりと笑って会釈《えしやく》をした。ワコと夫が営む萩尾《はぎお》写真館は、楡野食堂があるふくろう商店街を抜けた先にある。家族同士の付き合いこそないものの、小さな町のこと、お互いのことはよく知っていた。

「こんにちは」

ワコは痛みを堪《こら》えながら、笑顔を返す。センキチと廉子はワコの異変に気づく様子もなく、そのまま立ち去ろうとする。

「あの……あの！」

勇気を出してワコは呼びかける。振り返ったセンキチと廉子に、ワコは泣きたいほどにほっとしながら、看護婦を呼んでほしいと伝えた。

分娩室ではまだ、ハルの死闘が続いている。

痛みにかすむ意識の向こうで、キミカと看護婦がこそこそと話しているのが聞こえた。

「今、廊下、パーテーションで囲んで、助産婦、駆け付けてます」

「そっか……こっちは手が離せん」

ただ事ではない様子に、ハルは「どうした？」と尋ねる。

「ワコさん。萩尾写真館のワコさん」

ワコが廊下で産気づき、急遽衝立《ついたて》で囲んで、その場で出産することになったのだとキミカは手短に伝える。

「あ、確か、今日が予定日……今、私、ここ代わるでね……」

キミカの言葉に、ハルは動かない体を何とか動かし、分娩台を下りようとする。

「いやいやいや、ないから、それ」

キミカは呆れた口調で、ハルを押しとどめる。

その時だった。オギャアオギャアという生まれたばかりの子供の声が、かすかに、しかし、確かに聞こえてきた。

「生まれた……生まれたんやないですか⁉　早い」

助産婦が興奮の滲む声で言う。キミカはクールな顔をほころばせて頷いた。

「おお、男の子かな、あの声は」

「あ……イタ……来ます、来ます、先生」

うわ言のように切れ切れに、ハルが言う。今までで一番の痛みの波が、押し寄せていた。

「よっしゃあああ、こっちも行くでね！　今度こそ、行くでね!!」

一、二の、三の掛け声でキミカがハルの腹を押す。

「いたーい！」

ハルは絶叫しながらも、自分の体に残るすべての力を振り絞りいきむ。

彼女の絶叫に応《こた》えるように、一瞬遅れて、赤ちゃんの泣き声が世界に響いた。

「はあああ……終わったあ……」

ハルは放心していた。痛みがある時間が続きすぎて、痛みがないことがなんだか不思議な感じさえする。

「よ〜がんばったがんばった。元気な女の子やよ〜。ちょっと待っとって。今、赤ちゃん……」

キミカは生まれたばかりの赤ちゃんの身体を、柔らかい布で優しくぬぐうと、ハルの顔の横に差し出した。

「はい……赤ちゃん」

ハルは食い入るように赤ちゃんに見入る。キミカの勘通り、女の子の赤ちゃんだった。

全身は真っ赤で、顔はしわしわ。自分に似ているところを探そうとするが、どう見ても、自分やウタロウというより、猿に似ていた。

「猿みたい……」

「そうや〜、お猿さんみたいでかわいいやろ？　だいじょーぶ、最初はみんなこんなもんや」

確かに、お猿さんだけど、かわいい。かわいいお猿さんだ。

ハルはうっとりと赤ちゃんを見つめる。

看護婦に招かれ、ウタロウたちが分娩室に入ってきた。

赤ちゃんを一目見たウタロウは、目を潤《うる》ませ、「おおううっ」と言葉にならない声を漏らしている。

「こんな」

猿みたいだけど、かわいいの。ハルは赤ちゃんを見て、ちょっと笑う。照れながらも、愛おしそうなまなざしに、ウタロウの目から堪えきれず、涙があふれる。

「ありがとう、ハルさん。ありがとうありがとう」

ハルの手を握り、ウタロウは男泣きに泣きながら、何度も頭を下げる。廉子はすさっとハンカチを渡すと、ぴしゃりと言った。

「あんたが泣いてどうする。お疲れさまね、ハルさん。かわいいね」

そう言う廉子も涙ぐんでいる。横で無言のまま、よかったよかったと笑顔で頷くセンキチもまた涙ぐんでいた。

みんなの笑顔と涙に、ハルの涙腺《るいせん》も緩《ゆる》む。ハルは涙を何度もぬぐいながら、いつまでも飽きることなく、猿のような赤ちゃんを見つめ続けた。

ハルの赤ちゃんは看護婦の手によってベビーストレッチャーに乗せられ、新生児室へと運ばれた。廊下には七夕《たなばた》の笹の葉と短冊が飾られている。

その日は七夕だった。

「あ、楡野さんの赤ちゃん？」

「うん、やっと生まれた、女の子」

「良かった〜。こっちこっち」

看護婦は赤ちゃんを抱き上げ、ピンクの新生児ベッドに寝かせる。

隣には先客がいた。ブルーのベッド。ワコの赤ちゃんだった。

「あ、萩尾さんのところの赤ちゃん」

「男の子」

「かわいい」

看護婦は声をそろえる。赤ちゃんを見慣れた看護婦でさえ、思わず声を漏らしてしまうほどに、その赤ちゃんはかわいらしかった。生まれたてだというのに、猿ではなく、つるんとした、人形のように整った顔をしていた。

一足先に生まれたワコの赤ちゃんと、少し遅れて生まれたハルの赤ちゃん。

たわいない、ふわふわのふたり。

ふたりはふっと目を合わせた。大きな真っ黒な目で互いの存在を不思議そうに見つめる。

（こいつ、誰？）

（何、この猿……）

そんなことでも思っているかのような、いぶかし気な表情で赤ちゃんたちは見つめ合う。

まだ、名前もない時に、ふたりは出会った。


出産から二日、体が動くようになると、ハルはすぐ大部屋の病室を抜け出して、特別室へと向かった。その手には、廉子が作ってくれたオシメが握られている。

特別室のドアの前でハルは小さく息をした。少し緊張していた。

ワコの家は老舗《しにせ》の写真館だ。古くは皇太子殿下の写真を撮ったこともあるという由緒正しき写真館で、その洋館のような立派な建物は昔から近所のあこがれの的だった。ワコはたまに写真館の店先に立ち、空いた時間にピアノを奏でる。その音色を聞くたびに、ハルは自分の家との確かな格差というものを感じていた。

楡野食堂に不満はない。恥じてもいない。

でも、端々《はしばし》に感じるワコの豊かさに、ハルはどうしても気後《きおく》れしてしまうのだった。

思い切ってノックをし、特別室に入る。

特別室というだけあって、大部屋とは違い、静かでゆったりとした部屋だった。ハルなら思わず緊張してしまいそうな豪華な部屋で、ワコは優雅に微笑んでいた。夫の弥一《ヤイチ》が「どうぞどうぞ」と歓迎する。上品な微笑みがいかにも知的な印象だった。

「あの……本当に申し訳なかったです。私、分娩台、占領してしまって」

ハルが頭を下げる。ワコは慌てて手を振った。

「ああ、いいんですいいんです。こうして、お互い無事に……ねえ」

ワコはヤイチに微笑みかける。ヤイチも笑顔で応じた。

ハルは心底ほっとする。本当に申し訳なく思っていたのだ。

「あの、これ、ほんのお詫びやけど……」

手作りのオシメを差し出す。廉子に作ってもらった大事なオシメのおすそ分けは、大部屋ではいい案だと思えたが、特別室にいる今、そこまでいい案だとは思えなくなっていた。自信なさげに差し出されたオシメを受け取ったワコは、「肌ざわりいい」と無邪気に喜んだ。

ハルはほっと胸をなでおろす。

「手作りなんやねえ。ウチは横着《おうちゃく》してまって貸しおむつですまそうかって……」

「貸しおむつ……!」

ワコがさらりと口にした言葉に、ハルは絶句する。

「使ったの渡して、洗ったの持ってきてくれるっていう、あのやつ？　あれ、どえらー高いんやないの？」

ハルはぱっと口を押さえた。独り言程度の小さな声とはいえ、心の声が漏れてしまった。

ハルは慌てて話題を変えようと、あたりを見渡す。そして、壁に貼られた半紙に目を止めた。

「あ、あれ何？」

「あ、名前。お七夜にね、間に合わないと」

お七夜は赤ちゃんの名前をお披露目《ひろめ》する最初の行事だ。生まれてから七日目に、親戚を呼んで命名式を行う。

半紙には美しい字で、「命名　律」と書かれていた。

「リツっていうの」

その文字を見ながら、ハルは少し呆然としていた。その時、彼女はようやく気付いたのだった。我が子に名前をつけるのを、すっかり忘れていたことに。

特別室から大部屋に戻ってからというもの、ハルはずっと子供の名前について考え続けていた。

ハルは何より、ワコのつけた「律」という名前に衝撃を受けたのだった。商店街に、そんなしゃれた名前をつける人はまずいない。旋律の律という漢字は、ワコが好きなピアノに由来しているのだろう。そんなところも、実にしゃれていた。

「ウーちゃん、私ら負けられんよ！」

夕食後、新しくお茶を入れてくれたウタロウにハルは勢い込んで言った。

「ダメや。フツーの名前とか。ヨーコとか、ケイコとか、マユミとか、久美子とか」

中学校の時に大好きだった久美子ちゃんの名前が出たことに、ウタロウは一瞬動揺する。彼にとって久美子は美しい名前であり、女の子が生まれたらつけたいと密かに思っていたのだ。しかし、彼は賢明にも、その案を口にすることなく、ひそかに廃案にした。

「とっておきの、名前があるんやけど」

そして、代わりにウタロウが口にしたのは、父・センキチから預かった「つくし」という名前だった。


名前のことをすっかり忘れていたハルとは反対に、センキチはもう随分前から孫の名前のことを考えていた。名前ノートを持ち歩いては、思いつくたびに書きこんだ。

彼がここまで名前にこだわるのには理由があった。

彼にはウタロウを含め三人の男の子がいる。しかし、そのすべての名前を廉子がつけたのだった。その時もセンキチは懸命に案を出したが、すべて廉子に一蹴《いっしゅう》された。

さらには、昔いた柴犬の名前も、センキチはつけさせてもらえなかった。ジャンケンの末に、ウタロウが命名権を勝ち取った。ウタロウがつけた名前は「ポチ」。センスのかけらもなかった。

センキチは生まれてこの方一度も、何かに名前をつけたことがないのだった。

だから、センキチは今度こそはと意気込んでいた。

「つくし」は、センキチが寝ずに（廉子曰《いわ》く「よ～、寝とったよ」）考えた渾身の一打だったのだ。

そこまでの思いがセンキチにあるとも知らず、ハルはウタロウが帰った後、「つくし」という名前について考えていた。

試しに「楡野つくし」と書いたメモ用紙をまじまじと眺める。

「つくし……かあ」

素朴で、元気な子に育ちそうな名前。悪くないような気はする。でも、ハルが目指すのは「リツ」に匹敵するようなフツーじゃない名前なのだ。

「どうやろ～。うん……一日、考えよ」

ウタロウは「つくし」を提案しながらも、「名前はハルさんに決めてほしい」と言ってくれた。あんなに痛い思いをして、持病もあって、怖い思いをして、それでも産んだのはハルさんなのだから、と。

ハルはベッドサイドの電気を消し、布団に潜り込む。眠りはすぐに訪れた。

綺麗な夜が微笑み、そして明るい朝がやってきた。

外では、チュンチュンチュンチュンと雀が鳴いている。

真新しい一日の始まりを告げる、かわいらしい鳴き声に、ハルは目を覚ました。

「んん？」

寝ぼけながらも頭を働かせる。何かを思いつきそうな気がする。

ハルはするりとベッドから滑り降り、窓を開けた。外では、雀がしきりに何かをついばんでいる。

どこでも見かける、ごくありふれた鳥だ。茶色の羽も地味で、目に留まらない。でも、その日のハルの目に、それはとても愛らしく映った。ちょこちょこと跳ねながら、餌をついばみ、チュンチュンと澄んだ声で鳴く。その様子をハルは夢中になって眺めた。

「あ……スズメ。スズメは？　かわいない⁉　楡野スズメ……！」

雀がばっと羽を広げ、地面から飛び立つ。

雀が遠く見えなくなるまで、ハルは笑顔で見送り続けた。

一九八〇年　岐阜

どこから飛んできた雀が木の枝に止まっている。

鈴愛《スズメ》は教室の窓からぼーっとそれを見ていた。小柄な少女だった。くりっとした目も、ちんまりとした鼻もかわいらしい。でも、なんだか小鬼のような、かわいいという言葉では片付けられない独特の雰囲気があった。

机の上のノートの隅には雀が落書きされている。一目で雀とわかるほどしっかりと特徴を捉えていた。

スズメは窓の外を見ながら、椅子を傾けた。微妙に重心をとりながら、ゆらゆらと体を揺らし、遊んでいる。

「スズメさん！　楡野スズメさん！」

すかさず見とがめた女性教師・豊島《とよしま》の鋭い声が飛ぶ。

「あ、は、はい！」

慌てて立ち上がろうとしたスズメは、その拍子にバランスを崩し、すてーんと椅子ごと転がった。

（やってまった……）

周りから、どっと笑い声が起こる。

スズメが何かをやらかすのは今に始まったことではない。自分でも何でこうもそそっかしくて、おっちょこちょいなのだろうと嘆かないこともない。でも、その嘆きは長くは続かないのだった。何せ、彼女の興味を引くようなことが、次々に現れるのだから。今も、スズメは早くも新しい発見にわくわくと胸を躍らせていた。

「スズメ……さん？」

心配そうな豊島先生の声が近づいてくる。しかし、スズメはひっくり返ったまま、天井を見ていた。

「先生、見て、天井。あれ、般若《はんにゃ》の顔みたいや！」

木造の校舎の天井は板張りで、木目が般若の顔に見えなくもない。

スズメに指され、豊島先生も、クラスメイトたちも皆、そろって天井を見上げ、般若を探した。

そんな中、一人だけ、天井を見上げていない少年がいた。クラスから浮き上がって見えるほどの整った顔立ちの少年——リツだった。彼はしらけた様子で、首が痛くなるほど天井を眺めるクラスメイト達をちらりと眺め、こっそりと続けていた読書に戻った。

「せんせーい。イルカの相手はいいんで、授業進めてください。あ、違った、カラスの相手、あ、それも違う、スズメか」

ぽっちゃりとした男子が突然、立ち上がり大声を上げた。

スズメの方を意地悪い目つきで眺めながら、ぽっちゃりとした男子はにやにやと笑う。

まだ床に倒れたままだったスズメはガッと立ち上がり、男子の方を睨みつけ、憎々しげに吐き捨てた。

「ブッチャー！　反則ブッチャー！　手にフォーク持っとる！」

その頃、アブドーラ・ザ・ブッチャーという悪役レスラーがいた。フォークなど凶器を手にし、ジャイアント馬場などの人気レスラー相手に暴れまわっていた。

ぽっちゃりした男子はその体型と、家がお金持ちなのを笠にきて、えばりちらす性格から、ブッチャーとあだ名されていた。

「帰れ！　帰れ！」

テレビで見たプロレスの観客のように、スズメは「帰れコール」をする。

「なんやとー!?」

ブッチャーはスズメにつかみかかろうとする。しかし、スズメは小柄な体で一歩も引こうとしない。「地獄突きやってみい！」とさらに挑発し、立ち向かっていく。

「わ！　やめて！　やめて！　喧嘩、やめなさい！」

豊島先生がつかみ合うふたりの間に割って入る。

クラス中が騒然となる中、リツはひとり本を読んでいる。

無限を描いたと言われる錯視画家エッシャーの絵が表紙の分厚い本。そのページをすらっとした指でめくる彼の周りにだけ、ひっそりとした別の時間が流れていた。

一九八〇年、ジュディ・オングの「魅せられて」が町のあちこちで流れていた時代。スズメは小学三年生になった。

ハルが難産の末、スズメを生んでから、九年が経つ。その少なくない歳月は楡野家に様々な変化をもたらしていた。年子の弟・草太《ソウタ》が生まれたり、楡野食堂を改装したりといった喜ばしい変化もあれば、廉子が亡くなるといった悲しい変化もあった。

そうした変化を飲み込みながら、ハルやウタロウは食堂に立ち、客に定食を出し続けていた。センキチもまだまだ現役で店を手伝っている。しかし、廉子を亡くして以来、センキチはぼんやりすることも増え、注文の間違いがぐっと多くなった。

センキチといえば、彼が考えた渾身の名前「つくし」は結局採用されなかった。しかし、センキチの切なる思いを知ったウタロウは、食堂を改装する際、「つくし食堂」とした。一度は名前を付けたいというセンキチの願いはこうしてようやく叶ったのだった。

小学校の帰り道、スズメは楡野家のキャベツ畑にセンキチの姿を認めた。センキチは畑仕事の手を止め、ぼんやりと空を見上げている。いつも、にこにこと明るいおじーちゃんがなんだかそのまま淡く溶けてしまいそうに見えて、スズメは慌てて遠くから大声で呼びかけた。

「おじーちゃん！」

「おおー！　今、帰りか！」

センキチは満面の笑みで手を振り返す。

スズメはつくし食堂に駆け込むと、「ただいま」とハルに告げた。ハルは夜の仕込みをしながら、「おかえり」と応じる。スズメはランドセルを投げるように奥の居住スペースに置くと、帰宅して一分も経たないうちに「行ってきます！」と元気良く告げた。

「お前、何持っとる⁉」

ウタロウはスズメが手に抱えたものに気づき、尋ねる。スズメは「内緒」と言って体の陰に隠そうとするが、大きなキャベツは小さな体からはみ出している。スズメはそのままじわじわと後ずさりすると、ウタロウが止める間もなく、店の外へと駆け出して行った。

ハルはやれやれと思いながら、スズメが乱暴に置いたランドセルや体操服の袋を、店から見えない奥の方に置きなおす。すると、奥からぬっと顔を出したソウタが「おかーちゃん」と声をかけた。押入れの奥から見つけた紙コップの糸電話を、友人とやりたいのだがいいかという。

ハルが「ええよ」と答えると、ソウタは「やった」とおっとりとした笑顔を見せた。

ソウタは何にでも親の了承を得ないと動けないような子だった。親が止める前に暴走するスズメとは正反対だ。

まあ、今、どこに向かって暴走していったかは大体わかっているけれど。

ハルは短い糸電話ではしゃぐソウタとその友人を横目で見ながら、仕込みの仕事に戻った。


両手でキャベツを抱えたスズメはふくろう商店街を疾走する。小さい頃から顔見知りの店のおじさんたちに声をかけられながら、たどり着いたのは萩尾写真館だった。

スズメは勝手知ったる足取りで、店舗側を行き過ぎて、住居側に向かう。

スズメは「来て、リツー」と呼ぶと、ポケットから笛を取り出し、ピーピーピーと三回吹く。

そして、二階の窓を見上げた。しかし、反応はなし。スズメはあきらめずにもう一度、リツの名前を呼び、笛を吹く。

三回笛を吹く途中で、窓がガラッと開いた。

リツがスズメを見下ろしている。ふてくされた、なんともいえない顔だった。

教室での余所《よそ》行きの顔とは違う、自分にだけ見せる顔。大好きなその顔を見た、スズメはぱっと笑顔になる。

「リツ、『ふるさと』、弾いて！」

熱心なスズメのリクエストにもリツは無表情だ。何も答えないまま、ガラッと窓がしまる。

しかし、スズメは、わくわくとした顔で今度は一階の窓を見つめじっと待っていた。

しばらくして、その一階の窓が開き、リツが顔を出す。

スズメは満面の笑みで、リツに近づき、「はい」とキャベツを手渡した。

「なんで、キャベツ」

「お礼。キャベツ、美味《おい》しいよ。焼きそば、入れたり」

「そんなこといいよ、スズメ」

リツは押し返そうとするが、スズメはぐいぐいとリツの胸にキャベツを押し付ける。

「ウチのおじーちゃんの作ったキャベツはうまいぞ」

リツは神妙な顔で受け取り「ありがとう」と礼を言った。

「ソースかけて食べるよ」

キャベツを手に部屋の奥に戻ろうとしたリツは、くるりと振り返って確認する。

「『ふるさと』でいいんだっけ？」

スズメはぶんと大きく首を縦に振った。

リツはキャベツをピアノの上に置くと、ふたを開けた。

ふっと息を吸い、鍵盤《けんばん》に指を滑らせ、「ふるさと」を弾き始める。

美しいアレンジが加えられた、リツの「ふるさと」。壁一枚隔てた外で、スズメはうっとりと聞いていた。

どこを見ても視界に入る山々の美しい緑や、遊びには欠かせない川のきれいな水の流れ。そして、自分の生まれた場所である商店街の夕方の賑やかさ。

この街を離れたことなど一度もなく、この街がスズメの世界のすべてで、ふるさとだなんて改めて感じたこともないはずなのに、リツのピアノを聞いていると、なんとなく、どこかがちくんといたいような、懐かしいような気持ちになった。

演奏は切ない余韻を残して終わった。

リツがひょいと窓から顔を出す。

「名演奏やった」

そういうスズメはぜいぜいと息を切らしている。

「なんで、息切らせてんの？」

スズメは誤魔化《ごまか》そうとするが、リツは「なんで？」と問いただす。スズメは小さな声で「踊ってた」と白状した。

「えっ、踊るの？」

「ちょっと……」

「見たい！　踊って」

リツのリクエストにスズメは間髪《かんはつ》いれず「ダメ！」と答えた。

「ありがとう！　バイバイ！　キャベツ、ソースかけすぎんなよ！」

そう重々しく言い残し、スズメは唐突に駆け出した。リツはその姿を呆気にとられながら見送る。

「なんだ……あいつ」

生まれてこの方九年の付き合いになるというのに、まだ、リツはスズメのことがわからない。心を読むまでもなく全部顔に書いてあるぐらい単純なやつなのに、リツが予想もつかない大胆なことをする。「ふるさと」を聞いて踊るなんて。リツはバタバタと踊るスズメを想像し、思わずぷっとふきだした。

応接室のテーブルには、美味しそうなホイップクリームが添えられた、シフォンケーキが置かれている。その横にはいかにも高級そうなカップに注がれた紅茶。

慣れた様子でレモンを絞るリツの横には、さっき帰ったはずのスズメの姿があった。

スズメは本当に帰るつもりではいたのだ。菜生《ナオ》ちゃんの家に集まって、みんなでベストテンごっこをすると約束もしていた。

しかし、ワコにシフォンケーキが焼き立てだと声をかけられ、思わずふらふらとおやつの誘惑に負けて戻ってきてしまったのだった。

ワコはちょっとずるい手を使ってでも、スズメを引き留めたかった。ふたりにおやつを出し、写真館に戻ったワコは「リツは喘息《ぜんそく》もあるし、ちょっと変わり者やから」とヤイチに話した。

「スズメちゃんみたいな子がおってくれると、助かる」

「同じ日に生まれたんやもんなあ……」

ヤイチの言葉にワコはあの日を思い出す。廊下の片隅で、母を困らせることなく、するりと生まれてくれたリツ。彼があの日、スズメと同じ日に生まれ、こうしてきょうだいのように育ってくれたことは、本当に幸運だった、と。

応接室では、スズメが本当に幸せそうにシフォンケーキを頬張っていた。

リツは少し不貞腐《ふてくさ》れたような顔で、ケーキを食べるスズメを見ていた。聡《さと》い彼には、母のしたことも、そこにある思いも全部わかっていた。でも、それに反抗しておやつをボイコットするほど子供でもなく、彼はただ不貞腐れながら紅茶をすするしかなかった。

スズメはシフォンケーキをあっという間に完食し、リツが残した分まで平らげると、満足そうな息を吐いた。

「あ……スズメ、あれ、完成した」

ふと思い出してリツが告げる。

「ふぎょぎょ！」

驚いた時に「ふぎょぎょ」と口走るのは、スズメの小さい頃からのくせだった。スズメは目を輝かせて、すぐに見たいという。

「あれ」は大人には内緒の秘密の計画だ。ふたりは声を潜めながら、狭い階段をのそのそと上った。

リツの部屋に着くと、スズメは待ちきれず、先に中へと飛び込んだ。

「ふぎょぎょ、これらは何や？」

すっきりと片付いた部屋には、数多くの奇妙な装置が置かれていた。滑車のついたもの、振り子のようなもの、らせん状のレールのようなもの。一見して何をするための装置なのか、スズメには見当もつかなかった。

装置の一つをリツが手に取る。振り子の装置だ。リツが振り子の球を弾くと、その球は別の球を弾き飛ばし、その別の球はまた最初の球を弾き飛ばした。永遠にその繰り返しで、球はいつまでも止まりそうにない。スズメは目をまんまるくして、球の動きを追い続けた。

「永久機関。永遠に動き続ける装置だ。地球上では空気抵抗や摩擦《まさつ》があるから、どうしてもエネルギーロスが生まれて、エネルギー保存の法則から、ほっておくと装置はいずれ止まってしまう……」

装置のかたわらには、エッシャーの絵が表紙の分厚い本。リツが学校で読んでいた永久機関の本だ。スズメの目がその本を捉えそうになると、リツはさっとそれを隠した。

この本の受け売りかとは、思われたくなかった。

「僕は永久機関を地球上で作る！　永久機関は地球上じゃ作れない、なんてアホな大人たちは言ってるけれど、俺が作る。最初に作るっ」

リツは熱く語る。こんな熱いリツを見るのは、生まれてこの方ずっと一緒にいるスズメでさえも初めてだった。

「俺の夢は、ノーベル賞を取ることだ……！」

スズメは永久機関に向けていた真ん丸な目をリツに向けた。さすがにノーベル賞はスズメも知っている。それを取るのがどんなに大変なことなのかも。そして、リツが本気であることも、スズメにはわかった。だから、スズメは決して笑わず、厳《おごそ》かに頷いた。

リツは急に恥ずかしくなったのか、小さく咳ばらいをすると、「今のは、内緒にしてくれ」と言った。

「了解いたした。で、例のものは？」

スズメは待ちきれずに催促する。完成をずっと待っていたのだ。

「永久機関の研究に忙しい俺が、なぜ、こんな子供だましな」

押入れを開け、その奥の棚から、「例のもの」を取り出しながら、リツはぶつぶつとぼやく。

「リツ、感じ悪いぞ。嫌われるぞ」

スズメの一言にリツは肩をすくませた。

「……気を付けるよ」

リツは慎重に取り出したものを、スズメの手に乗せた。それは糸電話だった。ただの糸電話ではない。それは驚くほど糸の長い糸電話だった。

「すごいっ」

手の上に乗った糸の重さからもその長さがわかる。スズメは興奮した。

「糸は音の聞こえがいいナイロン製の釣り糸！　全長一〇〇メートル」

「一〇〇メートル、一キロか？」

「違うスズメ。〇・一キロだ」

リツの訂正はもう、スズメの右耳から左耳へと抜けている。

スズメははいっと勢いよく手を上げ、「コップの穴は私が開けました！」と共同作業を強調する。

「川をまたぐ糸電話、発案者はスズメ！」

スズメが言い出して、リツが知恵を出して、こうして形になった。ふたりは顔を見合わせてニヤッと笑う。そして、「いえー！」と手を勢いよく打ち合わせた。

川をまたぐ糸電話なのだから、実際に行って試してみなくてははじまらない。ふたりは長い糸電話とこっそり楡野家から持ち出した物干し竿を手に、木曽川に向かった。

道すがら、リツはどうして川なのかと今更ながらに尋ねる。

「まずは木曽川」

「まずは？」

「最終的には、サンズの川の向こうとこっちで……」

「さんずのかわ……」

「知らんの？　死んだ人はそこを渡る。私はそれでおばーちゃんと話す。おじーちゃんはおばーちゃんが死んでから元気がない。スズメはおじーちゃんとおばーちゃんを糸電話で話させてやる！」

「……本気なのか？」

そう問い返しながらもリツはすでに知っていた。スズメがいつだって本気だということを。

木曽川のほとりについた。遠くから見れば、ゆったりと見える川の流れも、近くで見ると怖いぐらいの速さだ。

糸電話を試すにはひとりが川の向こうに渡らなければならないのだが、ごうごうと流れる川の対岸はまるで外国のように遠く見えた。

「……リツ、これ、ふたりじゃ無理じゃね？」

心細くなってスズメが言う。リツは「だから、人を呼んだ」とあっさり言った。

リツはもう今の状況を予測していたのだ。さすがこの計画の頭脳だ。

しかし、リツは誰を呼んだのだろう。スズメは首をひねる。そんなにリツと親しい生徒がいただろうか。

リツに誰かと尋ねる前に、その助っ人は姿を現した。

「よおっ、リツー！」

ちょっと馴れ馴れしいぐらいに、嬉しそうに手を振る、ぽっちゃりとしたシルエット。

近づいてきたのは、ブッチャーだった。スズメの天敵だ。ハブに対するマングースのような存在だ。慌てて逃げようとするスズメの腕を、リツはがっしりと掴んだ。

「あいつは金持ちや」

「……金？」

怪訝《けげん》そうな表情のスズメにリツは早口で説明する。川をまたぐ糸電話の計画を遂行するには向こう岸に渡る必要がある。そのためには渡し船がいる。しかし、渡し船は一回二百円だ。そんな金は我々庶民にはない。

「リツんち金持ちやん」

スズメが口をはさむと、リツは首を振った。金はあっても子供には渡さない。それがワコたちの教育方針だった。リツの自由になる金は二百円もない。だからこそ、ブッチャーを巻き込むことに意味があるのだ、と。

リツの説明を聞いてスズメはうーむと唸《うな》った。

「金づるか……」

「スズメ、ちょいちょい難しい言葉知っとるな」

馬鹿なのに、という言葉をリツは飲み込み、淡々と続けた。

「それに、あれだ、俺は友達が少ない」

「よー知っとる」

そうこう言っているうちに、ブッチャーがふたりの前までやってきた。スズメに気づいたブッチャーは不敵な笑みを浮かべる。

「なんで、お前いんの。なんで、カラスが」

「カラスやない！」

たちまち、かあっとなってスズメはつかみかかる。リツは慌ててスズメを止める。そして、その手にあった糸電話が無事なことを確認し、ほっと息をついた。

それからスズメたちは手分けして、糸電話計画を進めた。三人ではまだ足りないということで、スズメは急いで町に引き返し、助っ人を呼んでくることになった。

スズメはまっすぐにおしゃれ木田原《きだはら》に向かった。一番仲のいいナオちゃんの家だ。スズメも参加するはずだったベストテンごっこはもう終わっていた。聖子《せいこ》ちゃんを誰がやるかで喧嘩になったのだという。結局、聖子ちゃんをやったのは、男子からも一番人気のあるマナちゃんだった。彼女はいつも一番いい役を独占してしまう。

司会の黒柳徹子《くろやなぎてつこ》の役をふられ、全く歌えなかったとナオが嘆くので、スズメは彼女と一緒になって聖子ちゃんの「青い珊瑚礁《さんごしょう》」を熱唱しながら、川へと向かった。

マイクを持つふりをしながら、振り付けも交《まじ》え、熱唱するふたりの前に、商店街ではまず見かけない大きな車が姿を現した。ベンツという名前も知らなかったが、特別な車だということはスズメにも何となくわかった。

スズメとナオの横で止まった車の窓が自動で開く。これでもかという巻き髪に、全身をごてごてと飾り立てたおばさんが顔を出した。

「あーら、こんにちは。お外遊び？　元気があってよろしいこと」

キンキンする声を聞いてスズメは思い出した。ブッチャーのお母さんだ。彼女は凶器になりそうな指輪をはめた手を口元に当て、ほほと笑った。

「でも、遊んでばっかりで大丈夫かしら。世の中、競争だから。うちの龍之介《りゅうのすけ》は、今、英語のお教室よ」

言うだけ言って、車は傲然《ごうぜん》と走り去った。排気ガスの中、スズメは首をひねる。龍之介って誰だろう。

英語教室をさぼり、リツの助手として嬉々として糸電話プロジェクトを手伝うブッチャーの姿を見ても、その名前がブッチャーの本名だと思い出すことはなかった。

ナオを連れて川に戻ると、リツとブッチャーは短い距離での糸電話の実験を成功させていた。

さっそく、川での実験を進めようと、渡し船のもとにむかう。しかし、渡し船のおっちゃんは風が強いから、船は出せないとにべもなく言った。

「じゃ、なんでいんの？」

リツのぼそっと呟いた一言に、おっちゃんはあからさまにむっとする。スズメはリツの頭をぺしっとはたいた。

当てが外れた四人はぼんやりと川を眺める。対岸に糸を渡す方法が何かあるはずだ。

「あ、橋！」

突然、スズメが素《す》っ頓狂《とんきょう》な声を上げる。スズメが指さす、少し離れた場所には確かに橋が架かっていた。

四人は橋に向かって駆け出した。橋を使えば、糸を渡せるかもしれない。スズメのひらめきに、リツが具体的な案を出す。

四人はスズメとナオ、リツとブッチャーの二組に分かれた。スズメたちは橋の上から、石を巻き付けた糸を慎重にたらしていく。リツたちは手を伸ばし、それを待ち受けた。石を下ろすほどに、四人の口からおおっ、おおっと声が出る。ついに、リツの手に糸を巻き付けた石が下ろされた時には、歓声が上がった。しかし、まだ最初の関門を越えたところだ。スズメたちは糸を対岸に渡すべく、もう一方の端を持ち橋を渡っていく。

「お前ら、ほんとに向こう岸まで歩けるやろうな」

下からブッチャーが大声で叫ぶ。スズメはブッチャーをにらみつけた。

「ほんと、あいつえらそう」

ナオは「まま」とスズメをなだめ、背中を押すと、橋の下に向かって、「だいじょーぶ！」と笑顔で答えた。

「出発進行！」

ナオの号令でふたりは歩き出す。

「糸、緩んだりからまったりしたらアウトやから、慎重に行こう」

ナオはゆっくりと歩きながら糸を伸ばしていく。

「ナオちゃん、いきなり参加のわりに、役に立つな」

「スズちゃん、私、楽しなってきた。ようこんなアホなこと思いつく！　ベストテンごっこより全然ええわ」

川を渡る風に吹かれながら、ナオは楽しそうに笑っている。スズメもつられて笑う。そして、ふたりはジュディ・オングの「魅せられて」を声を合わせて歌いながら、少しずつ糸の距離を伸ばしていった。

ようやく対岸に着いた。いよいよ、川をまたいだ糸電話がはじまる。

川の両岸にたてられた二本の物干し竿。まずそこにぴんと糸を張る。川幅は約一〇〇メートル。風もある中、糸をぴんと張った状態で保たなければならない。ブッチャーとナオ、物干し竿を支えるふたりの腕はぷるぷると震えていた。

スズメとリツは急いで、長い糸に、紙コップのついた糸を結び付ける。これで、それぞれの糸をぴんと張れば、声が届くはずだ。

「おーい、行くよー!!」

スズメが手を振り、対岸に向かって合図する。

しかし、リツたちの側には、スズメが何か叫んでいることしかわからない。

「あ、なんか、言う気や」

スズメの動きを見て、リツは紙コップを耳に当てた。

「リーツーーー！」

スズメは力の限り、呼ぶ。

「……あ、なんか、涙出る」

必死に物干し竿を支えながら、もうナオは涙ぐんでいる。

スズメの声は糸を震わせ、川を渡り、リツの鼓膜を震わせた。

リーツー。

少し遠いけれど、確かに聞こえるスズメの声。

「聞こえた……！」

リツはブッチャーと顔を見合わせた。

「マジ⁉」

なりゆきで参加したブッチャーもいつしか興奮している。

「ス、ズ、メーー！」

今度はリツが力いっぱい紙コップに向かって叫んだ。

「えっ、何やそれ？　愛の告白？」

ブッチャーの言葉にリツは「なんでやねん」と思わずツッコんだ。

「なんで、名前なの？」

「あっちが、名前だったから」

リツはそっけなく答える。

「川はさんで、名前大声で呼び合うとか、愛やないの？　違うの？」

「は……？」

冷たいリツのまなざしを受けても、ブッチャーは「愛や、愛や」とはしゃいでいる。

今度はリツの声が川を渡っていく。紙コップに耳を当てるスズメは、確かに届いたリツの声に目を丸くした。

「聞こえた」

「ウソ……」

ナオの目はウルウルとうるみ、今にも涙が零《こぼ》れ落ちそうだ。

その姿にスズメも胸がいっぱいになる。

再び、紙コップに向かって叫ぼうとした次の瞬間、ナオが「うわっ、虫！」と声を上げた。

「うそ！　えっ、ハチ!?　ギャー!!」

耳元で聞こえた羽音に、虫が大の苦手なスズメはパニックになる。

「ハチやないよ、スズ、ハチやないから〜」

紙コップを手に虫から逃げ惑うスズメを、ナオは懸命になだめようとする。しかしナオの声はパニックに陥ったスズメの耳には届かない。スズメは紙コップを持ったまま、どんどん逃げていく。

リツの手の中の紙コップがぐいぐい引っ張られる。リツは慌てて紙コップを摑むと、糸につられるままに、川に向かって走り出した。

そして、バランスを崩したまま、勢いよく川にはまった。

ボチャン。

遠くから聞こえた水音に、スズメははっと我に返る。

向こう岸には、ブッチャーに助けられ、川からあがるリツの姿が見える。

「やってまった……」

スズメはさっと青ざめる。そして、対岸に向かって、すぐさま駆け出した。

スズメはリツをおぶって、全力で走っていた。

対岸にたどり着いた時、川に落ちて濡れたリツはぐったりしていた。スズメは躊躇なくリツを担ぎ上げ、写真館に向かって走り出したのだった。

「リツは喘息があるでな！　大変や！」

スズメは息を切らせながら、並走するブッチャーとナオに告げる。

「おれ、代わろうか」

ブッチャーが申し出るが、スズメは「デブは足が遅い」と考えることもなく断る。

リツが今にも息絶えそうなうめき声を上げる。ブッチャーがリツを見ると、彼はにやっと笑った。その悪魔的な笑みに驚くブッチャーに向かって、リツはこっそり人差し指を唇に当てる。ブッチャーはがくがくと頷いた。

「がんばれ、リツ、もう少しや！」

自分の背中で行われていることに気づく様子もなく、スズメはリツに声をかける。写真館が見えてきた。もう少しだというところで、スズメは派手につんのめり、転んだ。リツも地面に投げ出される。

思わず「痛《い》って」と口走ったリツは、心配そうに近づくスズメの気配を感じ、すぐさま、今にも死にそうな演技を再開した。

リツをおぶって写真館に駆け込んだスズメたちを、ワコはすぐさま住居側へと案内した。

スズメたちは口々にリツが大変なのだと訴えたが、ワコは少しも慌てなかった。リツの演技を一目で見抜いていたのだ。

スズメの膝にワコが赤チンを塗る。さっき転んだところが派手な擦《す》り傷になっていた。

ワコは丁寧に赤チンを塗り終えると、「はい、おしまい」とスズメに優しく告げる。

そして、けろっとした顔で体を拭く息子に向かい、凄みのある口調で尋ねた。

「リツ、あんたどういうつもりやね？」

リツはタオルを動かす手を止めた。その顔に悪びれた様子はない。ワコはため息をついて、スズメたちに告げた。

「あのねえ、この子は喘息やけど、水がダメなんてことはぜんぜんないの。お医者さんは身体にいいから水泳やれって言ってるくらい。無精《ぶしよう》でやらないけど」

ワコの言葉にスズメは目を丸くする。そして、すぐに、よかったと心の底から安堵《あんど》した。川に落ちても、リツは死なずに済む。嘘をつかれたことよりも、そのことの方が今のスズメには大事だった。

「なんで、スズメちゃんにおぶわせて走らせる⁉」

ワコが厳しい口調で尋ねる。リツは首をひねった。

「や……なんか、盛り上がってるみたいだから、いっちょ乗っとくかなって……」

「この子は、何言っとる⁉」

怒りのあまりいつもより訛《なまり》の強い口調で、ワコは怒鳴る。そして、右手をリツに向かって振り上げた。

「あっ、おばちゃん！　リツ、本心やないで……」

とっさに、スズメが小さな体を大きく広げて遮《さえぎ》る。ワコは一瞬手を止めたが、悲しそうな顔で首を振った。

「あのね、スズメちゃん。本心でなくても、言っていいことと悪いことがあるの！　やっていいことと、いけないことがあるの！」

そう言って、ワコは右手を思いっきり振り上げ、お尻に向かって振り下ろした。スズメたちは振り下ろされた先がお尻であることに小さくほっとする。解放されたリツは珍しく顔を赤らめていた。痛みよりも、友人の前でお尻をぶたれたことが、彼にとってはひどく応えたようだった。

ワコは危険なことはやめるようにとスズメたちに告げ、糸電話を没収した。三途の川を越えるまでは計画を続ける気満々だったスズメはがっくりと肩を落とす。

リツが体を温めるため、風呂に入っている間、ワコはココアを入れ、裏が白い広告の紙とクレヨンを渡してくれた。

スズメは計画が中止になったショックを忘れ、夢中になってお絵かきを始めた。真っ白な紙にスズメは迷いなく、線を引いていく。スズメが描いているのは「あしたのジョー」だ。漫画と比べれば拙《つたな》いけれど、それは十分にキャラクターの特徴を捉えていた。のぞき込んだブッチャーは素直に「すげー」と声をもらす。

スズメは得意になって、今度はマグマ大使を描き出した。

「へ〜え、ロボットやのに、髪があるんや」

「しかも、金髪」

ナオとブッチャーが不思議そうにマグマ大使の絵を眺める。スズメは首を横に振った。

「ロボットやない。ロケット人間。ロケットが人間になる。三回、笛吹くと来る。英雄。これで呼ぶ」

スズメは自慢げにポケットから笛を取り出すと、鳴らしてみせる。

「なんや、フツーやん」

ブッチャーががっかりした顔で言う。確かに、何の変哲もない音の笛だ。しかし、スズメの頭の中ではピロピロピーという、マグマ大使を呼ぶときの笛の音が確かに聞こえていた。

「なんでお前、そんな古いのばっか、知ってんの？　ホントはババアなの？」

ブッチャーが憎たらしいことを言う。いつもだったら、無視するかつかみかかるところだが、一応計画を手伝ってくれた仲間だ。スズメは淡々とした口調で答えた。

「おとーちゃんが、古い漫画好きなんや。それに、うちの食堂は、味は今いちだから、手塚治虫《てづかおさむ》とか、ちばてつや、とか名作漫画、全巻揃えて人を呼ぶ」

ウタロウの料理の腕はセンキチと比べるといまひとつだった。それは客の数からも明らかだった。

「ええんか？　それで⁉」

ブッチャーが思わずというようにツッコむ。しかし、スズメの興味はもう目の前の絵に移っていた。

「空は青」

うしろを青く塗れば、マグマ大使の金髪がもっとずっときれいに見えるはず。

スズメは明るい方の青のクレヨンを手に取る。まったく使った形跡のない、まっさらなクレヨン。それを、スズメは躊躇なく、マグマ大使の背景に塗り始めた。

子供の頃は、毎日が万華鏡《まんげきょう》のようで、それはそれはあっという間に一日が過ぎる。

写真館ではリツが、右手にちょっぴり小さくなった青いクレヨンを握ったまま眠りについていた。彼の枕元には、スズメの描いたジョーやマグマ大使の絵が置かれている。

その背景は明るい青のクレヨンで鮮やかに塗りつぶされていた。

そして——楡野家では、スズメが壁を伝いながら、暗い廊下をのそりのそりと歩いていた。

ウタロウとハルの寝室の障子をそうっと開き、ハルの布団に這いよる。

「おかーちゃん」

ハルの顔を真上からのぞき込み、呼びかける。ゆっくりと開いたハルの目が、スズメをとらえて、ぱっと見開かれる。

「うわっ、びっくりした」

「いれて」

ハルは布団を持ち上げ、スズメを中に入れてやる。スズメは廊下で冷たくなった体を、ハルに摺《す》り寄せた。

「こわい夢見た？」

「うん……学校の中に行っちゃいけないトイレがある」

「そういうのは昔からある」

「それは、古い木造の方の校舎の、奥から、二番目のトイレ……」

突然、隣のウタロウからガゴゴゴーッと地響きのようなイビキが聞こえてきた。しかし、ハルが「ウーちゃん、うるさい」とぴしゃりと言うと、不思議なことにたちまちイビキは治まった。スズメは尊敬の眼差しでハルを見る。

「言うと止むんや」

「……それで、奥から二番目のトイレに行ってまった」

「夢の中で？」

「うん。ほしたら」

「あ、あんたまさか！」

ハルはがばっと上半身を起こす。スズメは真面目な顔で首を横に振った。

「それはない」

ハルは胸をなでおろし、再び横たわる。

「よくわかったね」

「もうおねしょは、しない。三年生やしな」

「そいで？」

「トイレのドアを開けたら、三本足のムーミンパパが……！」

「三本足のムーミンパパ!!」

「パイプを持って、走って追いかけてきた、すごい速い！　すごい怖かった！」

スズメは眉をきゅっと寄せながら、真剣に訴える。しかし、ハルはその情景を思い描き、思わず声に出して笑ってしまった。

「おかーちゃん、ここ海な」

スズメが手を大きく動かして、寝室全体を示す。スズメの話が急に変わるのはいつものことだ。慣れっこのハルは、うんうんと先を促す。

「そいで、布団が船」

「はいはい」

「落ちると、鰐《わに》がいる」

「えーーっ。こわい」

「今日、糸電話やった」

スズメの話はまた変わる。

「ああ、懐かしい」

「おかーちゃんもやったか？」

「うん、スズメとやった」

「え……？」

「スズメがまだお腹ん中にいる時に、おとーちゃんとこうやって……」

ハルはお腹の声を糸電話で聞くジェスチャーをする。

「ホントか？」

「うん。覚えとらん？」

ハルは真顔で尋ねる。スズメはう－んと唸りながら、記憶を探り出した。

「残念や……。忘れた」

「その時、まだ、あんた名前なかったで、赤ちゃん、お－い、お元気ですか？」

ハルはお腹に糸電話をあてるしぐさをして、再現してみせる。スズメはその様子に笑い声を上げた。当時の気持ちが鮮やかに思い出されるとともに、自分に寄り添うスズメの体温が妙に幸福に感じられて、ハルは思わず涙ぐむ。

「私は、あ、おか－ちゃんは、あんた産むまで、腎臓悪かったし、ちゃんと生まれて来よ－らすか心配で心配で」

ハルは涙を隠したが、スズメはすぐに気が付いた。ハルは普段からよく泣く。子供たちの前では泣かないようにしている節はあるのだが、感情が高ぶった母の目から涙がぽろりとこぼれるのを、スズメは何度も目にしていた。

「産むときも、臍の緒二重巻きで、今やで言えるけど、生まれるかどうかは半々で」

「えっ、半々⁉」

スズメは思わず声を上げる。初めて聞く話だった。しかし、ハルはもう自分の世界に入り込んでしまっていた。

「生まれてきてからもちっちゃくてちっちゃくて、ま、赤ちゃんみんなちっちゃいんやけど、ほやほやのふるふるで、あしたにでも死んでまいそうな、ちっささで……、てのひらなんて、紅葉《もみじ》よりちっちゃい……」

ハルはもうぐずぐずと泣き始めている。

「それが、今はこんなに大きなって……神様……ありがとう」

ハルはスズメに背を向け、泣き出した。丸まった背中を見ているうちに、スズメはぎゅっと抱きしめてあげたいような気持ちになった。おかーちゃんにそんなことを思うのは変だけれど、いつも自分がしてもらってるみたいにぎゅっとしてあげたい。

「おかーちゃん……」

スズメはハルの背中にガッと抱き着いた。

「おかーちゃん、大丈夫や！　スズメは、生きとる！」

ハルは背を向けたまま、うんうん、と頷き、「あったかい……」と言った。スズメがさらにぎゅっと体を寄せる。そして、前に回した手でハルのお腹の肉をつまんだ。

「おかーちゃん、この辺のとこの、腹の肉、やばくないのか？」

「えっ、わ……」

ハルは身を捩《よじ》る。スズメは面白がってくすぐりだした。

「わ、何すんの？　船から落ちる、鰐に食べられる！」

ハルはスズメをくすぐり返す。ふたりは布団の船の上で息を切らせて、くすぐり合う。

「うるさいぞ！　鰐が起きたぞ！　鰐が！」

隣で寝ていたはずのウタロウががっと起き上がり、ふたりに覆いかぶさる。スズメはきゃっきゃと笑い、鰐から逃れようとする。ハルも笑っている。泣きながら、笑っている。そして、ウタロウの目にもまた、確かに涙が光っていた。

翌朝、家族そろって朝食を食べているときに、突然、スズメが「あ、そうだ」と言い出した。

スズメの「あ、そうだ」は毎度のことだ。皆、手を止めることなく、卵かけご飯をしゃかしゃか混ぜ続けている。そんな中、センキチだけが優しい目をスズメに向け、話の続きを促した。

「昨日、リツが川に落ちた」

「えっ……？」

ハルとウタロウの手がぴたりと止まる。

「スズメと糸電話やってて、川に落ちたんやった」

「はあ？　なんで、あんたは、そういうことすぐに、おかーちゃんに言わんの!?　ちゃんと、報告しろって言っとるやろ？」

ハルは気色《けしき》ばむ。美人だけに怒ると迫力がある。スズメは首を縮め、ぼそっと言った。

「今、報告」

「おそいわ！」

その時だった。食堂の方から、ワコの声が聞こえてきた。

「すみませーんっ。萩尾です。萩尾リツの母です〜」

「来た……」

ハルはワコの声にぎくりと固まる。そして、慌てて、問いただした。

「リツくん、川に落ちてどうなった？」

「大丈夫。風呂に入っただけ」

「なんで、朝からくる？　怒ってる。ワコさん、あんなかわいい顔して、底知れんこわさがある」

食堂からは「すみませーん」というワコの声が何度も聞こえてくる。それが畳みかけているように聞こえてなんだか怖い。

ハルは内心びくびくしながらも、食堂に向かう。

ワコは食堂の入り口に仁王立ちしていた。なぜか物干し竿を手にしているのが、また余計に仁王らしい威圧感を醸《かも》し出している。

その顔にはいつもの優しい笑みが浮かんでいるのだが、ハルにはその笑みこそが何やら恐ろしく感じられてならなかった。

「三途の川」

思いもよらぬ言葉を、ハルはぼんやりと繰り返す。

ハルはワコに誘われ、商店街にある「喫茶ともしび」で彼女と向き合っていた。そこで、彼女の口から、スズメが長い長い糸電話を作ろうとした理由を聞いたのだった

「リツが言うには、スズメちゃんの最終目的は三途の川を挟んで、糸電話をやること。おじーちゃんに死んでしまった三途の川の向こうのおばーちゃんと話をさせてあげたいってことやったんです」

ワコが手にしていた物干し竿もよくよく見れば、ハルが普段使っている楡野家のものだった。知らない間にスズメが持ち出していたらしい。

「……それで木曽川で」

「はい、まずは木曽川で……。そして、リツが川に……」

「ああ、すみませんすみません」

ハルがぺこぺこと頭を下げる。ワコは手をひらひらと振った。

「いえ、それはよくて……スズメちゃん、本気やと思うんです」

「あの子、アホやから、三途の川というのが、この世のどこかにある、と思っとる」

「スズメちゃん。いい子ですね……リツはどんだけ、スズメちゃんに助けられとるか」

ハルはぽかんと口を開いて、ワコを見た。どうやら本心から言っているらしい。

「え……反対やないですか？　何かっていうと、うちの子はすぐリツくんリツくん」

「いいえ、リツって呼び捨てにしてますけど」

バレていたか。内心、ハルは舌打ちする。子供を通してそれなりの付き合いがあるのだが、未だにワコに対しては、格好つけようとしてしまう。

「ごめんなさい。しかも、マグマ大使呼びつけるみたいに、笛三回吹いて呼ぶって……本当に本当にすみません」

ハルはぺこりと頭を下げる。スズメがあまりに楽しそうに報告するから、ほほえましく聞いていたけれど、犬を呼びつけているみたいだととる人もいるかもしれない。しかし、ワコは少女のように目を輝かせ微笑んだ。

「光栄です。マグマ大使」

「え？」

「リツは喘息がありますので、コンプレックスがあります。でも、マグマ大使に見立ててもらって、自信がもててます」

「……マグマ大使、知ってました？　リツくん。ウチは父親が手塚治虫とか、漫画が好きで」

「私が説明しました。ゴアの真似もして見せました。私の名は、ゴアゴアゴアゴア」

ワコはセルフエコーを利かせながら、完璧にマグマ大使の敵を再現してみせる。そして、またうふふと少女のように楽しげに笑った。

「あ、これ、私の十八番《おはこ》なんです、ゴアの真似」

ハルは曖昧《あいまい》なほほえみを浮かべながら、なんとか感心したように相槌《あいづち》を打つ。ワコの独特のペースに完全に翻弄されていた。

「リツは、スズメちゃんと違って難しい子です」

ワコは表情を改めて言った。ハルも慌てて、真剣な表情をつくる。

「リツくん、すごく頭がいいから。いつもダントツ一番だって、スズメが言ってます。下手すると先生より賢いって」

「……そういうのが……問題なんやなあ。連立方程式やっとるの。勝手に。小学校三年生の教科書が物足らないって。おともだち、できにくいです……」

ワコの口調に自慢げなところは微塵《みじん》もなかった。ハルはそういうこともあるかもなと思う。自分がワコに対して感じる気後《きおく》れ以上のものを、リツのクラスメイトたちは感じているに違いない。スズメが多分、例外なのだ。

「でも、私、昨日、スズメちゃんに聞いたんです。リツがね、夢があるって言ったらしいんです。将来の夢は、ノーベル賞を取ることだって」

「すごいっ」

「私、あの子に、そんな子供らしいところがあるなんて、知らなくて嬉しくて」

「いや、子供らしいとかじゃなくて、本当に取るんやないの⁉」

ハルは心から言った。スズメから毎日リツがいかにすごいかという話を聞かされているからだろうか。ノーベル賞も、単なる子供の夢ではなく、彼なら叶えられるのではないかと本気で思った。

「内緒にしてくれって、リツ、スズメちゃんに言ったらしいんやけどね」

ワコがふふっと笑う。ハルは首をすくめた。

「……スズメの口は羽より軽いです」

ワコは首を横に振った。

「いい子や、感謝しとる。リツはスズメちゃんのおかげで、夢を語る相手を持ったと思ってます」

ハルは一瞬言葉を失い、ワコの顔をぼんやりと見つめた。じんと来るものがあった。自分を認められるよりも、ずっとずっとうれしい言葉だった。

「ありがとう。いつか言いたかったの」

頭を下げるワコの目は潤んでいた。ハルもつられて思わず涙ぐむ。

「いやや わ。そんな、やめてちょうだい」

慌てて手を振る。その手はお冷の入ったグラスを勢いよくなぎ倒した。やってまった。慌てて、ハルはおしぼりでテーブルを拭こうとする。その途端、やはりテーブルを拭こうと身を乗り出したワコとおでこがぶつかってしまう。コメディのような偶然に、ふたりは声を合わせて笑う。

なんとなく、肩から力が抜けたハルは、背伸びしてブラックで飲んでいたコーヒーに、好きなだけ砂糖を入れた。

糸電話計画のあと、ブッチャーはリツに付きまとうようになった。リツと自分は親友だと自慢げにクラス中に触れ回る。リツが特に肯定も否定もしないものだから、ブッチャーはますます調子に乗った。

ブッチャーとは未だに犬猿の仲であるスズメとしては面白くないが、それでも、いつでも分厚い透明な氷の中にいるようなリツが、面倒くさそうながらも、その氷の中から引っ張り出されるのを見るのは悪くないものだった。

しかし、リツは変わらずリツなのだった。すぐに氷の中に閉じこもってしまう。

国語の授業の時もそうだった。

試験の答案用紙を返した豊島先生はかんかんに怒っていて、皆、神妙な表情でうつむいていた。

「先生は、悲しいです。かぐや姫が月に帰った時、残されたおばあさんとおじいさんは、どんな気持ちだったか？　問5、四択です。1寂しかった。2悲しかった。3切なかった。4せいせいした。4せいせいしたに丸をつけた人がいます。しかも、わざと、です。それ、1番から3番までみな正解。サービス問題です。正しい答えがわかっていて、わざと、4番に丸をつけた。そうやよね⁉　萩尾くん。萩尾リツくん、立ちなさい」

名指しされて、リツはかったるそうに立ち上がった。先生の怒りを前にしても、怯《ひる》む様子も、反省する態度もない。ただ、無表情に先生の視線を受け止めている。

スズメはああ……とうなだれた。スズメの目には分厚い氷の壁が見える。

「僕が正しいと思ったことが間違ってました。難しくてわかりませんでした。すみません」

リツは表情を変えぬまま、淡々とそう述べると、席に座ろうとする。それを、豊島先生のヒステリックな声が遮った。

「あなたね！　少しくらい出来るからって、教師をバカにするんやないよ！　萩尾くんやったら、満点取れるテストやろ。先生をおちょくってるんですか？　それとも、試験をなめてんですか？　それともこの、先生が作った問題をバカにして……」

先生は教卓を叩きながら、どんどん声のボリュームを上げていく。

びくびくしながら、他の生徒と同じくうつむいていたスズメは、思い切って手を上げ、「先生！」と大声で呼んだ。

「……なんですか？　楡野さん」

「あの……リツは……いえ、萩尾くんは、本当に4番だと思ったんやと思います」

「……は？」

「かぐや姫と住んどるとかぐや姫と一緒におると、おじーさんもおばーさんも、かぐや姫のことが、大好きやから、心配になって仕方なくて。ほんでも、月に帰ってしまったら、もう、おじーさんもおばーさんも、かぐや姫が、自分の手の届かんとこに行ってまったから、しょーがない、あとはしあわせにねってかぐや姫が大好きでも祈るしかなくて、そう思ったら、きっと、おじーさんとおばーさんは、年がら年じゅう、近くにいるかぐや姫を心配してるより、ちょっと、楽になったんやないかって思うんです。だから、そういう意味で、リツは、あ、萩尾くんは、せいせいしたって、いうのに丸をつけたんじゃないか、と思います」

それは、問題を解いているときに、スズメの頭にちらっと浮かんだ考えだった。おばーちゃんが病気になって、ずっとずっと心配で、だから、亡くなった時、これでもう、おばーちゃんは苦しくないんだと、ちょっとだけほっとする気持ちがあった。だから、1から4まで全部正解だとそう感じた。

スズメが小さな体で、息を切らせながら懸命に紡《つむ》いだ言葉を聞いた豊島先生は、じっと考え込むような顔になった。もしかしたら、決めつけで生徒をさばいてしまったのでは。そんな罪悪感の滲《にじ》んだ表情で先生は「そうなの、萩尾くん？」と問いかける。リツはスズメの言葉に心を動かされた様子もなく、しれっとした顔で、首を傾げた。

「いや、ちょーっと、違うんだけど、まあ、だいたいはそんな……」

おまけの正解みたいな言いように、カチンときた。

「人が勇気出して、かばってやってんのに、なんで違うんやー！」

スズメはリツに向かって突進していく。飛び掛かる寸前で、慌てて駆け寄ったナオが縋りつくようにして止める。

「スズメちゃん！」

教室が騒然となる中、それでも、リツは超然とした様子で立っている。その様子にまた腹が立って、スズメはナオの腕の中で激しくもがく。

その時、プロレスのゴングのように、チャイムが鳴った。


放課後、スズメはナオと一緒に校庭の片隅にある焼却炉の前にいた。その日はゴミ焼き係だった。焼却炉の蓋を開けると、途端にぶわっと熱気が顔を直撃する。しかし、スズメは怯むことなく、カンカンのゴミ箱の中身をどんどん火の中に投げ込んでいった。

最後のゴミ箱を手にしたところで、ブッチャーが僕《しもべ》たちとともにやってきた。ブッチャーは男子の誰もが憧れるスーパーカー消しゴムを一つずつ僕たちに渡している。僕たちは大げさにありがたがって見せる。ブッチャーはまるで王様のようにふんぞり返っていた。

スズメは彼らの様子に目もくれず、最後のゴミ箱を空にする。

するとブッチャーはジュディ・オングの「魅せられて」を歌い出した。

「WIND IS BLOWING」とブッチャーが歌うと、僕たちが「FROM THE AEGEAN ニレノはバカ〜」と続ける。いつもの習慣だった。スズメを見かける度に、ブッチャーたちはしつこく「魅せられて」の替え歌を歌って、バカにしてくる。

「どっちがバカや」

スズメはむっとして、手にしていたゴミ箱を構えた。

僕たちはたちまち逃げ出していく。ブッチャーだけは逃げ出さずにその場に残り、スズメに向かってにやにやと挑発するように笑った。

「スズメやと。人の名前と思えん、変な名前。スズメ、ネズミみてー」

「変やないっ！」

ぐわっと頭に血が上り、気づいたら、手にしていたゴミ箱を投げつけていた。

ブッチャーに向かって投げられたはずのゴミ箱は彼の顔の横を通り過ぎ、掃除を終えて駆けてきたリツの顔を直撃した。

リツは目のあたりを押さえてうずくまる。

（やってまった……）

蒼白になったスズメは、慌ててリツに駆け寄る。リツに向かって伸ばした手はぶるぶると震えていた。


岡田医院の待合室で、ずっとスズメは震え続けていた。リツの目が見えなくなったらどうしよう。そればかり考えていた。

ワコは「念のため」に診察を受けるだけと言ってくれたし、リツは「何にも見えねー」とふざけることで、彼なりに安心させてくれようとしたけれど、それでも、胸の奥がきゅうっと引き絞られるような不安は消えなかった。

ブッチャーはずっと泣いている。「あいつしか友達おらん。あいつしか好きやない」そう言って、めそめそと泣いた。僕たちとはお金で繋《つな》がった関係だという自覚はブッチャーにもあるらしい。「リツは本物や。いっくらめずらしいスーパーカーでも受け取らへん」そういうブッチャーの口調はどこか誇らしげだった。

そして、ようやく、診察室の扉が開き、リツが姿を現した。目元の傷に絆創膏《ばんそうこう》が貼られた彼は、神妙な顔をしている。しかし、次の瞬間、ニコッと笑って、「セーーーフ！」と言った。

スズメたちは我先にと駆け寄り、リツの無事を喜んだ。

スズメは泣きたいぐらいにほっとした。本当に怖かったのだ。

しかし、スズメの顔は完全には晴れなかった。リツが大丈夫だとわかったら、たちまちハルのことが心配になってきたのだ。

一体今度のことを、どうやってハルに言えばいいのだろう。

病院からの帰り道、縁石の上を歩きながら相談すると、リツはこともなげに言った。

「いいよ、言わなくて」

「言わないと怒られる。うちのおかーちゃんは恐ろしい。川にリツが落ちたこともド叱られた」

「ド叱られたか」

リツは笑う。

「なんともなかったんだからいいよ、言わなくて」

「ホントか？」

「うん」

「よかった。ド叱られるのはいいんだけど、なんでゴミ箱投げたか聞かれる。そうすると、名前からかわれたっておかーちゃんに言わないとあかんくなる。言いたない」

「俺、スズメいいと思うけど。いい名前やん。お前のおかーちゃん、センスいいよ」

リツの言葉にスズメの顔がぱっと輝く。

「そうか⁉ ウチのおかーちゃんは、リツに負けたくなくて、同じ日に生まれた、リツの名前がカッコイイって思って、負けたくなくて、スズメって名前つけたんや。いっつも、ちょっとずれとる」

「お前もな」

スズメがぽんとリツを蹴る。ふいを突かれたリツはバランスを崩して、縁石から下りる。スズメは声を上げて笑うと、走り出した。リツは苦笑しながらも、走って追いかける。スズメは次の縁石に足をかけ、そのままその上を走ろうとする。しかし、片足を乗せたとたん、ぐらりとバランスを崩した。

その時、初めてスズメの世界が揺れたのだ。

「スズメ……！」

駆け寄ったリツが慌ててスズメの体を支える。おかげで何とか転ばずに済んだ。

「大丈夫？」

「なんか、ふらっとなった」

「めまいかな」

めまいかもしれない。よくわからない出来事に、リツが名前を付けてくれてほっとする。めまいなら知っている。

「もう平気や、治った」

自分に言い聞かせるように、スズメはきっぱりと言う。しかし、体の奥には世界がまっすぐでなくなってしまったような、奇妙な感覚がまだ少し残っていた。

「じゃな」

商店街の真ん中でリツが告げる。右に行けば写真館、左に行けばつくし食堂。一緒に帰るのもここまでだ。

リツは名残を惜しむ様子もなく、すたすたと帰っていく。スズメは立ち止まったまま、その後ろ姿をじっと見つめる。そして、おもむろにポケットから笛を出し、三回吹いた。

リツはすぐに立ち止まりくるっと振り向く。不機嫌そうな顔だったけれど、でも、もう一度顔が見られてほっとした。本当に無事だったとちゃんともう一度、確かめたかったのだ。

「リツー！」

「……なんだよ？」

「呼んだだけやー！」

スズメは笑顔で大きくぶんぶんと手を振った。

糸電話の件は、ハルの口から、ウタロウ、センキチにも伝えられた。

スズメのアイデアはバカバカしいものだったけれど、廉子と話したいという気持ちは皆、痛いほどよくわかった。

そして、廉子の存在を少しでも感じたくなった楡野家の人々は、久しぶりにお墓参りに行くことにしたのだ。

皆が神妙な顔でお墓に手を合わせた後、センキチはおもむろに糸電話を取り出した。スズメの糸電話だ。センキチは物干し竿も丁寧に包んでわざわざ持ってきていた。

「おばーちゃんに見せてやろうと思ってな」

「これでおじーちゃんと、おばーちゃんと話をさせてやろうと思った」

「うん、聞いた。ありがとな。でも、スズメ、残念やけど三途の川は、この世にないんやわ」

「……あの世か？」

「……まあ、そんな、とこやな」

「そんな気はしとった……」

「しとったか」

センキチが笑う。そして、改めて、糸電話を手に取り、まじまじと眺めた。

「なーんか、これ見てると、話せるような気がするな。こっちかたのコップを廉子さんが手に持ってくれたら話せるのになあ……」

　センキチの穏やかな口調に、ハルとウタロウがぐっと唇を嚙む。

「もう、おばーちゃんはおらんか。話せんか。淋しいな……」

　スズメの言葉にセンキチは首を横に振った。

「そんなことないぞ、スズメ。廉子さんはここにもおるし、空にもおる」

　センキチは自分の胸をぽんと軽くたたき、青い空を見上げる。

「見守っとる。生きとる私らをな、空から見守っとる。あいつは生きてる時から、そういうやつやった……」

　その時、風がさあっと吹き抜けた。その風から、スズメは廉子の気配を感じた。おじーちゃんの言っていることはきっと本当だと、そう思った。

　廉子が眠るのは、小高い場所だった。気持ちいい風が吹き、周囲には遮るものがなく、空が広い。

　センキチはその広い空に向かって紙コップを向けた。そして、小さく、廉子の名前を呼んだ。ウタロウが後ろを向いて小さく「センキチさーん」と返してみる。

「何やっとる、お前は。アホか？」

　センキチに見つかり、ウタロウは今にも泣きそうに見える情けない顔でへらりと笑う。

「廉子さーん！」

　今度は思い切った大声で、センキチは名前を呼んだ。ソウタも、スズメも、センキチの思いに引きこまれるように声を上げ、廉子を呼ぶ。空に廉子がいるような気がしてならなかった。ウタロウもハルも声を上げる。皆の声がこだまし、青空に吸い込まれていく。

「元気やよ～!」

また後ろを向いて、ウタロウがやまびこを真似て小さく言うと、ソウタは思わず吹き出した。

皆、口々に廉子を呼び、廉子を感じている。

空を見上げるセンキチの笑顔を見ながら、スズメはリツの国語の解答を思い出していた。センキチがただただ寂しいだけでなく、ほんの少しでも、「せいせいする」と思えていたらいい。なんとなくそう思った。

それから数日後、スズメは泣きながら、夜空を仰ぎ、廉子に呼びかけていた。

(おばーちゃん、スズメ、どこ行けばいい?)

いくら空を見上げても、答えは返ってこない。スズメは夜の商店街をとぼとぼと歩き出した。

ほんの一時間ほど前、スズメはお茶の間でソウタともんた&ブラザーズの「ダンシング・オールナイト」を録音しようと、うきうきと準備をしていた。テレビの歌番組から流れる曲を、ラジカセで録音するのだ。ちょっとの音でも入ったら台無しになる。ソウタとふたり息をひそめて、録音ボタンを押した。

ちょうどその時、ハルがどすどすと足を踏み鳴らしながら、帰ってきたのだった。

「ふぎょぎょ！」

スズメは録音が台無しになったことを嘆いたが、怒り狂ったハルは取り合おうともしない。ハルは岡田医院のキミカから聞いてしまったのだった。スズメがリツにゴミ箱を投げつけたことを。

スズメは慌てて弁解しようとしたが、ハルは聞こうともしない。

「失敗はしかたない。ほやけど、嘘はあかん。ちゃんと言いなさいって。隠すなって。なんで卑怯なことするの⁉　ばれなかったらええの⁉」

スズメは悔しかった。だって、本当に違うから。でも、名前のことは言いたくない。だから、どうしても口ごもる。それがハルには、隠し事をしているように映ったのだろう。彼女はますます激しくスズメを叱りつけた。

「あー、もうスズメにはがっかりやわ」

「私も、おかーちゃんにはがっかりだ」

悔しくて悔しくて、スズメは思わず言い返した。ワコおばちゃんはいい匂いだけど、うちのおかーちゃんは麹味噌《こうじみそ》の匂いか、コロッケあげてる油の匂いだとか、ワコおばちゃん家《ち》は宝石みたいなクッキーが出るのに、うちは五平餅《ごへいもち》ばっかりでパッとしないとか、全然思っていないことも、思っているとしてもちょっとしか思っていないことも、どんどん吐き出した。

しまいには、「パーマをかけたおかーちゃんはマグマ大使のゴアそっくりや」とまで口にし、その言葉は、ウタロウが思わず吹き出したことと合わせて、ハルの女心をいたく傷つけた。

「なんで、リツくんに石投げたの？」

「石やない。石はさすがに投げげん」

その言葉にまたハルはカチンとくる。が、ぐっと飲み込んで、答えを促す。

「あ、ゴミ箱か。なんで、投げたの？」

「リツに投げたんやない。ブッチャーに投げた。あたると思わんかった。あてるつもりはなかった」

「なんで投げたの」

「言いたない」

スズメの頑《かたく》なな態度に、ハルの目がきっと吊り上がる。

「ワコおばちゃんやったら、わかってくれる」

「そんなに、ワコさんがいいんやったら、ワコさんとこの子になりなさい」

「……なるよ」

完全な売り言葉に買い言葉だった。スズメは「ワコおばちゃん家の子になる！」と言い捨てて、家を飛び出したのだ。

走って走って、走りつかれて、とぼとぼと歩き出す。

涙がどんどんあふれ、乱暴に拭っても、まだあふれた。

そして、すっかり途方にくれたスズメは、空を仰ぎ、廉子に助言を求めたのだった。


結局、スズメが向かったのは、宣言通りワコの家だった。しかし、スズメにとってそこは、ワコの家ではなく、リツの家だった。

建物の外から、リツの部屋の窓に向かって、名前を呼び、笛を三回吹く。

すぐに窓から顔をのぞかせたリツを見て、スズメはほっとした。

「何？」

「リツん家に家出してきた」

「……意味がわかりませんが」

そう言われ、スズメは一生懸命考える。スズメがリツの家の子になるのは確かに意味がわからない。どうしたら、リツの家の子になれる？　スズメははっと思い当たり、真剣な顔で言う。

「結婚するか!?」

リツはぐったりと窓枠にもたれ、力なく言った。

「かんべんしてください」

萩尾家にはなんとか入れてもらえたものの、スズメの話を聞いてすぐ、ワコは楡野家に電話を入れた。

「迎えにいらっしゃるって」

そう告げられて、スズメは精一杯大人ぶった口調で、ワコに確かめる。

「やはりあれですか？　スズメはこの家の子にはしてもらえないか」

ヤイチは冗談っぽく歓迎だと言ってくれたものの、ワコは「お母さんの大事な大事なスズメちゃんだからもらえない」ときっぱり告げた。

「とても大事に思ってるとは思えない。クッキーも焼かない。髪もあんでくれない」

「お店、忙しいから」

スズメの言葉の奥に寂しさを感じ取ったワコは、スズメの目をのぞき込んで、熱を込めて語りだした。

「スズメちゃん、聞いたことあるでしょ？　ハルさん、命懸けでスズメちゃん産んだよ。腎臓の病気あってこわかったし。分娩室まで、あ、赤ちゃん産む部屋ね。そこまでウタロウさん、おとーさん、付き添わせたって武勇伝、キミカ先生に聞いたことある」

「えっ、すごいな。ウタロウさん」

ヤイチがぎょっとした声を上げる。当時はまだ男性が出産に立ち会うなど、考えもしない時代だった。

「あなたはこわがっちゃって、病院にすら来なかったものね」

「いや、そういうのは、男子が見てはいけないと」

「臆病なだけよ」

ワコがぴしゃりと言うと、ヤイチは面目なさげに頭をかいた。

「スズメちゃん、おかーさん、スズメちゃんのこと、大好きよ」

ワコはスズメの両肩に手を置き、ますます熱を込めて語る。

「あ……っ、俺、そろそろ部屋、戻って、マーブルマシンの続き……」

リツに遮られ、ワコがイラッとした表情でまだまだ続くはずだった言葉を飲み込む。

リツはすかさず、「スズメも見るか？」と声をかけ、スズメは「うん！」と元気よく頷いた。


久しぶりに訪れたリツの部屋では、またよくわからない装置が増えていた。永久機関の研究をリツはまだ続けているのだった。マーブルマシンというのは、ビー玉が転がり続ける装置のことだ。転がるビー玉をスズメはキラキラした目で追い続けた。

「気をつけないと、かーちゃんのいい話は長い」

「あれ、いい話か!?」

「聞いててわからなかったの!?」

リツは驚いて、スズメをまじまじと見る。スズメは変なところで鋭い癖に、変なところで鈍い。リツは未だにスズメの反応を読み切れないことに、ちょっとした敗北感を感じながら、ノートを取り出し、マーブルマシンの改良計画を練り始める。

「どんどん、進化するな」

「うん」

「果てしないな」

「果てしない」

静かだった。部屋にはシャーッというレールを走るビー玉の音だけが聞こえている。

「眠い」

唐突にスズメが言った。

「え？」

「リツ、ちょっとベッド貸して」

「あ、どぞ」

スズメは躊躇なくリツのベッドに倒れ込んだ。

「音、うるさくないか？」

「ん……？　ちょうどいい……子守歌」

そう答える声はもう眠気でとろとろとしている。

滑るように流れ続ける玉。それを見つめるリツ。眠るスズメ。

完成された空間と時間。その部屋とその時間には、どこかリツが追い求める永久機関のような、不思議な調和があった。

ハルが萩尾家に駆け付けた時には、もうスズメはぐっすり眠りこんでいた。あまりの図々しさに恐縮するハルに、ワコは笑って首を振り、スズメを連れてくるといってリツの部屋に向かった。

入れ替わりに現れたリツにハルは頭を下げた。しかし、リツはハルの謝罪を遮ると、スズメがゴミ箱を投げた本当の理由を話し始めた。スズメが名前のことでからかわれていることを、ハルは初めて知った。

「お母さんのつけてくれた名前だから、スズメはお母さんに言いたくなかったんだ」

すまなさや愛おしさ、よくわからないいろんな感情が一気に押し寄せてきて、ハルのもともと緩い涙腺が決壊しそうになる。ハルは必死に瞬《まばた》きして堪えた。

リツはさらに、「ここだけの話」だと裏の事情まで教えてくれた。リツの推察によると、名前のことでスズメをからかうブッチャーは、スズメのことがちょっと好きなのだという。からかうのは、ちょっかいを出す理由がほしいだけなのだと。

ハルはリツの聡明さに感心するばかりだ。そして、これだけ、いろんなものがクリアに見えてしまったら、それはそれで生きづらいのだろうと、いつかのワコの言葉を思い出して思う。

「……リツくん……賢いね」

「だから、おばさん、スズメを怒らんといて」

「……わかった。事情はわかった。リツくん、でも、ゴミ箱投げつけられて、痛かったでしょ？　ごめんね。あの子、本当に乱暴で」

「平気だよ。スズメは思ったまんまだから。そこが……」

リツは言葉を切り、慎重に言葉を探した。

「いいとこだから」

「……リツくんみたいな子が友達でスズメは幸せやね。ありがとう。ありがとうございます」

ハルは真摯《しんし》に頭を下げる。大人なのに、子供に向かって、頭を下げるなんて。そんな風に少し戸惑っているリツの顔が、珍しく子供っぽくて、ハルの目にかわいらしく映った。

ワコの手から渡されても、目を覚ます気配のないスズメを、ハルはおんぶして歩く。随分と重くなったけれど、まだまだ軽い。まだまだ小さい。

ハルはスズメを寝かしつける時にそうしたようにぽんぽんと叩きながら、なんとなく歌い出した。

「うさぎ、おーいし、かの山〜。こぶなつーりし、かの川〜。ゆーめはいーまも」

それは子守歌がわりにいつも歌っていた歌だった。

「め〜ぐ〜り〜て」

うっすらとした声が重なる。

「わ〜すれが〜たき、ふるさと」

親子で声を合わせて歌い終えると、ハルは首をひねって、背中で狸寝入《たぬきねい》りしている子供をにらみつけた。

「あんた、起きてるなら、歩きなさいよ」

「やだー」

スズメはふざけて足をバタバタさせる。

「うわっ、あ、危ない」

そう言いながらハルはスズメをくすぐる。スズメは身を捩って笑い、「やめて、落ちるー、鍔ー！」と叫ぶと、ハルの背中から滑り下りて、勢いよく駆け出した。

「おいこら待て！」

ハルも慌てて追いかける。もうすぐ近くに、見慣れた家の灯りが見えた。


次の日の朝、スズメは目玉焼きを焼いているハルのもとへ行って、「おかーちゃん」と呼びかけた。ハルは忙しく食卓に出来上がった料理を並べながら、「そろそろおかーさんって言った方がよくない？」などとぺらぺらと話しはじめる。しかし、「おかーちゃん」と繰り返すスズメはいつになく何か言いたげだ。

ハルは言葉を切り、家事の手を止めて、スズメの話を促した。

「左の耳がもわーんてする」

「耳鳴りかね？」

「ん……あんまり、聞こえん」

最初は、耳垢でもたまったのかと呑気なことを考えていた。でも、耳はきれいだった。それで、ハルは岡田医院にスズメを連れて行ったのだ。念のためのつもりだった。しかし、キミカは真剣な表情で、名古屋の大学病院の耳鼻咽喉科で検査するべきだと告げた。

大学病院という言葉の響きに、ハルはおののいた。そんなに大ごとなのかと。

しかし、スズメは名古屋に行ったらあんかけスパゲッティが食べられると、無邪気に喜んでいる。その様子に、ハルは大丈夫だと自分に言い聞かせ、「帰りに東山動物園でゴリラ見よっか」と調子を合わせたのだった。

大学病院の検査の日までに、ひょっとしたら耳鳴りが止むのではないか。ハルとウタロウはそんな淡い期待を抱いていたが、スズメの耳鳴りは止まなかった。

そして、スズメは大学病院で聴力検査を受けた。

担当したのはやさしそうな中年の医師だった。

ヘッドホンを渡されたスズメは、音が聞こえたら、手元のボタンを押すように指示された。スズメは耳を澄まし、時折ボタンを押した。その時の、屈託なく、一生懸命な姿を、ハルは後になって何度も思い出した。

その時点で、スズメの左耳は、もうほとんど聞こえなくなっていた。

小学校の休み時間、スズメは自分の耳のことを、リツたちに話した。まだ、病気だとも何とも言われていなかったし、病気のことを打ち明けるというより、自分の体についての新しい発見を伝えたいという気持ちの方が大きかった。

「今、スズメの左耳は面白い。ときどき、小人が歌って踊る」

そう言って、スズメは近くにあったリツのノートに、小人の絵を描いてみせる。

「何歌うの？」

当たり前のような顔でリツの横に陣取るブッチャーが尋ねる。スズメも別に名前のことをバカにしてこなければ、喧嘩をする理由もない。「聞いたことない曲。ボルネシアン風」ときちんと答えた。

「それを言うなら、ポリネシアンだ」

リツが冷静な口調で訂正する。ナオが慌てて「意味は、通じた」とフォローしてくれた。

「すごい。聞いてみたい」と手をパチンと合わせて興奮するナオに対して、ブッチャーは「お前の耳、おかしないか？」と馬鹿にしたように言う。リツはスズメにわからないように、ブッチャーの足を思い切り蹴った。

「でも、やがて終わる」

スズメはランドセルから透明なケースを取り出した。その中にはきれいなピンクの錠剤が入っている。

まだ、大学病院で行った検査の結果は出ていない。しかし、突発性の難聴だったら、この薬が効くことも多いと医師が出した薬だった。

スズメはハルから、この薬を飲めば治ると聞かされていた。

「治る……これを、飲むと」

「あ、それ、俺の喘息の薬とおんなじ」

「えっ、リツとお揃いか⁉」

スズメの顔がぱっと輝く。

「それ、ステロイドっていうんだ」

少し神妙なリツの声。

しかし、スズメはリツとお揃いだということが、ただ嬉しくて、透明なケースを高く持ち上げると、じっとピンクの錠剤を見つめた。

リツの病気を治し、ヒーローにするすごい薬なのだと思った。

治るのだと思ったら、今の耳がちょっと惜しくも思えた。こんな面白い耳を持っている子はなかなかいないだろう。

放課後、スズメはズック靴を飛び跳ねるように履いて、リツと共に校庭に飛び出していく。時々、ふらっとするけれど、放課後のチャイムが鳴れば、これまでと変わらず誰よりも早く飛び出すことができる。

その時、ひと際、強い風が吹き抜けていった。生徒たちがスカートや髪を押さえる中、スズメは全身で風を聞いていた。

「ああ……風の音が、体の中から聞こえるみたい。私、風の真ん中にいる！」

スズメはキラキラした目で、リツに報告する。リツは微笑んだ。

「スズメ！　マーブルマシン、改良した。見に来るか⁉」

「行く行く！」

スズメは体から聞こえるごうごうという風の音を聞きながら、リツと先を争うように駆け出した。


検査から二週間後、ハルとウタロウは大学病院に呼ばれた。親だけで来てほしいと言われたのだ。事務的な口調に、嫌な予感が膨らんだ。

「ムンプス難聴と言いまして、おたふく風邪のウイルスが内耳に感染して、急性発症する難聴です」

医師は淡々とした口調で病名を告げた。固く拳《こぶし》を握りしめながら話を聞いていたウタロウはハルと顔を見合わせる。

「いや、娘、おたふく風邪なんて」

「いえ、おたふく風邪の症状が出ないことも多く……」

「はあ……」

よくわからなかった。症状が出ない病気なんてものがあるのか。しかも、そのせいで難聴になるなんて。なんだかひどく理不尽なことのように思えた。

「あの、それで、もう左は完全に聞こえてなくって、それはもう戻らないということなんですか？」

「はい、左は完全に失聴しています」

「なんか、娘、奇妙な音がしてるようなんですが、そのせいでしょうか？」

「耳鳴りの一種と考えられます」

「治らないんでしょうか？　何か方法は？」

「いえ……」

治らないのだ。ピンクの薬も効かない。ウタロウはショックを受けたが、自分以上に打ちのめされている様子のハルを見て、自分を奮い立たせ質問を口にする。

「あの、この先、何か気を付けてやることは……」

「はい。あの、これからは、聞こえる右の耳だけでものを聞くことになります。これが、慣れないと、けっこう不自由です。お嬢さん、小学校ですよね？」

三年生だとウタロウが答えると、医師は頷いた。

「まず、担任の先生にはおっしゃってください。後ろの方の席では聞こえにくいし、どこから音がしているかも、判別するのが……。音は、両方の耳で聞くことによって、聞き定められます。音の遠近感覚、方向はわからなくなります。遠くから呼ぶ時は、気を付けてあげてください。というか、呼ばないで。どこから呼ばれてるかわかりません。

休み時間、たくさんのお友達がいっせいにおしゃべりしますと、もう、何を言われてるかわかりません。音楽が鳴っているところとか、テレビがついたままのおしゃべりも難しい。両耳聞こえてる時とは違います」

「ふたつ、耳がついてるのには、意味があるんですね。片方ダメになった時のために、もう片方があるわけじゃないんですね。スペアじゃない」

ハルが嚙みしめるように言う。耳が二つある意味など、これまで考えたこともなかった。

「あと、気配というものが感じにくくなります。気配って音なんです。後ろから人が来る気配。車がやって来る気配。片耳ではなかなか感じ取ることが難しいようなんです」

ハルとウタロウはまたぎゅっと拳を握る。耳が聞こえないということがどういうことなのか、その現実の重みがじわりじわりと染みてきた。

「あと、これは当たり前のことですが、聞こえる方の耳、右から話しかけてあげてください。左はまったく聞こえないわけですから」

医師は淡々とした口調で説明を続ける。ウタロウは持参したノートに、必死になってメモを取った。

「なんか、いろいろ大変……やな」

ウタロウは頭をかく。医師の言葉がまるで押し寄せる雪崩《なだれ》のようだった。必死に気を張っていないと押し流されてしまいそうだった。

熱心ないい医者だと思った。「気を付けること」を尋ねたら、これだけのことを答えてくれる。だけど、その痛いほどの「事実」をまっすぐに、ぶつけられる苦さを、ウタロウは感じずにはいられなかった。

「あ、じゃあ、耳鳴りは……」

ハルの言葉にも、医師はすらすらと答えた。

「それは今後も続くと思います。三半規管《さんはんきかん》もダメージを受けている可能性があるので、しばらくの間はバランスがとりにくくなる……自転車や階段など、日常生活を気を付けてあげてください。ただ、これは、やがて時が経てば……」

「なんで、なんで、あの子はこんなことになったんですか⁉」

ハルは涙目で問う。医師に聞いても詮無《せんな》いことだとわかっていても、聞かずにはいられなかった。

「それは、おたふく風邪の……」

医師はやはり淡々とした口調で、説明を続けようとする。ハルはかっとして「そんなこと聞いとらんっ！」と遮った。

ウタロウは横からハルの体をぎゅっと抱き、ハルに代わって医師に頭を下げる。

医師は静かな口調でハルに語り掛けた。

「お母さん、実は片耳聞こえない患者さんは、けっこうな数いらっしゃいます。しかし、皆さん、がんばって……」

「皆さんの話はどうでもいいです」

ハルは噛みつくように言った。

「私の娘は、ひとりです」

ウタロウはハルをたしなめ、医師にまた頭をさげる。

「いえ……」

医師は気分を害した様子もなく、静かな目でハルを見る。

それは多くの理不尽を目にしてきた人の目だった。


シャーッという音とともに、ビー玉がレールを走る。

リツの部屋で、スズメは改良したマーブルマシンを見せてもらっていた。

いつもと違って左側にいるリツの声が聞こえづらかったけれど、右側に代わってもらったら、ちゃんと聞こえた。

スズメはすぐに耳のことも忘れ、マーブルマシンに夢中になった。

そこに、ワコがクッキーをもってやってきた。アンゼリカがのったキラキラした宝石のようなクッキー。スズメは歓声を上げて食べ始める。

「あなた、最近、こういうのばっかりで、ピアノさぼっとるんやない？」

ワコの小言に、リツはゴホゴホと大げさにせき込む。

わざとらしいと冷たく言ったワコは、すぐにリツの異変に気付き、その背中に手を当てた。

　リツは体が裏返りそうなほど激しく咳を繰り返している。

　スズメはその激しさに青ざめたが、ワコは落ち着いた様子でリツに薬をとってくると告げた。

「リツ……」

　リツが苦しむ様子をスズメは見ていることしかできない。それでも、何かせずにはいられなくて、そろりと手を伸ばしたスズメに、リツは「帰れ！」と怒鳴った。

　スズメは思わず凍り付く。そんな風に言われたのは初めてのことだった。

「スズメは帰れ！」

　苦しそうにせき込みながら、リツは繰り返す。

　リツの目は本気だった。本気で帰ってほしいのだ。スズメは混乱しながら、家を出た。

　家の外に出たら、帰ったことになるだろうか。

　スズメは萩尾家の玄関の横に、膝を抱えて座り込んだ。

　どれぐらい待っただろう。中から、買い物かごを下げたワコが現れた。

　スズメは慌てて駆け寄ると、リツの無事を確かめる。

「うん、もう平気やよ。たまにああなる」

　スズメはほっと胸を撫でおろす。そして、地面に目を落としながら、少しいじけたような顔で、もう一つ気になっていたことを尋ねた。

「なんで、リツはスズメに帰れって言った？」

ワコはふんわりと笑い、考える間もなくすぐに答えを口にした。

「リツは、スズメちゃんのマグマ大使だから。英雄だから、スズメちゃんに弱っちいとこ、見せたくないんやよ。薬、飲んだら治った」

「薬。ピンクの！　スズメも飲んでるから治る！」

スズメの顔はもう、ぴかぴかと輝いている。

「スズメちゃんも？」

スズメの耳のことを知らないワコは首をひねる。しかし、すっかり安心したスズメは、ワコに手を振ると、自分の家に向かってもう走り出していた。


夕食後、「8時だョ！全員集合」を見ようと、ソウタとテレビの前に待機していたスズメは、ウタロウに茶の間に座るように言われた。

ハルとセンキチも固い顔で座っている。

スズメはハルから「もう薬を飲まなくてもいい」と告げられた。

リツと同じピンクの薬を飲んで、治すのだとばかり思っていたスズメは戸惑った。

まだ、左耳の小人が、ときどき騒ぐのだと訴える。まだ、薬が必要だと。

「ソウタ」

ソウタに向かって、センキチがとがめるように名を呼ぶ。勘のいいソウタは、すぐにテレビを消し、茶の間を出た。

「あのね、もう、スズメの耳の治療はしません」

ハルははっきりとした口調で言った。

「お薬効かなかったんだ。別の病気やった」

ウタロウの言葉に、スズメは「治る？」と短く尋ねる。ウタロウは言葉に詰まった。

何度か大事な答えを口にしようと、息を吸うが、言葉が詰まったまま出てこない。

見かねたハルが口を開いた。

「スズメの左耳は、もう、治らんのやと」

あんなに医師の冷静な口調に腹を立てたのに、自分が伝えようとする時はやはり、冷静な口調なのだった。しかし、その冷静な口調を、ハルは保てそうもなかった。

「今の……ままやと」

「……ずっと？」

「……うん」

「一生？」

「うん……」

「もう、私の、左耳は聞こえんの？」

「うん」

少し考えるように俯《うつむ》いたスズメは、ぱっと顔を上げた。

「バイバイって言えんかったな……」

スズメの一言に、ハルは虚をつかれる。

「元気な時の左の耳に、バイバイ、今までありがとなって言えんかった」

スズメがそっと左の耳に触れる。形も柔らかさも変わらないのに、すっかり変わってしまった左の耳。

「突然やった」

スズメは突然、すくっと立ち上がる。スズメは泣いていなかった。

「ソウタ、呼んでくる。『8時だョ!全員集合』、ヒゲダンスに間に合う」

スズメが勢いよく部屋を飛び出す。

ハルの目からずっと堪えていた涙が静かに零《こぼ》れ落ちた。


ババンバ、バンバンバン。

夜、布団に横たわったスズメは、ドリフの歌を口ずさむ。

天井を見上げながら、自分の耳のことを思う。

バイバイを言えなかった左耳のことを。

しかし、天井に龍の形を見つけると、スズメの気持ちはたちまちそっちに向かう。

スズメは空中で天井の模様を指でなぞる。

夜、一人になってからも、結局、スズメは一粒の涙もこぼさなかった。

スズメの左耳のことがわかった翌日。

ソウタは豚の貯金箱を割った。そして、スズメがずっと欲しがっていたグルグル定規を買い、「おこづかい余ったから」と言って、なんでもないことのようにプレゼントした。

リツは左耳に耳栓を入れ、手を叩いて音の聞こえ方を試したり、飛び石を飛んで、バランス感覚を試したりした。スズメに、近づこうとしたのだ。バランスを崩すたびに、リツは少し悲しい顔をした。

ワコはハルに代わって岡田医院から漢方薬をこっそり調達する役を買って出た。気休めにしかならないのに、お金がかかると、ウタロウが反対していたからだ。

そして、ハルは泣いてばかりいた。

「ピカピカで産んだのに。あの子に申し訳ない」とウタロウに縋って泣いた。

本人であるスズメだけが、変わらないように見えた。

スズメは渡し船に乗っていた。左耳のことを話したら、渡し船のおっちゃんが、ただで乗せてくれると言ったのだ。

おっちゃんは船をこぎながら、亡くなった自分の妻もまた左耳が聞こえなかったのだと話した。空襲で左側に爆弾が落ちて、聞こえなくなったのだという。

たくさんの人が焼けて、誰かわからないようになって、皆が自分の家族だと思いたくて、死体の取り合いだったという壮絶な話を、スズメは真剣に聞いた。

河原にハルの姿を見つけ、スズメは「おかーちゃん」と呼ぶ。

「あんた、何船乗っとるの〜!?　おかーちゃん、スズメ、ここにいるかなと思って、来てみたー」

何かをハルが大声で言っているのはわかる。しかし、スズメにはうまく聞き取れなかった。

おっちゃんがハルの言っていたことを伝えてくれる。スズメはぱっと笑顔になった。

「やっぱりな。そう思った。聞こえんくても、だいたいわかるな。言っとること」

「以心伝心ってやつやな」

「イシンデンシン、何それ？」

「心が通じ合ってるってことや」

スズメはハルに向かって笑顔で手を振る。

ハルも笑顔で手を振り返す。

ハルは泣いていた。スズメの笑顔を見たら、泣けて泣けて仕方がなかった。

船までは遠く、涙が見えないのをいいことに、ハルは泣きたいままに涙を流した。

体育の時間。

以前だったらあっという間に過ぎる時間が、その日はひどく長く感じた。

豊島先生に順番に指名され、生徒たちは平均台の上を難なく渡っていく。スズメは体育座りで、その様子をぼんやり眺めながら、ちょっと前のことを思い出していた。

運動場に向かって、いつものように勢いよく階段を駆け下りようとしたスズメは、ぐらりとバランスを崩してしまったのだった。その時、階段がゆらりぐらりと歪んで見えた。

怖くて、足がすくんだ。

「あと五分あるね！　行けるとこまで行っちゃうよ」

腕時計を確認した豊島先生が、どんどん生徒を指名し、平均台に上げていく。

スズメはちらりと体育館の時計を見た。時計の針は遅々として進まない。

スズメはぎゅっと自分の体を抱え込み、うつむく。

その時、視線を感じ、はっと顔を上げた。リツが見ていた。

スズメはじっと見つめ返す。そして、心の中でゆっくりと笛を吹いた。

一回、二回、三回。

リツがかすかに頷いたように見えた。

「はい、次、楡野スズメさん」

「……はい」

とうとう順番がきてしまった。スズメはこわばった顔で立ち上がる。その瞬間、いきなり立ち上がったリツが大声を上げた。

「わっ、先生の背中にヤモリ！」

豊島先生は「どこどこ」とジャージの背中を見ようと、尻尾を追いかける犬のようにぐるぐると回り出す。

さらに、リツは「ブッチャーの方に！」とか、「そこそこ、あ、走った！」とか、指をさしながら、大げさに騒ぎ立てる。生徒たちは姿の見えないヤモリに翻弄され、パニックになった。

チャイムが鳴る。

スズメは立ち上がったまま、一歩も動かないでいた。

スズメはリツを見つめた。率先して騒いでいたリツは、その視線に気づき、見つめ返す。

やっぱり、リツはマグマ大使だと思った。自分のヒーローだとそう思った。

「なんで、助けた？」

小学校からの帰り道。いつものようにリツと並んで帰りながら、スズメは尋ねた。

「……マグマ大使の笛が聞こえた気がした」

届いていたのか。スズメの表情が緩む。「以心伝心」だ。スズメはこの間、渡し船のおっちゃんに教えてもらった言葉を思い出した。

このまままっすぐ帰ってしまう気にならず、スズメはリツを誘い河原に向かった。大きな石に、並んで腰を下ろす。渡し船のおっちゃんの姿は、今日は見当たらなかった。

「リツ、左耳がうるさい。ずっと耳鳴りする。本当に音しとる気がする。聞いてみて」

スズメの左耳にリツは自分の右耳をあてる。

「聞こえないけど」

「そうか、スズメだけか……」

スズメがぽつんと呟く。目から涙がつっと流れ出た。

リツは一瞬浮かべた、苦しそうな表情をいつものポーカーフェイスで隠し、静かな口調で話し出した。

「……今まで泣かなかったのに、スズメ。ウチのお母さんがスズメちゃんは一回も泣かないんだよ、えらいって。ハルおばさんがそう言ってたって」

「泣く時がなかった。泣く時が、見つけられんかった。私が泣くとみんな泣く。つくし食堂が泣き虫食堂になってまう。泣き虫のおかーちゃんは、スズメが泣いたら、よけいに泣くに決まっとる」

スズメはしゃくりあげながら、つっかえつっかえ話した。話すほどに、涙がどんどんあふれてくる。もう話を続けることもできなくなり、スズメは突然、声をあげてうわーんと泣いた。九歳の子供らしく、感情を爆発させるようにわんわん泣いた。

「びっくりしたぁ」

リツがあまりびっくりしていないような口調で言う。

スズメはリツのことも気にせず、泣き続けた。

涙と共に、ずっと心の中にせき止めていたいろんな感情がどっとあふれ出る。顔も頭の中もぐちゃぐちゃで、でも、大声で泣くのは少し気持ちがよかった。

リツはただ隣にいてくれた。

「帰ってもいいぞ」

スズメが唐突に言う。石に座るお尻がじんじんと痛くなってきた。それだけ長く座っているのだ。それだけ長く、リツをつき合わせている。

このまま隣にいてほしかったけれど、一応気を使った。

リツは少し笑った。

「いいよ、つきあうよ」

ずっと泣かないでいたものだから、涙のストックはまだまだある。

だらだらと泣き続けるスズメの横で、リツが立ち上がった。

一瞬、もう帰ってしまうのかと胸がきゅっとしたが、リツは平らな石を拾い、水切りをやり始めた。

リツが手首のスナップを利かせ、石を川に向かって投げる。石はぴょんぴょんぴょんと跳ねながら、真ん中まで飛んだ。

スズメは、思わず泣くのを忘れて見入った。

左耳が聞こえないというのは、スズメにとって大変なことだ。

涙が止まらないほど悲しいことだ。

でも、スズメは目の前の光景にわくわくしていた。

リツに教えられ、スズメは自分でも水切りを始める。しかし、スズメの投げる石は、リツのとは違い、跳ねることもなく、川底に沈んでいく。

スズメは何度も何度も石を投げた。

やっと一度、石が川面を跳ねた時には、リツと手を合わせて喜んだ。

もう涙は乾いている。スズメはキラキラした目で石を投げ続けた。


（一九八〇年、九歳になった秋、私は左耳の聴力をなくした。私の世界は半分になった。私は生き物として弱くなった。両方の耳で音を聞いている時、世界は力強くたくましかった。しっかりそこにあった。今は、何の音も、かぼそく、頼りない。足元がぐらぐらした。心許なかった。

でも、本能が、生きようとした。世界を楽しもうとしていた）

夕食の時間にはまだ早く、ほとんど客のいないつくし食堂の客席にハルとワコは向かい合って座っていた。その前に、ウタロウがお茶を置く。

ハルは力なく、「いらない」とお茶を押しやった。

ハルとワコはそろって小学校に呼び出されていた。

豊島先生は体育の時間にリツが起こした騒動について話した。そして、それがスズメのためのものであったことも。

豊島先生はワコに理由も聞かずリツを叱ったことを謝り、ハルにスズメに対する配慮が足りなかったことを謝った。耳のことは聞いていたというのに、うっかりしていたと平謝りに謝った。

「これからは気をつけます。なんとか、こちらも、いじめなど起こらないように」

いじめという言葉に、ハルは震え上がった。悪い想像がどんどん膨らんでいく。つくし食堂に帰っても、まだ悪い想像は消えない。それどころか膨れ上がるばかりだった。

ハルの憔悴ぶりを見かね、ワコは意を決して話しかける。

笑顔でいよう。お母さん、泣いたら、子供は元気ではおれん。病気を、起きてしまったことを、悔やんだり憎んだりしても、何の解決にもならん。

ワコの言葉は正論で、だからこそ、ハルを苛立《いらだ》たせた。

「あの子の左耳は、もう二度と治らん。……リツくんの、喘息は治るかもしれんやない？」

口にした瞬間、後悔した。リツの喘息について、どれだけワコが心を痛め、心を砕いてきたか、知っていたはずだったのに。

スズメを心配してくれたワコにひどいことを言った。嫌な女だ。ダメな人間だ。夜になって、ハルはウタロウに対して後悔を吐き出した。

「嫌な女になるときも、ダメな人間になるときも、あっていいんやないの？」

ウタロウは穏やかに笑って言った。

「いつだっていい女で、正しい人で、完璧なおかーちゃんやったら、スズメだって息がつまるやろ。俺だって息がつまるわ。スズメはそんなおかーちゃんが大好きだ。泣き虫なおかーちゃんが大好きだ」

ウタロウの言葉にまた涙腺が緩みそうになる。彼の言葉はハルの心を軽くしてくれた。おかげでなんとか、次の日に、萩尾写真館に謝りにいく勇気を持つことができた。

「ひがんだようなことを言っちゃって」と謝るハルに、ワコは「ううん」と首を振った。

「私、たまに、先生みたいな言い方するでしょ？　リツに言われる。ほーら、これからいい話するぞって感じあるんやと。鼻につくって。出来損ないの金八先生みたい」

ワコは髪をかきあげ、金八先生の真似をする。

ハルは思わず笑う。

スズメの耳のことにばかり気をとられ、自分は、スズメはなんて不幸なんだとそればっかりを思っていた。

でも、そうじゃなかった。

自分は本当に人に恵まれている。心を軽くしてくれる人がいる。笑わせてくれる人がいる。自分は幸せなのだと改めて思った。

楡野家の茶の間には家族全員が勢ぞろいしている。スズメが招集したのだ。スズメの傍らには、今回の大事な助手であるリツの姿もあった。

「本日、お日柄もよく、こうしてみなさまにお集まりいただき……」

スズメのもったいぶった口上を、「前置きはいいから、早く」とソウタが遮る。スズメはウンッと仰々しく咳払いした。

「わたくしとリツが創ったものを、皆様の前でご披露いたしまする」

スズメの目配せで、リツはすかさず照明を落とす。

そして、スズメは制作者であるリツの許しを得て、レコードプレーヤーのスイッチを入れた。

レコードプレーヤーの上には、スリットの入った筒状の物体が置かれている。それをハルたちはスズメに言われるままに、スリットからのぞき込んだ。

小人が見えた。レコードプレーヤーの回転と共に、小人たちが楽しそうに、踊っている。

スズメにゾートロープを教えてくれたのは、もちろんリツだった。

うまく作ればアニメみたいに、絵が動いて見えると教えてもらった時、スズメはまっさきに、小人のことを思い浮かべた。左の耳の小人を動かしたいと思ったのだ。

そして、おかーちゃんに見せたいと思った。自分の左耳はこんなに楽しいのだと。

そして、スズメは自分のイメージする小人の絵を描き、リツに動かしてもらったのだった。

小人たちはいつまでも踊り続ける。楽しそうに、嬉しそうに。

ハルは「あれあれ」と言いながら、目を潤ませた。

「どう、おかーちゃん、すごいやろ!? これがスズメの左側の世界や。耳ん中で、小人が踊る!」

スズメの言葉でハルの目からどっと涙があふれる。

「すごいね、こんなの作るなんてすごい。スズメの左側は、楽しいね。……リツくん、ありがとね」

リツは照れ臭そうに、頭をかいた。

ハルはスズメと肩を並べてゾートロープをのぞき込む。涙ごしに見るゾートロープはきらきらと夢のように素敵だった。

楡野家の軒下にてるてる坊主が揺れている。

秋の遠足のために、スズメが吊るしたてるてる坊主。

しかし、朝、スズメが目を覚ますと、外は薄暗く、しとしとと雨が降っていた。

台所ではハルがおにぎりを握っている。

秋の遠足のお弁当だ。

遠足が中止の場合は朝六時に花火があがる。

あがらなかったということは、雨天決行ということだ。

スズメはお弁当の入ったリュックを背負い、張り切って雨の中に飛び出していく。傘を勢いよくぽんと開いたスズメは、玄関で見送るハルを振り返った。

「おかーちゃん、面白い、半分だけ、雨降る。右だけ雨降っとる」

「そうか。左聞こえんもんねえ。スズメの左側は、いつだって晴れやね！」

ハルは笑顔で答えた。わかってくれたのがうれしくて、スズメはぴょんぴょんと長靴で飛び跳ねる。

そうして、雨音に耳を澄ませながら、小学校に向かった。

校庭には、すでにかなりの生徒が集まっていた。

スズメはきょろきょろと辺りを見回す。

すると、リツ、ナオ、ブッチャーが「こっちこっち」と言いながら、大きく手を振っているのが見えた。

これだけ人がいると、声だけではどこから呼ばれたのかわからない。仲間たちの気遣いがありがたかった。

「スズメ、雨止んでるー！」

リツたちはもう傘をさしていない。気づけば、さっきまで右耳に絶え間なく届いていた雨音が消えている。スズメもすぐに傘を閉じ、空を見上げた。

灰色の雨雲が重く垂れ込めていた空は、晴れ始めていた。

空の半分。右側だけ、抜けるような青空が広がっている。

「……半分、青い」

スズメはその美しい空をキラキラした目で見上げた。

一九八九年　岐阜

チャイムの音と同時に、スズメはナオと共に教室を飛び出す。

目当ては購買部の人気商品、じゃがまろと焼きそばパン。

ヌーの群れのような体育会系男子の集団を躱《かわ》し、途中、よろけて脱落したナオの思いと注文を背負い、スズメは購買部を目指して疾走する。

時は平成元年。新しい元号に改まったその年に、スズメは高校三年生になった。

パツンと切りそろえた前髪に、無造作に二つに結んだ髪。校則通りのスカート丈に靴下。

オシャレに余念のない同級生の女子たちと比べると、その姿はどうにも野暮《やぼ》ったい。

しかし、本人にまったく気にする様子はなかった。

花も恥じらう乙女というより、スズメはまだ花より団子。購買部で人気商品を手に入れられるかどうかが、何より大切なことだった。

階段下の購買部前には、もう大勢の生徒が押し合いへし合いしている。

スズメは勢いよく階段を駆け下りた。

らつかない。

この時分には、スズメのバランス感覚はすっかり治っていた。飛んでも、跳ねてもふ

「スズメー！」

自分を呼ぶブッチャーの声がする。スズメはきょろきょろと辺りを見回す。

バランス感覚は治っても、音の方向を片耳で特定することはできないままだった。

ブッチャーはスズメがきょろきょろしているすきに、その脇をすり抜け、最後の焼きそばパンをかっさらう。

小学五年で成長が止まり、小柄になったが、ブッチャーは相変わらずの反則ブッチャーだった。

スズメはすかさず後ろから飛び蹴りを食らわせる。

しかし、結局、ブッチャーは焼きそばパンを手に逃走し、スズメは泣く泣く羊羹《ようかん》サンドとミックスサンドという不本意な昼食を購入する結果となった。

とぼとぼと教室に戻る途中に渡り廊下で、スズメはリツの姿を見かけた。

窓枠に腰を掛けて、焼きそばパンを食べている。

「なんで？」

スズメは思わずリツに詰め寄った。柔道の授業を受けていた男子が、購買部で人気商品を手に入れるなんて距離的に不可能なはずだ。

「ん、なんかさあ、下級生たちがくれた」

リツが視線を向けると、少し離れた場所でリツに熱い視線を送っていた女子の集団がきゃあっと黄色い声を上げながら手を振る。リツのファンのようだ。

美少年だったリツは、そのまま美しく成長した。しかも、小学生の時に彼を分厚く覆っていた氷は表面上はすっかり解《と》け、近づきたい放題になっているのだから、モテないはずがない。

「リツ、チャラくなったよね。変わってまった……」

スズメが婆くさい口調で言うと、

「社会性を身につけた、と言ってくれ」

そう返したリツは袋からじゃがまろを無造作に取り出す。

「ふぎょぎょ！　じゃがまろ！　幻のじゃがまろ！」

スズメは興奮し、じゃがまろに手を伸ばす。リツは「あ、いる？」とわざとらしく尋ねたが、もちろん、わかってきいているのだ。

「欲しい」

「どうしよっかな。三回回って、ワンって言ったら……」

リツはもったいぶる。スズメはぐいっと顔を寄せて、「わん！」と大声で言うと、リツをちょんと押した。

リツはバランスを崩し、あわあわとする。

そのすきにスズメはじゃがまろを強奪した。そのまま、走り去ろうとしたスズメは、どしんという音に足を止め、振り向く。

窓には、腰を掛けていたはずのリツの姿がない。

「えっ、リツ、死んだ？　やってまった……!?」

スズメは慌てて、窓の外をのぞき込む。

しかし、そこは一階。仰向けに倒れたリツがVサインをして、スズメを笑わせた。

リツは小さなころの喘息がすっかり治り、バスケット部のエースとして活躍していた。彼がシュートを決める度、ファンの歓声が上がる。

スポーツ万能、成績優秀、眉目秀麗と、朝露《あさつゆ》高校の王子さまのような扱いを受けているリツだが、そもそもはこの高校に入るはずではなかった。

中学に上がっても、リツの神童ぶりは揺るがず、彼は名古屋の海藤《かいとう》高校という、現役で東大に何十人も入るような日本でも屈指の名門校を受験することになっていた。そんな難関校もリツは余裕で受かるはずだったのだ。

しかし、受験当日、海藤高校まであと二十分というところで、リツはあるものを発見する。道の脇にある布をかけられた塊《かたまり》。慌てて拾い上げると、それはかわいい顔をした犬だった。車にはねられ、二度はねされないようにと道の脇に移動させたものの、それ以上のことはせず、放置していったようだ。

リツは大声で助けを呼んだが、誰一人足をとめない。しばらく、助けを呼び続け、助けるのは俺しかいないのだと思い当たった。そして、犬を抱え、タクシーを止め、動物病院へと向かった。

犬は一命をとりとめ、探していた飼い主にも無事再会することができた。リツの受験を犠牲にして。

しばらく、リツは家から出てこなかった。「ふるさと」の代わりにショパンの葬送行進曲が奏でられた。

そして、春休みも終わりかけ、やっとリツが家から出てきたときの笑顔。それはまるで悟りを開いたかのような笑顔だった。

そうして、涅槃《ねはん》を見た彼は、逆に世俗にまっさかさまに堕《お》ちていった。スズメに「チャラい」と言われるリツはこうしてできあがったのだった。

仕方なしにリツが朝露高校を受験したことにより、期せずして、スズメたちは同じ高校に通うことになった。

ブッチャーはバドミントン部に入部した。小学校の頃、ベストテンごっこで聖子ちゃんを独占していたマナちゃんを追いかけて。しかし、マナちゃんはイケメンの先輩とすぐに交際。ブッチャーは入部して間もなく失恋した。

ナオは道着に憧れ、弓道部に入った。しかし肝心の弓道のセンスはまったくなく、三年になってもまるで上達しないままだ。

スズメは美術部に入った。絵を描くのはずっと好きだった。今は文化祭用の大きな絵を描いている。いつか見た青い空。そこに、クジラが悠々と飛んでいる。そんな絵だった。

同級生たちが、恋をしたり、失恋したりと浮かれている中、スズメはもくもくと絵の具にまみれ、絵と格闘し続けていた。

浮かれていたのは高校生だけではない。その頃、世はバブルとやらで、日本中が浮かれていた。ワンレンやら、ボディコンやら、お立ち台やら、タクシーチケットやら、株やら、アッシーメッシーミツグくんやら、苗場だスキーだベイブリッジだ、ととにかく浮かれていたのだ。

しかし、そんな中、いざなぎ景気の時とは違い、つくし食堂はまったく浮かれてはいなかった。むしろ梟町《ふくろうちょう》郊外にできた、ファーストフード店やファミリーレストランに押されっぱなしで、ハルは五平餅の原価と利益を考え、眉間《みけん》にしわを寄せながら電卓を叩く毎日だった。

「ウーちゃん、これ見て」

ハルはウタロウに売り上げのグラフを見せる。見事な低空飛行だ。ウタロウは顎をぽりぽりとかいた。

「ハルさん。グラフにはしたらあかん。なんだってグラフにはしたらあかんのや。お前のウエストだって、十八歳の時からグラフにしたら……」

ハルはウタロウをぺしっと叩く。

「ええか、ハルさん、今ここだろ？　ほやけど、来年はこうなり……」

サインペンを手にしたウタロウは、グラフに思いっきり右肩上がりの線を描き足した。

「再来年には、こうなり、年々、売り上げ、アーップ！」

ウタロウはその辺にあった広告まで持ってきて、白い裏に急上昇カーブを描き続ける。

「アホッ」

呆れていたハルも、たまらず笑い出す。このところハルの眉間に刻まれっぱなしだったしわが、久しぶりに姿を消した。


萩尾家の窓を見上げ、スズメが笛を吹く。三回。きちんと頭の中で、マグマ大使の笛の音を響かせながら、丁寧に吹く。

窓が開き、リツが顔を出した。あいかわらずの、優しいふてくされ顔。

スズメはばっと両手をあげてみせた。

「何？」

「お手上げや」

数学の宿題を助けてほしい。そう訴えると、リツは黙って部屋にあげてくれた。

算数から数学に名前が変わったとたん、問題文の意味さえよくわからなくなった。同じ日本語とはとても思えない。リツが根気強く教えようとしてくれるのだが、「xが限りなくゼロに近づく時」という言葉からして理解できる気がせず、スズメは教科書を放り投げた。

「私は、つけ耳の改良を試みる」

自分から宿題を教えてもらいに来たというのに、もうスズメの気持ちは変わっている。鞄からつけ耳を取り出すと、それを見ながら、ノートに新しいつけ耳のデザイン画を描き始めた。

スズメは授業中、自作のつけ耳をつけるようになっていた。聞こえる方の右耳につけると、つけ耳が音を拾い、ぐっとクリアに音が聞こえる気がした。

だから、スズメは滑舌《かつぜつ》が悪い先生や、声の小さい先生の授業の時には、ためらいなくつけ耳をつけた。先生たちは逆に自分が査定されている気になったようだ。自然に声が大きくなり、滑舌もよくなった。スズメは自分でも知らず知らずのうちに、授業の質を向上させていたのだった。

周囲はスズメのつけ耳に戸惑っていた。どう見ていいのか、どう触れていいのかわからない様子だった。そんな空気にスズメが気づくわけもなく、スズメと周囲の微妙な距離を埋めたのはリツのスタンドプレーだった。ふざけて、スズメのつけ耳を自分でもつけてみせ、周りにもつけてみるように勧める。そういったことを繰り返すことで、「触れてはいけないものなんじゃ……」という空気が、「なんだ、触れていいんだ」と段々と緩んでいった。

スズメが教室の中で、浮くこともなく、いじめられることもなく、なごやかに過ごしていられるのは、まぎれもなく、リツの知恵と配慮のおかげだった。もちろんスズメはまるで気づいてはいなかったが。

スズメは数学のノートにつけ耳のデザイン画を熱心に描き続けている。

リツはその手元をのぞき込んだ。

様々な形のつけ耳のデザインが描かれている。その中にはリツが一緒になって考えたものもあった。

リツは「吸音率とか関係あるんやないかな」などとまた小難しいことを口にする。もともと、何かを作るのは好きなのだ。リツも宿題を放り出し、一緒になって考えだす。

その時、シャクシャクという小さな音が部屋に響いた。

「ごめん。ちょっと、エサ」

リツは立ち上がり、水槽のカメにエサをやる。ワコが縁日で気まぐれに買ってきたカメだった。フランソワという大層な名前がついている。

「世話を押し付けられたか？」

「まあ、ありていにいえば。でも、可愛い」

リツは微笑みを浮かべ、カメがリンゴをかじる様子を見つめる。

スズメは同情の笑みを浮かべた。

「結局、リッ、高校になっても、友達できんかったもんな。あんまり」

「スズメ、今の思考の方向おかしいから」

リツがビシッと言う。ファンはたくさんいるのに、友達が少ないことを、リツはひそかに気にしていた。

カメの世話を終えたリツは、つけ耳の改良計画に再び加わった。しばらく考えたリツはスズメに両方につけ耳をつけることを提案する。

「どして？　左はもう聞こえんもん。こっちつけても意味ないやん」

スズメがさっぱりとした口調で言う。

「バランスってもんがあるやろ」

「リツ。たまに思うんや。私の左耳はなんのためについとる？　聞こえんのに」

「……かわいいからついてるんやないの？　スズメの耳はかわいい形や」

「えっ？」

リツのものとは思えない言葉に、スズメは目を丸くしてリツを見る。

リツは照れ隠しのように、さっきエサをやったカメの方を眺めた。

「よーし、フランソワ、食べてるな」

「誰だ？」

鋭い口調でスズメが問う。

「え？」

「スズメの耳はかわいいからついとる、なんて、洒落《しゃれ》たことリツが言うわけがない。考えつくわけがない。誰かのパクリや。受け売りや。誰だ？」

　リツは軽く咳払いをする。スズメの野性の勘をなめていたようだ。リツはスズメに向き直り、しぶしぶ口にする。

「ブッチャー」

「ああ……ブッチャー」

「あいつは、ブッチャーのくせに、心は細やかだ」

「なんとなく気づいてた」

「あ、気づいてたついでに言わせてもらっていいですか？　ぜひ、もう一個気づいてやってほしいことがある。俺は昔から思っている。あいつは、スズメに気があるんやないかって。小さい頃からあの執拗なイジメ方……あれは」

「リツ」

　スズメは重々しい口調でリツの名前を呼んだ。

「はい」

「リツは、ブッチャーと親友じゃないのか？」

「親友だよ。いっそ、きっと、唯一の」

「親友なのに、好きな子も打ち明けてもらってないのか」

ブッチャーが自分を好きだなんて、スズメは欠片《かけら》も信じていなかった。それよりも、リツの唯一の親友が親友じゃないかもしれない問題の方が気になる。

「……親友じゃないのかな……ブッチャー」

自信なげに呟くリツの肩を、スズメはぽんと叩いた。

「リツ、大丈夫だ。リツには、フランソワが……」

「みなまで言うな！」

「了解……しました」

フランソワがリンゴを咀嚼《そしやく》するシャリシャリという音が響く。スズメはつけ耳のスケッチを再開し、リツは仕方なく宿題を片付け始めた。

(かわいいからついてるんやないの?)

リツの声が耳に蘇る。すぐにパクリだとわかったけれど、それでも、一瞬、どきっとした。リツに言われても、どきっとするもんやな。スズメは他人事のように思い、すぐにそのことを忘れてしまった。


放課後、スズメは自分の部活を休み、弓道場に向かった。

その日はナオの試合の日だった。三年生の最後の試合。ナオは初めて試合にださせてもらえることになっていた。

スズメは柵の外から、ナオを応援する。

道着がかわいいからと入部しただけあって、袴姿はナオによく似合っていた。

ナオが放った矢が的の真ん中に命中する。

ナオは一瞬、喜びの表情を浮かべるが、先生から「隣の的や」と言われ、しゅんと肩を落とした。

スズメはドンマイドンマイと口だけ動かして、励ます。ナオはスズメに微笑み返した。

気づけば、遠く離れたギャラリーの中にリツとブッチャーの姿もあった。どうやら彼らもナオを応援しにきたらしい。

「次、柏木《かしわぎ》高校。一の立《たち》、山田さん。二の立、金沢さん、三の立、伊藤《いとう》さん」

先生のアナウンスと共に、対戦相手の高校生が位置につく。

そのうちの一人の美しさに会場中が目を奪われた。

きりっとした凄みのある美貌。

袴姿のりりしさもあいまって、まるで戦の女神のようだった。

矢を射るほんの少し前、美少女の視線がギャラリーに向かうのをスズメは見た。

その視線の先にリツがいることも。

リツと美少女の目が合う。

その瞬間、スズメは音を聞いたような気がした。激しい火花のような音。

それはほんの一瞬のできごとだった。

美少女は表情を変えず、的を見て、ゆっくりと弓を引く。

矢はまっすぐに飛んだ。

リツはじっと美少女を見つめている。

射終えた少女がリツの方を見る。

スズメは、なんとなしに目を伏せた。


ナオの最初で最後の試合は惨憺《さんたん》たる結果に終わった。

喫茶ともしびでナオの残念会をやろうとスズメが言い出し、リツとブッチャーはナオが片づけを終えるまで、校庭で待つことになった。

校庭の片隅で、手持無沙汰だったリツは、ブッチャーに誘われるがままにバドミントンを始めた。

「もう来年はさ」

「うん？」

「こうして、リツとここにいることもないんやなあ」

ラリーを続けながら、ブッチャーがしみじみと呟く。

「卒業しても、会おうよ」

そうリツが言うと、ブッチャーは顔をぱあっと輝かせた。どうやら、ブッチャーとは問題なく親友だったようだ。

はしゃぐブッチャーにリツは「そだ、ブッチャーさあ」と声をかける。

「好きな子とかいないの？」

「……リツくん」

ブッチャーがうるうるとうるるんだ瞳でリツを見る。親友同士で好きな女の子について話すという状況は彼の大好物だったようだ。リツは思った以上のブッチャーのテンションにたじろぎ、「あ、いいや今のなし」と慌てて口にする。

その時、張り切って大きく振ったブッチャーのラケットが、シャトルを空高く飛ばした。

シャトルはリツの頭上を越え、木の上に引っかかる。

ブッチャーはシャトルをとろうと、助走をつけてジャンプするが、勢い余って転倒する。とても届きそうになかった。

「あのシャトル、いいやつなんや」

ブッチャーは諦めきれずシャトルを見上げる。

ため息をついたリツは、はっと息を飲んだ。

先ほど弓道場で見かけた美少女が近づいてくる。

美少女はリツと木に引っかかったシャトルを見て、ふふっと笑った。

「任せて」

美少女は丈の長い弓袋の先で、シャトルをつんつんとつつく。シャトルはぐらりと揺れ、彼女の手のひらの中にぽとりと落ちた。

少女は自分から手の中に飛び込んできたようなシャトルに戸惑いながらも、リツの方に差し出す。

ブッチャーは少し離れたところで、そのやり取りを見ていた。ふたりの間に邪魔してはいけないような空気を感じたのだ。

「ありがとう」

「どういたしまして」

美少女は微笑む。近くで見ると、その美しさは怖いほどだった。

「なんか、鳥が」

思わずリツは口走っていた。

「鳥?」

「小さな白い雛鳥《ひなどり》が手の中にいるみたいに見えた。君がシャトルを持った時」

リツの言葉があまりに素敵で、少女は思わず笑う。

そのまま、行き過ぎようとした彼女を、リツは一世一代の勇気を振り絞って引き留めた。

「あ、あの……」

彼女は振り返る。こんなに怖いのははじめてだった。

「名前、聞いてもいい……かな?」

「君、さっき私のこと見てたよね」

「あ……はい」

少女は少し考え、いたずらっぽく笑った。

「名前、そっちが教えてくれたら、教える」

「え……。あ、萩尾リツです。旋律の律と書いて、リツ」

「へぇ」

彼女は目を細めた。

「私は伊藤サヤ。サンズイに青の清いと書いて、サヤと読みます」

リツとサヤはじっと見つめ合った。リツは、彼女から受け取った雛鳥のようなシャトルをそっと握る。

ブッチャーは離れたところで、気配を消し、どきどきしながらその光景を見つめていた。


喫茶ともしびで、スズメはブッチャーの口からサヤの話を聞いた。

スズメはどろどろになったクリームソーダをずずずと啜《すす》る。

「連絡先聞かんかったんか？」

「いや〜、もう、ふたりの空気がさ、出来上がっててさあ」

お好み焼きもろくに食べず、黙りこくっているリツに代わり、ブッチャーは自分のことのように聞かれてもいないことまで話し続ける。

サヤは毎年インターハイにも出ている、有名な少女だった。観客のほとんどは彼女目当てだったのだ。彼女の美少女ぶりは有名で、名古屋の栄《さかえ》でスカウトされたという噂はそうした話題には疎いスズメでさえ知っていた。

「あれは、かわいいわ。リツくん、お似合いやわ」

「いや、あの、ここでこうやってみんなで話題にするの、やめて……」

大声でしゃべり続けるブッチャーを、リツが弱々しく遮る。

いつもは傲岸不遜《ごうがんふそん》で自信たっぷりなリツのナイーブな口調に、皆、えっと身を引いた。

「もしかして、本気ですか……リツ殿」

ブッチャーの言葉をリツは否定しなかった。顔を赤らめて、「……聞こえるし」とお店の人の耳を気にする。

生まれてこの方、彼女を作ったことがないリツが恋に落ちた。

ナオとブッチャーのボルテージが一気に上がる。

ナオの引退試合のことは、完全に隅に追いやられていたが、ナオ自身ももうそれどころではなかった。

スズメたちはリツを拉致《らち》するようにして、彼の家に向かった。

人の耳を気にせず、じっくりたっぷり話を聞くためだ。

しかし、リツの部屋についたというのに、スズメたちはカメを構ったり、ワコ手作りのプリンを食べたりと、一向に話を聞こうとしない。

「俺の話、聞く気あるの？　ないの？」

焦《じ》れたリツが、切羽詰まった調子で尋ねる。

「あれ⁉　リツくん、リツ、もしかして話したいの？」

ナオがぐっと前のめりになった。その目はらんらんと輝いている。

「ナオちゃん、あかん！」

スズメはナオを遮った。

「急《せ》いては事を仕損じる。こういう時はそーっとそーっと。息を殺して、トンボを捕まえるように」

三人はリツに向かってトンボにするように、人差し指をくるくる回してみせる。

完全に面白がっている。

リツは力なく「やめて」と言った。

さすがにかわいそうになった三人は、からかうのをやめ、思い思いの場所に座り、リツの話をじっくり聞く態勢をとった。

リツはぽつりぽつりと言葉を探しながら、サヤについて話しはじめる。

いつもの流暢《りゅうちょう》な話し方とは全然違っていた。

「なんか……運命、みたいなもんやったら、また会えると思って……」

運命という言葉を、リツは照れながらも、しっかりと口にした。

「連絡先なんか、交換しなくても……なーんちゃって、ダメです、って言われるのが怖かったってだけの話なんやけど」

リツがおどける。しかし、彼が確かに「運命」を感じたことは、ナオにもブッチャーにも伝わっていた。

「きっと、また会えるんじゃないかな」

「うん……俺も、そんな気がする」

ナオとブッチャーが口にする横で、スズメは一人焦っていた。

「えっ、あ、えと、ちょっとついてけんなあ……そうなんか？」

運命って、そんな会ってすぐわかるもんなのか。

片思いさえ知らないスズメは、恋愛がどんなに常識を超えて、人に作用するかということを知らなかった。しかし、これまで見たことがないリツを見ているうちに、なんとなくわかったような気になってくる。

リツをこんな一瞬で変えてしまうなんて、運命はすごい。単純にスズメは感動した。

「そうなんや……リツは運命の人に会ったんや」

「もしかすると……」

慎重な言いまわしだったけれど、その表情には確信があった。

リツが新しい出会いの喜びと興奮にわくわくしている。その波動のようなものが、スズメをも包み込んでいた。

永久機関を作っているときでも、こんなにわくわくしているリツを見たことはない。

スズメは笑顔で、恥ずかしそうに笑うリツを見る。

そこには、少しの嫉妬もない。ただ、リツの幸せを喜ぶ、純粋な思いがあるだけだった。


夜、スズメは自分の部屋で鉛筆を走らせていた。

弓を引く美少女の絵。

サヤの美しい横顔がそこには描かれていた。

ノックの音がして、障子が開く。

ソウタが顔をのぞかせ、コーヒーを差し入れてくれた。

「お、サンキュー」

「何描いとんの？」

「ん？　リツが一目ぼれした。恋に落ちた。その相手。リツにプレゼントする」

まるで屈託のないスズメの言葉。

「ねーちゃん……」

ソウタはその屈託のなさに、かえって何かその状況の歪みのようなものを感じ、思わず呼びかける。

「うん？」

スズメは笑顔で、ソウタを見る。ソウタはこっそり溜息をつき、下にクッキーがあると伝えた。

「いい、コーヒーだけで。サンキュー」

ソウタが立ち去った後も、スズメは鉛筆を動かし続ける。

少しずつくっきりとしてくる、サヤのシルエット。

コーヒーを飲んで、もう少しで完成する絵を眺める。

何やら、ほんの少し、心がちくっとした。

その心の小さな痛みはほんの一瞬で、確かめる間もなく消えてしまった。

スズメは首を傾げたが、すぐに気を取り直し、また鉛筆を握った。


スズメが描いたサヤの絵を、リツは喜んで受け取ってくれた。

ワコの目を気にしてか、部屋の目立たないところに貼っている。

好きな人ができたら、なんとしてでも会いたいものではないかとスズメなどは思うのだが、リツはどっしりとしていた。

「運命を静かに待っている……なんつって」

リツは冗談めかして言うが、スズメにはそれが、一足先に恋を経験した者の余裕に映った。

しかし、スズメが本気で焦りだしたのは、ナオのもとに一通の手紙が届いてからだった。

ラブレターをもらったのだ。

スズメはけなるかった。うらやましくて、狂おしいという方言だ。

テレビを見ていても、けなるくて仕方がなかった。

画面に映っているのは、出会ったばかりの女性に男性から告白する人気デート番組だ。

自分以外のみんなが恋をしている気がする。

風呂上がりのぼさぼさ髪にジャージという色気のない恰好《かっこう》で、スズメはごろんと横たわる。そして、もうこれ以上けなるさに耐え切れず、テレビを消した。

「うわっ」

飲み物をもって茶の間に入ってきたソウタが、スズメにつまずく。

「トドみたいに、寝とるんやもん」

「湯あたりした」

ちりんと風鈴が音を立てる。

「ねえ、風鈴、つけた」

「おっ、早いな」

「梅雨あけたし。早めに夏を迎えに行く」

ソウタは笑いながら、テレビをつけようとする。スズメは慌てて止めた。

「高校生最後の夏が来る。最後の夏休みだ」

「……短めで」

「なんか、話始まるんやろ？　短めで頼む」

「はっ？」

どうやら聞いてくれるらしい。スズメはがばっと起き上がった。

「みんな恋をしている！」

スズメはライナスの毛布のようにタオルケットをぎゅっとつかむ。

「えっ、そっち？　高校出てからの進路とかやないんか？」

「私はどうせバカだ。どこも受からん。悩んでも仕方のないことは、悩まないのだ」

スズメは堂々と言い切る。ソウタは「そうですか」と呆れたように言った。

「あーあ。このままなんにもないまま、終わるんかなあ。私に、恋とかいうやつは、ないんか」

「恋はするもんじゃなくて、落ちるもんなんや」

ソウタはもっともらしいことを言う。ハルから聞いたのだが、ソウタにはもう好きな女の子がいるらしい。みんな当たり前みたいに恋をしている。スズメは自棄《やけ》になって言った。

「落とし穴か⁉　私の周りには、落とし穴が一個も掘ったらへん！」

「……ねーちゃん、そんなこと言っとるで、リツにーちゃんの好きな子の絵なんか描いちゃうんだよ」

「はあっ？　わけわからん」

スズメはごろんとだらしなく横になった。本当に何を言っているのかよくわからなかった。だけど、それを言われるとなんだか妙に腹が立った。

そこにセンキチが帰ってきた。テーブルの上に、どさどさと資料が入ったクリアファイルを置く。

ファイルの表紙には「ぎふサンバランド」と書かれていた。

最近、大人たちは、男も女もこの話題で持ち切りだった。

西町の清水が森にサンバのテーマパークを作るという。テーマパークで町にお客が呼べる。商店街の店もテーマパーク内で店を出せる。雇用も生まれる。そんな計画だった。いいことずくめのようだったが、ハルたちは半信半疑だった。

何せ岐阜県民は保守的だ。貯金額も多いし、借金もしない。そんな人たちがサンバを踊るだろうか。

しかし、東京の開発会社から派遣されてきた美男美女に、おだてられ、接待を受けるうちにだんだんと断るのも悪いような気になってきた。

そして、説明会と称した接待の場に、何度も足を運んでは、酔っぱらって帰ってくる。

その日も、ハルとウタロウはまだ飲んでいるようだった。

「なんや、スズメ、こんなとこで寝とったんか？」

センキチもまたスズメにつまずきそうになりながら言う。

「風鈴の音、聞きながら、タオルケットで寝ると、昔を思い出す」

スズメはぼうっとした声で言った。

長く使っているタオルケットからは、自分の匂いがする。

スズメはセンキチに、子守歌を歌ってほしいと子供の声でねだった。

センキチはリクエストに応え、優しい声で「ふるさと」を歌いだす。

スズメは目をつむって、聞いていた。

ソウタもちゃぶ台に頭をのせて、気持ちよさそうに目を閉じている。

ちりんと風鈴が涼やかな音を立てた。

子供に戻りたいような、早く大人になりたいような、よくわからない気持ちがこみあげてきて、スズメは頭までタオルケットをかぶった。


その朝、スズメは一時間に一本しかないバスをいつものように待っていた。

あまりに本数が少ないので、自転車で通う生徒も多いが、耳のこともあり、スズメはバス通学を選んでいた。

スズメは腕時計を確認する。バスはもうすぐ来るはずだ。

その時、スズメの前をしゃーっと自転車が横切っていった。

自転車の主は男子生徒だった。スズメは思わず目で追う。

ぽとりと何かが落ちた。

スズメははっとして拾い上げる。カセットテープだった。

「待って……これ」

スズメは全力疾走で自転車を追いかける。

何度も背中に向かって呼びかけながら、スズメはもしかしてと胸をときめかせていた。

もしかして、自分にも訪れたのかもしれない。運命というやつが。

「これ落としました！」

自転車がようやく止まる。スズメはゼイゼイ言いながら、やっとのことで追いついた。

後姿は悪くない。かっこいいような気がする。

スズメは今まさに振り返ろうとしている男の子の顔を、期待をもって見つめた。

（……び、微妙……？）

スズメは勝手に期待して、勝手にがっかりする。運命の人だから、一目で心を奪われるぐらいカッコイイはずだと思い込んでいた。

「あ、あの、これ」

スズメはカセットテープを差し出す。男の子は自転車から降りて、自転車をきちんと止める。そして、「ありがとうございます」と丁寧に頭を下げた。

学帽が転がり落ちる。スズメは学帽を拾い、手渡した。

「二回も拾ってもらってしまいました。すみません」

まじまじと見ても、男の子はかっこいいとは言えない。ぬぼっとしたあか抜けない印象の顔だった。でも、微笑んでいる感じは悪くない。

「えと、野球部とかですか？」

あまりに礼儀正しいので、スズメは思わず尋ねる。男の子は新聞部だと答えた。

予想外の答えに、スズメは戸惑う。

すごいですね、というのも、かっこいいですね、というのも違う気がする。

スズメがもじもじしているうちに、男の子はまた丁寧に頭を下げ、自転車で走り去る。

気づけば、一時間に一本のバスはとっくに出てしまっていた。


「真面目そうな人やった……」

教室でナオとお弁当を食べながら、スズメはバス停で出会った男の子の話をする。朝、学校に着くなり、スズメはナオに男の子の話をしていた。それから、ほとんど話すネタもないというのに、何度も話をしている。話しても話しても話し足りない。

みんなが恋に夢中になる理由が、スズメにもちょっとわかった気がした。

「あの人と結婚すれば、浮気はされん、しあわせや」

「えっ、もう、そこまで⁉」

飛躍するスズメの思考に慣れているナオも、さすがに驚きの声を上げる。

「私はナオみたいにモテないから、モテたことは大事にしたい」

「いや、スズメ、モテてないし。ありがとう、言われただけだし」

「そうやった……」

ナオの指摘にスズメは愕然とする。

「一時間に一本のバス乗り損ねて遅刻したわりに、モテたわけでもなかった」

「えっ、何？　モテたとかモテないとか、誰の話、何の話？」

この手の話に敏感なブッチャーがすすっと近寄ってきて、ついでのように、つけ耳がついたままだと指摘する。スズメはすっかりつけていることを忘れていた。ナオもまたその光景にすっかりなじんでしまっていて、指摘するのを忘れていた。

「ねね、なんなの、モテたとか」

興味津々のブッチャーを、ナオはしっしと手で払う。

「女同士の話だから、向こうへ行って！」

「え〜、これあるんだけどなあ〜」

すかさず、ブッチャーは手にしていたビニール袋からじゃがまろを取り出して見せる。どんな手を使ってか、ブッチャーは人気商品のじゃがまろを袋一杯に入手していた。

「ふぎょぎょ！　じゃがまろ！」

スズメはブッチャーのために、隣の椅子をさっと引く。

ブッチャーは少し離れた席にいるリツにも、じゃがまろをちらつかせて、来ないかと声をかける。しかし、バスケ部の後輩に囲まれているリツは「今ちょっと」と断った。

ブッチャーは、スズメとナオに声を潜めて言う。

「リツはバスケ部のエースやからな。夏の大会まで出てくれって頼まれとるんやろ」

「私の、モテた話はいいのか？　もうおしまいか？」

「えっ、スズメがモテたの⁉」

ブッチャーの大声が教室に響き渡る。その言葉に、後輩と話しこんでいたリツがぴくっと反応した。

「何、その天変地異！」

「ブッチャー、言い過ぎだ」

友人に忠実なナオが抗議する横で、スズメはちゃっかりと二個目のじゃがまろに手を伸ばしていた。

スズメがリツたちと共につくし食堂に帰ると、そこにはワコやキミカなど、ふくろう商店街の女性陣が顔を揃えていた。

彼女たちはサンバランドについて、女性だけで議論していたのだ。

男たちが若くて綺麗な開発会社の女性社員に、ぼうっとのぼせ上っている一方、女性たちは現実を見ていた。車で人が来るようになると、渋滞が起こる可能性があるのではないか。サンバランドの予定地は野鳥の寝床になっているのではないか。露出度の高いスタイル抜群のダンサーたちが商店街を練り歩くようになったら、みんな負けてしまうのではないか。

計画を聞いた当初こそ、いいことばかりのように思えたが、女性だけで冷静に話すと、次々に心配な点が見つかった。

そんな、なんとなく沈んだ空気の中、スズメたちは帰ってきたのだった。

「珍しいね。ともしびでお好み焼きやないの？」

サイダーを出してやりながら、ハルが声をかける。

「や、なんか、貸し切りやったんよ」

スズメたちは知る由《よし》もなかったが、ともしびでは、商店街の男たちが、開発会社の女性から直接、サンバのレクチャーを受けていた。とにかくサンバを知ってもらいたいというもっともな理由で行われたレクチャーだったが、男たちの顔は例外なくデレデレとしていた。

現実的な女たちとは対照的に、男たちは「サンバ最高！」と思いながら、ぎこちなく体を動かしていたのだった。

商店街の女たちはまだまだ議論を続けている。

スズメたちはサイダーと五平餅を手に茶の間に移動した。

話題はもちろん、「スズメがモテた話」だ。

バスケ部後輩からの相談事で加われなかったリツのために、スズメは最初から丁寧に話をする。

人に繰り返し話すほど、そのエピソードが特別なもののように思えてくる。

スズメは今更ながらにわくわくしてきた。

「それは、運命かもしれんっ」

話を聞き終えたリツが重々しい口調で言う。ひょっとしたら、と自分でも思っていたけれど、リツの口からそう聞くと、本当に運命なんじゃないかと思えてきた。

でも、そもそも運命って、なんだ？

わからないことはリツが全部教えてくれる。スズメはすぐにリツに尋ねた。

「で、運命って？」

「そんな、ちょっと素敵な、カセットテープを拾ってあげるなんて出会いは、この先、スズメの人生には、ないかもしれない」

スズメはうんと素直に頷いた。

「だから、もう一度会えたとしたら、運命だ」

「いやいやいやいやいや」

ブッチャーが割って入る。

「リツくんと弓道美少女は、そうかもしれんけど、スズメに運命の出会い？　それ、スズメにあるんやったら、俺にあってもええやん⁉」

嘆くブッチャーをさらりと流して、ナオもまたスズメに「運命や」と力強く請け合う。

「でも、別にカッコよくないよ」

運命なら仕方がないけど、どうせ運命なら、やっぱりカッコイイ人が良かった。なんとなく釈然としない様子のスズメに、リツはぴしゃりと言った。

「スズメ、贅沢《ぜいたく》は敵だ」

「わかった」

スズメは頷く。自分がモテないのはよくわかっていた。運命を大事にしないと罰があたる。

「もう一度、逢えたら、運命……」

自分に言い聞かせるように口にするスズメの横で、ブッチャーは面白くなさそうに五平餅を食べながら、「ま、会えないと思うけどね」と意地悪な口調で言った。

帰り道で、リツは少し先を行くキミカの姿を見つけた。追いついて、声をかける。つくし食堂で少し飲んだらしく、キミカはほろ酔いだった。

「ぎふサンバランドの話で来てたんですか？」

「あれ、ばれとった？」

「この町の大人たちは、今、あれに夢中だから」

「……リツくんは、どう思う？」

「正直、どっちでもいいかな」

それが、リツの率直な気持ちだった。そもそも、どっちにするべきなのか真剣に考えたことがない。それは、多分、自分がまだ子供だからというよりも、この町をいつか出ていく場所だと思っているからだろう。

どこか他人事なのだ。

キミカはリツの答えに苦笑した。

「若い人はそうやよね。年寄りは、変わるのがこわいかなあ。私は……この町には、私が取り上げた子供たちがたくさんおって。ま、リツくんもそうやけど。ほして、その子たちが、大人になって……この町、離れて」

自分の心のうちを見透かされたようで、リツは顔を伏せる。

「ほんでも、その子たちが、たまーにでもいい。帰ってきた時に、ホッとする場所やったらいいと思っとるんや、この町も、私も」

キミカは「あ、私は余計か」と笑う。リツは慌てて、首を振った。

「あっ、そんなことないです。キミカ先生に会うと、なんか心底ホッとします」

「ほうかね……？　忘れんといてね」

キミカは美しい赤紅色に染まった空を見上げ、穏やかな口調で言った。

「高校卒業して、遠くへ行っても、この町忘れんといてな」

「……はいっ」

リツはしっかりと頷く。

夕焼けに照らされた商店街とそこを行きかう人々。いつも見慣れたその光景を、リツはやけにしみじみと眺めた。

朝、スズメはバス停でいつものように、一時間に一本のバスを待っていた。

バス停に差し込む朝の陽ざしがスズメを照らしている。

ぼんやりとバスを待つスズメは、美しく見えた。

野暮《やぼ》ったい髪形や服装も、清純そうに見える。

「あの！　この前の人！」

突然の声に、スズメはきょろきょろと辺りを見回した。どこから声をかけられているのかわからなかった。

「あの、この前、カセットテープ拾ってくれた人！　この前の人！」

スズメはようやく、道路の向かい側から手を振る男の子に気づく。

男の子の前には横断歩道があるが、赤信号で渡れない。

自転車にまたがる彼はスズメに向かって何か叫んでいる。

必死に何かを伝えようとしている。

その様子を、スズメはじっと見つめる。

その時、バスがやってきた。

バスはふたりの間を遮るように止まる。

スズメは開いたドアを前にためらい、そして、そのまま、バスの扉がゆっくり閉まるのを見守った。

バスが走りだし、残されたスズメは、男の子を見る。

男の子は驚きの表情を浮かべていた。

男の子は信号が変わると、すぐに駆け寄ってきた。

運命の再会という言葉が頭を高速で駆け回り、スズメはぼうっとしている。そんなスズメに男の子は照れた様子で何度もつっかえながら、でも、まっすぐに告げたのだ。

「すみません。偶然じゃないんです。また会えるかもしれないって、毎日……。本当は、何度も、会えてて、っていうか、見てて、声かけよう、三回ぐらい、声かけよう、として、でも、勇気、なくて……今日やっと勇気出しました」

男の子は照れくさそうに笑う。スズメは何と言っていいのかわからず、「はあ」と間抜けな相槌を打った。

「あ、でも、バス！」

スズメがバスを逃したことを思い出した男の子は、自転車の向きをひょいっと変える。

「乗ってください。送ります！　朝露高校ですよね」

「あ、ううん。だって、西校ですよね。方向違うし」

「なんで西校って」

「あ、この前、学帽……」

スズメが自分のことを気にしてくれたようでうれしかったのか、男の子がはにかんだように笑う。その表情は、なんだか少しかわいらしかった。

「送ります」

「いえ、私、自転車はちょっと」

「あ、そうなんや……。すみません」

男の子がぺこりと下げた頭には、この間かぶっていた学帽がない。

「今日、学帽ない……」

「あ、あれは、創立記念日だけ。なんとなく。まあ、創立記念日は」

「真面目なんですね」

自転車を押して歩く男の子と、スズメは少し並んで歩く。

微妙だと思った顔が、なんだか急にりりしく見えて、スズメはどきどきした。

運命の再会について、みんなに聞いてもらおうと思ったのに、ナオとブッチャーは用事があると言う。

仕方なしにスズメは気乗りがしない様子のリツを連れて、いつもの喫茶ともしびに向かった。

「こんな、かわいい人は見たことがない。あなたのように、素敵な人に、会ったことがない」

自転車を押すリツの横で、スズメは再会した運命の人——小林《こばやし》の言葉を再現してみせる。

新聞部なだけあって、少し緊張のとけた小林は、スズメが赤面するほどに、情熱的な言葉を贈ってくれた。

「まるで、どこかの国のお姫様……」

「それは言ってないやろ、新聞部」

「あ、バレた。でも、こんなかわいい人、見たことないってのは、ほんとや」

スズメはうししと笑う。その姿に朝のバス停で見せた美少女の気配は微塵もない。リツはふんと鼻で笑った。

「サルのくせに」

「はあ？」

「お前は、生まれた時、サルやった」

リツはまるで新生児の時の光景を覚えているように、きっぱりと言う。

サルだと言われても、スズメは少しも腹を立てなかった。

だって、自分は運命の人から「かわいい」と言われたのだ。

生まれた時、サルだったからと言って、それがなんだろう。

スズメはぶすっとしたリツの横で、ひたすらへらへらと小林くんの話をつづけた。

ナオとブッチャーがそろって、喫茶ともしびに行くことを断ったのには理由があった。

ナオがあえて、スズメとリツをふたりきりにしようと言い出したのだ。

かねてから、ナオはスズメとリツの関係に運命を感じていた。

同じ日、しかも、七月七日に生まれているのだ。

カセットテープを落とした人と再会するという運命よりも、よっぽど運命らしいではないか。

小林くんとの運命の出会いについて聞いた時、ナオが思ったのは、「これで山が動くかもしれん」ということだった。

スズメとリツの関係は幼馴染みで固定されたまま、ピクリとも動かないし、ふたりに動かそうという気持ちも見られない。

でも、何かがあったら、どうにかなるかもしれん。ナオは常々そう睨んでいた。

だから、今、このタイミングで、あえてふたりきりにするということを試みたのだ。

ナオの話を聞いて、ブッチャーは「ほやな」と肯定した。

ブッチャーもかねてから、何かがあったら、どうにかなるかもしれんと思っていたのだ。

そうして、ふたりは示し合わせ、スズメとリツを喫茶ともしびに送り出したのだった。

そんな熱い期待を抱かれていることもしらず、スズメとリツはいつものように喫茶ともしびでお好み焼きを食べていた。

「ほう、デートに」

スズメの報告に、リツは淡々と相槌《あいづち》を打つ。スズメは前のめりになって頷いた。

「はい、明治村。来週の日曜日」

「展開、早いね。しかし、明治村。ベタやな」

「デートの聖地でしょ」

「入鹿《いるか》池のボートに乗ると別れるらしい」

「どの池も湖もボートに乗ると別れる。ボートに乗ると結婚する、という言い伝えは成立しない！」

「ま、そうやな。ほとんどの若いカップルが別れるもんな」

考えてみれば簡単なことだ。若いカップルはボートに乗る。そして、若いカップルは別れる。ボートに乗ると別れるという言い伝えの完成というわけだ。

それでも、スズメはボートに乗るべからずと、心のメモに書き留めた。

「そこで、リツにお伺いしたい」

「何なりと。でも、これ、奢《おご》ってね」

「了解いたしている」

スズメは重々しく頷く。そして、はあっと大きく息を吸って、一息に尋ねた。

「私は、どうしたら、モテる」

「いや、モテたんやろ？　モテたから、デートやろ」

「この先を聞いている……」

リツはスズメに小さく手招きをする。スズメが顔を近づけると、リツはその耳元で小さく、「この先は、修行が必要」と言った。

「……修行……」

そして、リツによるマンツーマンでの熱血指導が始まった。

スズメは神妙な顔で頷く。

スズメはリツの指導のもと、「ええ、ホントですか？」やら、「信じられない」やら、モテる相槌を繰り返し練習させられた。

スズメは言われた通り、語尾を弾ませるようにかわいく言ったつもりなのだが、リツはしきりに首をひねる。

「あれ、なんか、俺、方向間違っとるか？　これ、ＯＬか？　ねるとんの見すぎか？」

「先生。お願いしますよ」

スズメは真剣な目でリツを見る。何せ、お好み焼き代というレッスン料を支払うのだ。しっかりしてもらわなければ困る。

「とにかく、あんまり喋るな」

「……はい」

「かわいく相槌を打つ」

「うん」

一応、かわいい相槌を目指したつもりだ。しかし、リツに「もう一声」と言われ、スズメはよそ行きの高い声で、「うん」と言ってみる。リツは容赦なく、キモッと顔をしかめた。

「自分でも、じゃっかん、キモかった」

スズメはがくっと項垂《うなだ》れる。モテる女子になるための道は、なかなかに険しいようだ。

「スズメは喋ると面白い」

リツの言葉に、スズメは今度はぱっと顔を上げた。

「それは、よう言われる！」

自信満々なスズメにリツは、厳しい現実を突きつける。

「でも、スズメ、女の子は面白くなくていいんだ」

スズメの箸から、お好み焼きがぼとりと落ちる。

スズメの顔には絶望が浮かんでいた。

「可愛く大人しい方がいい」

「知らなんだ……！　私は、ずーっとなにかを間違えてきとったか。なんではよ教えてくれんかった？」

「とにかく、機関銃のように喋ってはあかん！　来々軒のラーメンの替え玉もあかん」

スズメは思わずえーっと絶叫した。

「ラーメンの替え玉あかんのか‼　そんなら、もう、恋なんかしん方がええ！」

スズメはばっと顔を覆う。

「そんなにか……。そんなに、ラーメンの替え玉が……」

そして、スズメとリツは、ナオたちの期待に一切応えることなく、まるっきりいつもの漫才のような掛け合いをしながら、お好み焼きを平らげ、喫茶ともしびを後にしたのだった。


目の前でワコに人差し指を振られ、リツははっとする。

気づけば、目の前のコーヒーは冷たくなっていた。

「なーんか、リツ、どうしやーた？　心ここにあらず？」

ワコの言葉には答えず、リツは「ごちそうさま」と立ちあがり、ピアノのある部屋へと向かう。

ゆっくりとピアノの蓋を開け、鍵盤に指を置く。

何も考えずに動かした指が奏でたメロディは「ふるさと」だった。

「ふるさと」だったら、目をつむっても弾ける。

リツはぼうっと物思いにふけりながら、指を動かす。

その時、コンという何かが窓に当たる音がした。

リツははっとして窓に駆け寄る。ぱっと窓を開けるが、そこには誰もいなかった。

リツは小さくため息をつき、ピアノの前に戻る。

しかし、ピアノを弾く気にもならなかった。何をする気にもならない。

リツはだらだらとでたらめに指を動かした。

ちらりと時間を確認する。

そろそろ、スズメは小林くんと落ち合ったころだろうか。

スズメはかわいい相槌をうまく打てないだろう。

どうしたって、喋りすぎてしまうに違いない。

デートだというのに、機関銃のように喋りまくるスズメの姿が目に浮かぶようだった。

自分の部屋に戻り、カメのフランソワに遊んでもらっても、気分は晴れない。

もやもやとした気分で、それでも、リツはスズメのデートの成功を信じていた。

スズメが、スズメらしく、小林くんの気持ちを摑むだろうと。


ハルが大騒ぎで選んだ白いブラウスと紺のスカートを身に着けたスズメは、清楚な美少女に見える。

落ち着かなげな家族に見送られ、スズメは「おみやげ、買ってくるでね」と言い残し、明治村に向かった。

待ち合わせ場所に小林くんの姿はない。

しばらくじっと待っていると、どこからかスズメを呼ぶ声が聞こえた。どこから呼ばれたかわからず、スズメはきょろきょろと辺りを見回す。

「楡野さん、こちら！」

ようやく、階段の上で手を振る小林くんに気づく。ほっとしたスズメは笑みを浮かべ、小林くんに駆け寄った。

ふたりは明治村の中を歩き出した。

とりあえず、お互いのことを話そうということになり、小林くんは新聞部の説明をしてくれる。しかし、左に立つ彼の言葉はよく聞こえなかった。

スズメは場所を入れ替わり、自分の左耳が聞こえないことを説明する。

「だから、お会いした時も、どこから呼ばれているかわからなくて。キョロキョロ……探しちゃって。片方しか聞こえないと、音の方向、わからないんです」

「あ……さっき、なんか、キョロキョロしてるの、可愛らしいなって」

スズメは思わずどきっとする。

「あ、今の、失礼……やったかな」

「あ、ううん……」

スズメは慌てて手をぶんぶんと振る。

「あ、あの」

「はい？」

「僕、守りますんで」

小林くんはきりっとした顔で、スズメを見る。

「僕、楡野さんの、スズメさんの左耳になります」

スズメは曖昧に頷いた。さっきの言葉にはどきっとしたのに、今の言葉には心が動かなかった。なんだか、ピンとこない。

小林くんに笑顔を向けられ、スズメは慌てて笑顔を返した。


リツはカメと一緒にひなたで甲羅干しをしている。

電話が鳴り、受話器を取ったワコが楽し気に話し込むのを、ぼんやりと眺める。

ふと話の内容に耳を澄ませたリツは素早く身を起こした。

「お母さん、それ、スズメやないの？」

「あ、リツきたわ。替わるでね」

ワコがリツに受話器を渡す。リツはさっと奪い取った。

「おばさん、話、超長い」

開口一番、スズメがぼやく。リツが「どうした」と促すと、スズメは「何話したらいい？」と途方に暮れた様子で尋ねた。

「リツが、あんまり喋るなって言うから、相槌だけ頑張ろうと思っとったら、小林くんがあんまり喋らん」

「沈黙が続くか？」

「続く。つらい」

小林くんを夏目漱石の家の縁側に残し、スズメはトイレに行くと言って、電話をかけているのだという。

「喋れ、スズメ」

こうなったら仕方がない。リツはお喋りを解禁する。

「何を？」

突然、言われてもすぐには浮かばない。リツが唸ると、スズメは早く、切れると慌てた。もう手持ちの十円玉は全部公衆電話に投入してしまった。

「あっ、あれやないか？　あのカセットテープ拾ったろ、そのテ……」

そこまで言ったところで電話が切れる。

リツは受話器を戻し、フランソワのもとに戻った。

手の上をのそのそと移動するフランソワの動きに癒されながらも、どこかでずっと鳴らない電話が気になっている。

リツは電話と時計を何度も何度も確かめ、落ち着かない時を過ごした。


小林くんが待つ縁側に戻ると、スズメはリツのアドバイスに従い、さっそくカセットテープの中身を尋ねた。

ユーミンとかサザンとか、そうした流行のポップスを編集したカセットだと思いきや、彼は「そういうのとは、ちょっと違うんです」と首を振った。

「よかったら、聞いてみますか？」

小林くんはウォークマンを取り出し、両方のイヤホンを差しだした。

「あ、私、片方しか」

スズメは右側のイヤホンを耳に差し込む。集中して耳を澄ました。

「……人が喋っとる……」

「落語、です……いいですか、こっち」

小林くんはスズメに確認し、左側のイヤホンを自分の耳につける。

小林くんの顔がすぐ近くにある。

スズメと小林くんは肩を並べ、かたっぽずつのイヤホンで落語を聞いた。落語の演目は、スズメも聞いたことのある「寿限無《じゅげむ》」だった。

「どんな話か知ってる？」

小林くんが尋ねるが、スズメの耳には聞こえない。スズメはイヤホンを外し、右耳を小林くんの口元にほんの少し近づけ、「なんですか？」と尋ねた。

小林くんはどぎまぎした表情になると、早口に寿限無の内容を話し出す。

寿限無は和尚さんが教えてくれた縁起のいい名前を、生まれた子供に全部つけてしまい、やたら長い名前になってしまったという笑い話だった。寿限無の呪文のような言葉の羅列は人の名前なのだ。

「いい話やね」

親につけてもらった大切な名前を、変だ変だとからかわれてきたスズメからしたら、他人事に思えない。

スズメは改めてイヤホンをはめ、寿限無に耳を澄ませる。

そのまま、ふたりはテープのA面が終わるまで、イヤホンで繋がりながら落語を聞き続けた。

お昼の時間になった。小林くんはスズメをレストランに連れて行ってくれた。帝国ホテルの中央玄関部分を移築した、厳かな雰囲気の建物。クラシック音楽が流れる特別な雰囲気のその空間に、スズメはわくわくと胸を高鳴らせる。

「私、ナポリタンで」

メニューの中で唯一知っていた料理の名前を、気取った調子でウェイターに告げる。

スズメはリツのアドバイスを思い出し、自分の中で精いっぱいの可愛らしい微笑みを浮かべる。練習が足りず、表情は引きつり、少々不気味だったが、小林くんは嬉しそうに微笑み返した。

スズメはカバンに手を伸ばし、中からつけ耳を取り出す。より大きく改良された最新版だ。

スズメは慣れた手つきで、右耳につけ始める。

その光景を見た小林くんは、愕然とした表情を浮かべた。

つけ耳をつける作業に熱中しているスズメは、その表情には気づかない。

「あ、気にしないで。ここ、音楽、流れてるじゃないですか。そうすると、私、音がききづらいので、いつもそういうときは、これ」

そう言ってスズメは自慢げに自作のつけ耳を示す。スズメはにっこり笑って、何かしゃべってみるように促した。小林くんはぼんやりと「寿限無」を唱え始めた。

「ばっちりです。聞こえます」

スズメは右手でＯＫマークを作る。

手作りのつけ耳は、やはりどこか不格好で、格式高い場所でひどく目立った。

周囲の客たちの不思議そうな視線が、ちらちらと注がれる。

スズメはその視線に気づくことなく、ナポリタンを勢いよく食べ始める。

上機嫌なスズメはまた、小林くんの口数がさらに減ったことに気づかなかった。

小林くんにとって、スズメはバス停の美少女だった。

直接、会話を交わす前に、彼のスズメのイメージはできあがっていた。

そして、つけ耳は、その彼の描いた理想の美少女像を、打ち砕くものだった。

百年の恋が醒《さ》めていく。

小林くんの顔にはあからさまにそんな表情が浮かんでいるのに、スズメは自分の話に夢中で気付かない。

このデートを少しでも盛り上げようと、自分の話、家族の話、友人の話、思いつくままに話し続けた。

そして、明治村でも、特にお気に入りの場所である金沢監獄に着いたときには、もうスズメの舌は止まらなくなっていた。

「見てください！　これが、金沢監獄。私、ここが大好き。ほら、あの、囚人の蠟人形。オレンジの囚人服がたまらないです。そして、朝ごはん、お昼ごはん、夜ごはんのサンプル！　ああ、今日は小学生が少なくて、けっこう空《す》いてる。いつも、並んでます。あそこに入って、囚人体験ができるんです！　あの、さっきの看視室は実はここのものではなく、網走《あばしり》監獄から移築されたものです」

スズメはキラキラした目で、小林くんを振り返る。小林くんは強張《こわば》った笑みを浮かべた。

「楡野さんは、こういうのがお好きなんですか？」

いつの間にか「スズメさん」から、「楡野さん」になっている。

「ええ、はい！」

スズメは力いっぱい頷く。

「あと、世界の拷問器具とか目がないです。あっ、私、ひとついい拷問の方法考えたんです。聞いてもらっていいですか？　あ、描いた方がわかりやすい！　描きますね」

メモ帳を取り出し、自分が考案した拷問法を図解してみせる。

小林くんはもう相槌もろくに打たず、初めて見るような目でスズメを見ている。

しかし、やはりスズメは気づかない。

自分が考えた拷問法がいかに優れているかを、小林くんに熱心に説明し続けた。

デートから数日後、スズメといつもの仲間たちは喫茶ともしびに集まっていた。

「別れる時、また電話するよって言ってたんやけどね」

スズメがお好み焼きをちびちびと口にしながら、しょんぼりと言う。

「言ってたんやけど……」

小林くんからの電話は未だにない。

数日電話がないということは、多分、そういうことなのだろう。しかし、スズメは未練がましく「また、電話する」という言葉に縋《すが》っていた。

「あの拷問の機械、図解までして説明したんやよね？　明治村で金沢監獄見に行ったんやよね？　そいで、囚人体験したんやよね？　レストランで、つけ耳つけたんやよね？」

いまひとつ事態に納得がいっていない様子のスズメに、ナオはひとつひとつデートの内容を淡々と挙げていく。

「さて、スズメの何がいけなかったでしょう？」

「……全部」

「電話はもうかかって来んな」

リツがずばっと言うと、スズメはテーブルに顔を埋め、ううと唸った。

「スズメ。お前はもうすでに振られている」

リツが追い打ちをかける。スズメは唸ることしかできない。さすがにうすうす気づいていたが、やっぱりそうかと思った。

「でもさ、スズメって不思議やと思わん？　刑務所の作り物とか、拷問の発明とか好きなくせに、ホラー苦手やんか？　みんなで『エルム街の悪夢』観に行った時も、途中で出てまって、ひとり外で待っとった」

ブッチャーの言葉に、ナオがぽんと手を打つ。

「そういえば、そうやね、こわいのあかんよね、スズメ。ほやのに、監獄はええんやな」

「スズメは、オバケのいないオバケ屋敷が好きなんだよ」

リツの言葉に、スズメは思わずリツを見つめた。

文学的なリツらしい特別な言葉。スズメは自分でもよくわかっていない正解を言い当てられたような気分になった。

リツは涼しい顔で、お好み焼きの最後の一ピースを取って、自分の皿に載せる。

スズメはその皿ごとさっと奪い取ると、後ろを向いて、バクバクと食べ始めた。

「えっ、なんで!?　それ、俺のやんっ！」

取り返そうとするリツの手を避《よ》けながら、スズメは食べ続ける。

スズメは自分のことを誰よりもわかったようなことを言うリツが憎らしいような、頼もしいような、悔しいような、なんだかよくわからない気持ちで、でも、お好み焼き全部入りは、やっぱり美味しい、と感じていた。

一九八九年はまだまだ日本中がバブルに浮かれていた年だ。そして、同時に、ほんの少しバブル崩壊の影が忍び寄り始めた年でもあった。

梟町界隈を賑わしていたぎふサンバランドの一件も、泡が弾けるように、あっけなく結末を迎えた。資金繰りがつかなくなったと、計画自体が白紙になったのだ。

儲け話に踊った商店街の人々が夢から覚めたように、日々の仕事に精を出す中、スズメは一度だけデートした小林くんに通学路を変えられていた。

(やっぱりもう、こばやんは、ないんだと思う)

授業中、スズメは折りたたんだ手紙を離れた席のナオまでこっそり回してもらう。

(やっぱ、拷問がいけなかったかな)

ナオの返事に、スズメは(私は前を向いて歩く)としっかりした字で書いた。

(そんなことより今年の夏、どうする? また金華山《きんかざん》でも登る?)

再び回した手紙が途中で先生に見つかり、取り上げられてしまう。

「お前ら、勉強する気ないな」

スズメはナオとそろって、教科書で頭を叩かれる。

リツは窓から外を見ている。

もうすぐ夏休みだった。高校最後の夏。

青い空には、入道雲が勢いよく立ち上がっていた。

リツは頭を抱えている。

勉強机の上には、模試の結果が置かれていた。志望校である東京大学の判定は、E。合格の可能性は限りなくゼロに近いということだ。

リツは重い溜息をつく。

その時、笛の音が聞こえた。いつもの通り三回。しばらく、そのまま待つと、また三回聞こえてきた。

リツはスズメが自分を呼ぶ音を、いつになく、かみしめるように聞いた。

窓を開け、見下ろすと、スズメはリツに向かってリンゴを掲げ、ものすごい勢いで話し出した。

「フランソワに！　今日、うち、かきあげ定食やったんや。干し海老《えび》、たくさん仕入れすぎた」

リツはゆっくりと笑顔になる。そして、模試の結果を引き出しに放り込むと、スズメを迎えに階段を駆け下りた。

玄関を開け、招き入れてからも、スズメはずっと話し続けていた。

本当は、すぐにでも参考書を開いて、模試の判定が少しでも良くなるように勉強を始めないといけない。でも、スズメの話を止めるのが、なんだか惜しくて、リツはスズメが生き生きとした表情で話し続けるのをただ聞いていた。

麦茶の氷がすっかり解《と》けきったころ、ようやくスズメの話が一段落した。

表情を改めたリツは、スズメにこれからは受験勉強をしなければならないと伝えた。

「だから、今までみたいには、みんなで遊べなくなる」

「ブッチャーやナオには言ったのか？」

「……言ってないけど、察しとる」

「私は、察するとかできんもんなあ。……リツは東大行くか？」

「ん……まあ」

リツなら東大を受験すれば受かると信じている、スズメのまっすぐな目を避けて、曖昧に頷く。

「リツのいない夏か……」

「ブッチャーもな」

「ブッチャーも、受験……やよな。そりゃ」

「あそこは、親のプレッシャーがすごい。ナオちゃんは、専門学校やろ？」

「なんか名古屋の服飾専門学校行くって言っとったな……」

「お前どうすんの？」

スズメはすっかり薄くなってしまった麦茶をごくりと飲んだ。

「就職するよ。もう、勉強したないし。あんまり家お金ないし。お金はソウタのために、とっといた方がいい。あいつは出来がいい。ま、私と比べたらやけど」

「お前もやれば、出来ると思うよ」

慰めではなく、心から言う。しかし、スズメは笑った。

「それは、世の中のお母さんが信じている、神話だ！　ウチの子は、やればできる！」

リツも笑った。しかし、スズメの笑顔は、次第に切なくしぼんでいく。

「夏、また、いつもみたいに、リツとブッチャーとナオちゃんと私と四人で金華山のロープウエイって思っとったのにな……花火も……」

「来年また」

「来年、ないやん」

スズメはきっぱりと言った。

「来年は、バラバラや」

ふたりはしばらく黙って麦茶を飲んだ。フランソワがリンゴを咀嚼《そしやく》する音が響く。

「そうや、これ、スズメにも一枚」

リツはふと思い出し、机の引き出しから写真を取り出し、スズメに手渡す。

それはスズメとリツとブッチャーとナオ、笑顔の四人がうつったモノクロ写真だった。

卒業アルバムの写真を撮りにきたリツの父ヤイチが、撮ってくれた写真だった。

「おっ、モノクロ。カッチョええな」

スズメの横から、リツも写真をのぞき込む。

ついこの間の写真だというのに、モノクロの写真はもうどこか遠い思い出のようだった。

夕食後、スズメは茶の間に残り、コミックスを開いていた。

茶の間の丸い座卓の上には、コミックスがどんと積んである。

ウタロウがコレクションしている古い少年漫画ではない。

「いつもポケットにショパン」という少女漫画だった。表紙には秋風羽織《あきかぜはおり》という漫画家の名前がある。

漫画を貸してくれたのはリツだ。

帰り際、「ちょっと、恥ずかしいんやけど」と言いながら、渡してくれた。

少年誌一筋だったスズメは知らなかったが、秋風羽織は有名らしい。

ソウタも得意げに「知っとるよ〜」と胸を張った。

「あ、恵《めぐみ》ちゃんに借りて読んだな」

どうやら彼女に借りたらしい。スズメの一言にソウタは顔を赤くして、「余計なことを言うな」とぷいと横を向く。

「あ……スズメも新聞部のこばやんに借りたの？」

お茶を出しながら、ハルが何気なく言った言葉に、茶の間が凍り付く。

ハルはひとりきょとんとしている。

「あ、部屋行って読む」

スズメは座卓の上のコミックスを抱え上げると、自分の部屋に向かった。

一人になって、スズメは改めて、「いつもポケットにショパン」を開いた。

ハルが小林くんの名前を出したことで、ちくんと心の奥が痛んだけれど、一巻を読み終える頃にはもうすっかり忘れていた。

それどころか、スズメは自分の体が存在するのを忘れるくらい、漫画の世界にはまり込んでいた。

（おかーちゃんは、私と一緒で鈍いようなところがある）

スズメは二巻目を読み終え、うっとりとしたため息を漏らしながら、思う。

（これ読んどると、鈍いのが治りそうや……。このヒロインは、いろんなことに気づいとる。自分の気持ちとか……。人の気持ちがちょっとだけ変わったこととか）

スズメは三巻に手を伸ばす。

ページを開くのはどこか扉を開けるのに似ていた。新しい世界がそこに広がる。

秋風羽織の世界はスズメを圧倒した。

その言葉は歌うように美しく、その絵はこの世界がこんな風に見えるメガネがあるなら、そのメガネを貸してほしいとスズメに思わせた。

スズメはその日のうちにリツに借りた漫画を読み終えると、すぐさま次の日に、リツの家に行った。

受験勉強を邪魔したくはなかったけれど、もっと秋風羽織を読みたいという気持ちが上回っていた。

リツは秋風羽織をいっぺんには貸さず、一タイトルずつ貸してくれた。

（もしかしたら、貸して返してを続ける限りは、私とリツがほんの五分でも会えるから？）

秋風羽織の漫画に影響され、そんなことさえ考えるようになった。

リツが秋風羽織を貸そうと思ったのは、夏の間、スズメが暇を持て余すと思ったからだろう。いや、秋風羽織チックにいえば、スズメが淋しくならないように、リツは新しい世界を見せてくれたのだ。

結局、楽しみにしていた花火をスズメは、自分の家族とナオの家族でやった。

浴衣姿でスズメは派手な花火を手にはしゃぐ。

最後に残ったのは線香花火だ。

スズメはナオと同時に線香花火に火をつける。どちらが後までもたせることができるか競争だ。

スズメは線香花火を持ったナオの手を揺する。ナオが怒ってやり返す。

ふたりは声を合わせて笑った。

ナオの線香花火が終わり、スズメだけになる。スズメは花火を揺らさないように気をつけながら、パチパチと小さな音を立てる火の玉を見つめる。

線香花火の玉は小さく小さくなり、最後にぽとりと落ちた。

秋風羽織の影響だろうか。スズメはすべての瞬間を特別に感じた。ここに四人がそろっていたら、もっと特別だっただろうと、そんなことも思った。

ヒグラシの鳴き声が聞こえる。

夏が終わろうとしていた。


子供でいられる最後の夏は終わってしまった。

就職試験は九月には始まる。まだ、子供のつもりでいるのに、スズメの中に大人がなだれ込んでくる。

進路指導室で求人票をチェックしながら、スズメは衝立の向こうにちらりと視線を送る。衝立の向こうでは受験組が、先生から、このままでは不合格だと厳しい言葉をぶつけられている。

スズメの高校では八割が受験組だ。受験地獄で苦しむ彼らは大変そうに見えたけれど、

「でも」とスズメは思う。

(彼らは来年の春からもまだ子供だ。大手を振って子供だ。輝く青春とやらが、待って

いる）

スズメは階段をゆっくりと降りる。そして、踊り場で足を止め、窓を見上げた。

窓からは青空が見える。まるで、額縁に切り取られたような、美しい青空。

思わず「空が青い」と言ったら、ナオに「空が青いのは、当たり前だ」と言われたのだった。

数日前のことを、スズメはなんだか懐かしく思い出す。

スズメはここから見える青空が好きだった。ナオと駆け下りる、階段途中の踊り場の青空。四角い青空。それはスズメの青春だった。

九月からはじめたスズメの就職活動は、あからさまに難航した。

履歴書にスズメはムンプス難聴のことをきちんと書き、面接官に耳のことを聞かれたら、「聞こえないまま」だとはっきり答えた。

それが本当のことだからだ。

生年月日を正確に記入するような気持ちで、スズメは自分の耳のことを答えた。

面接官たちは同情を示し、スズメが右の耳は人より聞こえるくらいで、石焼き芋屋さんが来るのも誰よりも早く察すると答えると、「楡野さんが食いしん坊やからやないの」と愉快そうに笑ったりした。

耳のことは問題なさそうですね、そうやってにこにことおじさんたちは笑ったのだ。

しかし、結果は不採用。

面接を重ねるうちに、スズメはこうしたおじさんたちを「ニコニコ仮面」と呼び、警戒するようになった。

十三社目の不採用通知が届き、スズメは壁に貼った紙にバツをつけた。紙には採用試験を受けた会社の名前がずらりと並んでいる。バツがついていないのは最後の農協ただ一つだけだった。

ノックの音と共に、ソウタが入ってきた。

「あの……大学行ってもいいぞ」

ソウタは気取った調子で言った。

下の茶の間で心配しているハルたちの指令で、言いに来たのだという。

ソウタは気にしていた。自分の進学のために、スズメが犠牲になろうとしているのではないか、と。

しかし、スズメは秘密だと前置きしたうえで、大学に行っても楽しめるのか不安なのだとソウタに言った。耳のことがあるから、コンパやら居酒屋やら騒がしい場所は苦手だ。大勢は嫌いや。聞こえんの、聞こえるふりして、相槌打つのも疲れるし。

悲し気な顔でそう言うと、ソウタは素直に信じた。

スズメは「バカめ」と心の中で微笑む。

自分より、頭の出来がいいソウタがこの楡野家のささやかな財産を有効利用すべきだとスズメは考えていた。国立、私立、東京、関西、本命、滑り止め、もしくは浪人、いろんな選択肢を、ソウタに残しておいてあげたい。

左耳が治らないとわかった翌日にソウタは、グルグル定規をプレゼントしてくれた。なぞるだけで花のようなきれいな模様が描けるグルグル定規。それをソウタは大きな瓜を買おうと貯めていた金を叩《はた》いて買ってくれたのだ。

そういう優しいソウタなら、耳のことを言えば納得すると思った。

そういう「機微」みたいなことを、秋風羽織のお陰か、最近少しだけわかるようになってきた。

机の引き出しから、グルグル定規を取り出し、久しぶりに模様を描き始める。無心になれるかと思ったのに、余計に不安がこみあげてくる。

ソウタにはああ言ったものの、このまま就職が決まらなかったらどうしよう。

壁のバツを見つめふっと恐くなった瞬間、電話のベルが鳴った。

電話を取ったハルの声はよく聞こえないけれど、大きく弾んでいるのがわかる。

「スズメー！　スズメ!!　農協の人から、電話！　あんた、受かったよ、農協!!」

階段の下からハルが叫ぶ。

スズメは「ほんとー!?　おかーちゃん」と言いながら、ほとんど転がるように部屋から飛び出した。そして、そのままの勢いで、階段を踏み外し、ハルを巻き込んで派手に転ぶ。

ハルはスズメの下敷きになって、それでも嬉しそうにしていた。

スズメはやっと受かったというホッとした幸せの中で、おかーちゃんの匂いは昔と変わらん、なんてことを思っていた。

夜、リツは机に向かい、数学の問題集を開き、せっせと鉛筆を走らせていた。

問題集を解いているのではない。リツが描いているのはパラパラ漫画だった。端っこにバスケをしている男の子を描き、ページをめくっては動きを確認する。男の子が滑って転ぶところまで描き終えたところで、笛の音が聞こえた。

いつものように三回。マグマ大使の笛だ。

リツは立ち上がり、電気を消した。

そして、窓を開き、懐中電灯で下から照らした不気味な顔を、スズメに向ける。

スズメはぎょっとし、そして、ぷっと笑った。

「受けた？」

リツは懐中電灯で顔を照らしたまま尋ねる。

「受けた」

スズメはキラキラした目をリツに向けて言った。子供の頃から全く変わらない目の光だった。

リツはパラパラ漫画が描かれた問題集を閉じると、ワコに気づかれぬよう、こっそりと家を抜け出した。

「ちょっと、外出たいって思ってたとこ」

そう告げると、スズメの顔がぱっと輝いた。

ふたりはわずかな街灯の光に導かれるように、商店街をゆっくりと歩き始めた。

「勉強、大変？」

「ん……まあ」

スズメの言葉に、リツは言葉を濁した。

「あ、こっち聞こえない」

「あ、そうやった」

ふたりは場所を入れ替わる。

「聞こえるか。夜だと静かで、どっちでも聞こえるな」

「いいよこっちで。スズメのこっち側慣れた」

実際、スズメの右側を歩く方がしっくりときた。

夜の商店街を、リツはスズメと並んで歩く。漫画の貸し借りはしていたものの、会話らしい会話は久しぶりだった。

スズメは突然、夢について話し出した。スズメは美術部の友人たちが、夢ややりたいことをしっかり持っていたことに衝撃を受けていた。カルチャーセンターで事務をやって、将来は子供の絵画教室で教えたいという子もいれば、美術短大に進んで、イラストを仕事にしたいという子もいた。ナオも服飾を勉強し、おしゃれ木田原を本当におしゃれな店にするという夢を持っていた。

スズメはといえば、農協で何をするのかも答えられないありさまだった。

「私、何もないんやよね。就職してけばいいって思っとった」

「お前、明日と明後日《あさって》のことしか、考えてないもんな」

「普通は、明々後日《しあさって》まで考えるか？」

「もうちょっと、先までな」

自動販売機の前で立ち止まり、ふたりは飲み物を買った。リツは取り出し口から缶を取り、スズメに手渡す。

ふたりはシャッターの閉まった店の前に置かれたベンチに腰を下ろした。

スズメはコーラを喉を鳴らして飲む。ぷはあと息を吐くと、手にしていた紙袋を、リツに手渡した。

「あ、そうや。これ持ってきた。秋風羽織。ありがとう」

「おおっ、これでスズメ、ほとんど秋風羽織、制覇！」

「この夏でみんな読んだ。素晴らしかった。霧が晴れるようだった」

スズメはうっとりと宙を見つめる。

「もやっとしたのが……。自分の感じてることが、はっきりわかった。秋風羽織、すごい、天才！　憧れる！　こんな人がいる！」

街灯のかすかな光のもとでも、スズメの目がキラキラどころか、らんらんと輝いているのがわかる。

「そんなにか？」

「私は、ハマった」

「ほうか……」

「とにかく、秋風羽織はすごかった。世界の色が変わった。こんな風に、世界を見る人がいるのかって、思った。模写してみた」

スズメは抱えていたスケッチブックを開く。そこには、秋風羽織の漫画がその繊細なタッチそのままに再現されていた。

「えっ、すげ」

「秋風羽織の漫画には、私の思ってることがみんな書いてある！　私は世界がわかった。私の中で何かが開いたような気がする！」

「そ、そんなにか」

スズメの熱量には慣れっこのはずのリツも思わず圧倒される。スズメは熱に浮かされたようなぼうっとした顔で頷いた。

「……夢中や。就職も決まったし、暇やし、駅前のスーパー岩田屋でバイトして、お金ためて、秋風羽織、全部、買おうと思っとる」

「お前、漫画描けば？」

気づけばリツはそう口にしていた。

「絵も描けるし、スズメ、言うこと面白いから、セリフも書けるんやないの？」

スズメはコーラの缶を口元に当て、びっくりして固まっている。そして、すぐに、手をぶんぶん振って、「まさか、無理無理」と笑った。

「ほんでも、秋風羽織ってどんな人やろう⁉　基本、秘密やろ？　考えるとわくわくする」

スズメはまたうっとりと宙を見る。

秋風羽織は顔はもちろん、年齢性別も非公開。秘密のベールに包まれた漫画家だった。スズメを前に抑えてはいたが、そもそもリツもワコに無理矢理読むように勧められ、秋風羽織にどっぷりとハマった口だ。秋風羽織について語り始めた言葉は、知らず知らずに熱を帯びる。

「なんか美少女って気がするなあ……。それか、綺麗なおねーさん？　行ってても二十八歳くらいの？」

「えっ、私は美少年やと思う。すごーい綺麗なさ、この漫画に出てくるような、東京のカサノバみたいな男の人！」

リツとスズメは夜空を見上げながら、自分の思い描く秋風羽織像をああでもないこうでもないと語り続けた。

自分の部屋で、スズメは秋風羽織の漫画をじっと見つめていた。

セリフも、表情も暗記するぐらい、何度も繰り返し読んだ大好きなコミックス。

それをぱらぱらと見ているうちに、スズメはうずうずしてきた。

（お前、漫画描けば？）

そうリツに言われて、一度は無理だと思ったけれど、描いてみたくなった。

スズメはスケッチブックを取り出し、秋風羽織の漫画を横に置きながら、見よう見まねでコマを割り出す。

ささっと人物を描き、吹き出しを描き、ネームを入れる。

プロットを練るとか、キャラクターをデザインするとか、ネームを考えるとか、そういった準備もなく、いきなり最初から仕上げていく。

タイトルは「カセットテープの恋」。ヒントになったのは、もちろん小林くんとの出会いだ。

スケッチブックのリングが手に当たるのが、鬱陶《うっとう》しくなって、紙を破り、さらにぐいぐいと描いていく。

スズメの手がふっと止まった。その目は、秋風羽織の漫画の一点を見つめている。

人物の背景にスクリーントーンが貼られたコマだ。

スズメはしばらくスクリーントーンを見つめ、それからおもむろに、一つ一つドットを鉛筆で描き始めた。等間隔にポツポツと点を打ち、コマを埋めていく。それは気が遠くなるような作業だったが、スズメは一心不乱にやり続ける。秋風羽織の漫画のように、背景が綺麗なドットで埋まると、スズメはほっと満足げな息を吐いた。

ちゅんちゅんと鳥のさえずりが聞こえる。
気づけば、部屋には明るい日が差し込み、すっかり朝になっていた。
スズメは一睡もせず、漫画に取り組み続けていた。
最後のコマに、ＦＩＮと書き込み、スズメはふうっと長い息を吐く。
「出来た！」
スズメは机の上に積みあがったスケッチブックの紙を最初から一枚一枚見返す。
我ながら、素晴らしい出来だった。
漫画、描けた。
達成感にぼうっとしていたスズメは、ふいに立ち上がる。
スズメは慌てて、出来上がったばかりの漫画を鞄に入れると、家を飛び出した。
向かった先はリツの家だ。
冬の冷たい空気の中、スズメは白い息を吐きながら、走った。
そして、息も整わぬうちに、リツの部屋の窓を見上げ、笛を吹いた。
時間のことなど、頭になかった。

ただ、リツに少しでも早く、自分の漫画を見てもらいたい一心だった。

なかなか窓が開かない。じりじりしながら待っていると、やっと窓が開き、リツが顔をのぞかせた。

「リツ！　できた‼　漫画、できたよ！」

スズメがキラキラした目で報告する。

時間はまだ朝の五時半。遅くまで勉強していたリツは、ほとんど開いていない目で、スズメを見下ろす。子犬のように自分を見上げるスズメは、なんとも言えず可愛らしかった。

リツは思わずへらっと笑う。

そして、そのまま窓枠にもたれ、眠り込んでしまった。

リツは夢うつつで、スズメが自分の名前を呼ぶのを聞いた。

京都に行ったなら、もうこうして呼ばれることもなくなるのだなあ、と思う。すっきりするような気もした。いや少し淋しいような気もする。

その時、リツは密かに、東大ではなく、京大を受験する意志を固めていた。

萩尾家のリビングで、スズメはワコにコーヒーをいれてもらった。楡野家とは全く違う、外国のような洒落たカップに、ミルクをどぼどぼと注ぎ、スズメはごくりと飲む。

窓枠にもたれて寝てしまったリツは、そのままずるずると姿が見えなくなってしまった。おそらくベッドに這い戻ったのだろう。どうしようかと、原稿を抱えて途方に暮れていたところ、笛の音で目を覚ましたワコに声をかけられたのだ。

「あ、私！　漫画できたんです！　違う、漫画描いたんです！」

スズメが勢い込んで言うと、ワコは驚きながらも喜んで、リビングに招き入れてくれたのだった。

「もともと秋風羽織、リツに教えたの、おばさんなんやよ」

ワコはスズメの漫画の表紙を見ながら嬉しそうに言った。漫画をすぐに読んでくれるのかと思いきや、ワコは手に取ろうとしない。ワコの心はすでにスズメの漫画から逸れ、自分がいかにたくさんのものをリツに与え、その可能性を育ててきたかに移っていた。

「おばさんね、一番、最初はあの子をベートーベンにしようと思ったの。『運命』ぐらい軽く作れると思ったんや。ほしたら、あの子、ピアノ嫌がって。ほいで、今度は村上春樹にしようと思ったの。おばさん、あの人、デビューから目をつけとった。いずれ、ノーベル賞取ると思っとる」

スズメは圧倒されながら聞いていた。「うちの子はやればできる」は世のお母さんが信じている神話だが、萩尾家の神話は実に壮大だった。

「あれ、エジソンで産んだんやなかったっけ？」

起きてきたヤイチが、スズメに挨拶しながら、会話に加わる。

「エジソンにしようと思ったのは、その次、ああ、この子は理系だってわかって。やるからには、ノーベル賞狙わなきゃ」

「おばさん。とにかく、ノーベル賞なんやね⁉」

「そう！」

「なんかこうやって話しとると、リツ、ノーベル賞取れるような気がしてくる。駅前の岩田屋で肉まん買うくらい、簡単なことのような気がしてくる、ノーベル賞」

「……スズメちゃんって、嫌味がまるで嫌味に聞こえないわ」

ワコがすねたように口を尖らせると、ヤイチが小さく笑った。

「いや、それ、スズメちゃん、嫌味で言ってないよ」

「あら、そうなの？」

ワコはたちまち満面の笑みで、身を乗り出す。スズメは力強く頷いた。

「はい、なんか、本当に、リツ、ノーベル賞取れるような……」

「ところで、こんな早くから、どうしたの、スズメちゃん？」

ヤイチの言葉に、ワコはようやくスズメの漫画のことを思い出し、ヤイチに見せる。

「これ、スズメちゃんが描いたんやと！　漫画！」

「へーえ、すごーい」

ヤイチは手に取るが、紙をめくることなく、まっすぐスズメの目を見て尋ねた。

「これ、リツに見せに来たの？」

「はい、やっと出来上がったんで」

「じゃ、これ、最初に読むのは、リツなんやないの？」

ヤイチはワコに尋ねる。当たり前のことを確認するような口調に、スズメは思わず、そうなのかもしれないと思う。

「漫画描けば」と言ってくれたのがリツだったから、漫画を完成させた瞬間、リツに見せなければと思った。別に、最初にリツに読ませなければと思ったわけではないけれど、ヤイチにそう言われると、是非にでもそうしなければいけない気がしてきた。

しかし、リツはと言えば、すっかり眠ってしまっているのだ。

どうしようかと思っていると、ヤイチの言葉を聞いて、スズメ以上に、何が何でもリツにスズメの漫画を一番に読ませなければと思ったワコが、すっくと立ち上がった。

ワコはスズメを引き連れ、リツの部屋に押し入ると、布団を引っぺがし、リツの肩をがくがくと揺さぶる。眠っているリツの首は心配になるぐらい、ぐらぐらと揺れている。

「おばさん……おばさん……リツ、かわいそ」

そう言いながら、スズメは今にも笑い出しそうなのを、必死に堪えている。

容赦なく揺さぶられ続け、リツはしぶしぶと目を覚ました。

「リツ！　私、漫画、描きあがったよ！」

スズメはリツが目を覚ました途端、前のめりになって、漫画を押し付ける。リツはよくわからないままに原稿を受け取る。スズメはわくわくとリツが漫画に目を落とすのを見守った。

しかし、リツは紙をめくろうとはせず、まだ眠気でぼうっとした顔で、首を傾げた。

「あれ、ホント、時間、大丈夫なんだっけ？　今日フツーの日だよね」

言われてみれば、今日は平日。普通に学校のある日だ。昨日、徹夜だったから、何の支度もしていない。すぐさま帰って、着替えて、顔洗って、時間割そろえて、学校に行かなければならなかった。

「やばい、私、帰る。帰ります！」

スズメはリツの手から原稿をひったくった。

「持って帰ります。大事なものなんで」

「はあ？」

リツはただただ眠そうな顔で呆気に取られている。

「今日、ともしびで！　六時で！」

「……はい」

「リツに一番、最初に見せるから。それまで誰にも見せないから」

スズメはそうリツに言い残すと、ワコとヤイチに慌ただしく挨拶し、家に向かって走り出す。昨日から一睡もしていないというのに、スズメはまったく眠くなかった。漫画を読んだときのリツの顔を思うと、プレゼントを開ける前のようなわくわくとした気持ちになる。六時になるのが待ち遠しかった。

六時。喫茶ともしびには、リツだけでなく、ナオやブッチャーも顔を揃えていた。一枚一枚、順番に原稿を回しながら、スズメの漫画を読んでいる。

スズメは固唾《かたず》をのんで、彼らの反応を見守っていた。

「すげー、漫画になっとる」

スズメの漫画をひととおり読み終え、リツが素直に感嘆の声を漏らす。

「いや、漫画だから」

スズメは得意顔で胸を張った。

「しかも、面白い」

ナオも感激した様子だ。その率直な感想に、スズメはこれまでにない喜びを感じた。自分の言葉で誰かが笑ってくれた時の嬉しさにちょっと似ている。でも、その嬉しさに比べ、今の喜びは何百倍も強烈だった。

「『カセットテープの恋』、これ、この間のこばやんのことやよな？」

ブッチャーに言われ、スズメはちっちと人差し指を振る。

「そこからヒントを得たと言ってほしい。インスピレボリューションや」

「今のわざとか……？」

ブッチャーは呟くが、スズメの言い間違いはいつものことだ。リツはツッコむこともせず、受け流すと、「でも、なんでみんな、いんの？」と尋ねた。

「俺が一番最初に読むんやなかったっけ？」

リツの口調はどことなく不満そうだ。スズメはあっさり言った。

「そうでもない。ヤイチおじさんに、洗脳された」

「洗脳？」

スズメは今朝の出来事をリツに話した。漫画を手渡されたヤイチが「じゃ、これ、最初に読むのは、リツなんやないの？」と言ったことを。

「あの声であの顔で言われると、そうかもしれん、と思ってまう」

「あ、あるある。ウチのオヤジさん、そういうとこある。いちいちもっともらしい」

「そうそう、もっともらしい！　それや」

リツの言葉に、スズメは飛びつく。確かにその言葉の通りだった。もっともらしい。

「その代わり、ワコさんは、何を言っても、言葉が俺の頭を、素通りするんだよな～」

「あ～わかる。心地よい風みたい。子守歌聴いてるみたいな声。ワコおばさんの声好き。ノーベル賞ってワコおばさんが言うと、ベルマークみたいやもんねえ」

だから、リツが簡単にノーベル賞を取れるのではないかとスズメもつい思ってしまったのだ。もともと、リツがその気になればノーベル賞を取れる人だと信じていたけれど、あんなに簡単に思えたのは、多分、ワコの声のせいだ。

「あれだよ」

大幅に逸れ、脱線しかけた話を、ナオが戻す。

「スズメが一番に、リツに原稿もってったのは、六時になる前の、五時半過ぎの早朝に、いきなりたたき起こして、許される相手がリツだけやったってことやよ」

「そんだけか⁉」

リツは思わずむっとする。それだけのことで、受験勉強で眠いところをたたき起こされたというならたまったものではない。

さすがに申し訳なくなったスズメは、リツに「ごちそうする」と申し出た。リツは間髪いれず、お好み焼きミックスを追加注文する。喫茶ともしびで一番高いメニューだ。

スズメは自分の申し出をすぐに後悔しつつ、慌てて、財布の中身を確認した。


スズメは帰ってすぐに、家族にも自分の漫画を見せた。

一枚ずつ回し読みをしながら、ハルたちはそれがちゃんと漫画になっていることに驚き、そして、それがちゃんと面白いことに驚いた。

ウタロウは「俺の漫画教育の賜物《たまもの》やな」と胸を張った。

スズメはその様子をにまにましながら見守った。漫画が褒められると、自分でも知らない自分の一番奥の部分をほめられているような気持ちになる。

その時、ジリリリリンとけたたましく黒電話が鳴った。

電話を取ったスズメは、よそ行きの声で応答する。相手はリツだった。ハルだと思い、「スズメをお願いします」というリツに、スズメは「ば〜か、わしじゃっ」といつもの声で言った。

「実は、今日、ともしびでも言おうと思ったんやけど」

「ん？　告白か？」

スズメが混ぜっ返す。リツは感情をいれない平坦な声で、「好きだ、スズメ」と言った。スズメはビクともせず、「冗談だな」と淡々と返す。

「うん、冗談。あのさ」

「はいさ」

「東大やめようと思うんだ。……京大にしようと思って」

リツの中で、それはある意味で思い切った「告白」のようだった。しかし、スズメにはリツの言葉が急に重くなった理由がよくわからない。

「ごめん、どっちも、私にとっては、行ったことのない惑星で、あまり違いがわからんっ」

「えっ」

リツは明らかにスズメの反応に戸惑っていた。しかし、スズメはお構いなしに、話し続ける。

「ほやし、それ、ブッチャーから聞いとったもん」

「うわっ、口軽い」

「梟会《ふくろうかい》に秘密はないぞ」

「梟会ってなんだ？」

「今、命名した。リツと私とナオとブッチャーで、梟会だ。青春っぽいやろ？」

「もちょっと、素敵な名前つけようよ」

　青春っぽいというより、老人会の名前のようだ。リツの抗議をスズメは「仕方がない」と一蹴した。

「メンバーが素敵やないからな。あ、そうそう、梟会の秘密っていえばさ、ナオ、とっくに、ラブレターもらった西校の男の子と別れとった。知っとる？」

「お前、長電話の構えだな。俺は、勉強する。京大は受からなければならない。俺は、スズメがもうちょっと、ショックを受けると思って、言いよどんどった。俺が東大行って、ノーベル賞取るのは、スズメの夢でもあるかと」

「リツ、頭が間違えとる。それはワコおばさんの夢だ。私やない」

　記憶をたどっているのか、少しの沈黙の後、リツは珍しくあやふやな口調で言った。

「……そうやけど、なんか、み〜んなが、世界中が俺にそう期待しとるような」

「ワコおばさんの威力すさまじいな……。リツ、ワコおばさんには言ったのか？　京大にするって。そこやないんか？　一番高い山は」

「わかっとる。これから言う……これは、景気づけの電話だ」

　リツの声は少しこわばっている。何せ、あのワコの壮大な神話を相手にするのだ。相当な覚悟を固めているのだろう。

「あ、リツ、いいこと教えてやる」

スズメはリツに入れ知恵する。

それは、「京大卒のノーベル賞受賞者は、東大卒のノーベル賞受賞者より多い」という事実だった。

ブッチャーからリツの志望校変更を聞いたスズメは、すぐさま図書館に行き、その事実を見つけ出した。なぜなら、まだ幼い頃に聞いた、ノーベル賞を取るというリツの夢を信じていたからだ。ワコのように、リツがノーベル賞を取ることが自分の夢だとは思っていなかったけれど、リツの夢がかなうということは頑なに信じていた。

だから、京大でもノーベル賞を取ることができるのかを、一番に調べたのだ。

スズメの入れ知恵の効果は覿面《てきめん》だった。

志望校変更を聞き、険しい顔のワコに、リツがスズメに聞いた事実を告げると、たちまちワコはその目を輝かせた。

そして、リツは一番の高い山を越えた。あとは、ただ京大に合格するだけだ。ワコの許しを得たという報告をリツから受け、受験の厳しさを何も知らないスズメは呑気にそう思った。


つくし食堂の入り口には、本日臨時休業の札が下がっている。

中ではスズメの就職祝いの会が賑やかに行われていた。

食堂には楡野家の家族はもちろん、スズメの友人や商店街の人々や親戚などたくさんの人が顔を揃えている。それぞれ自己紹介をしたのだが、お互いに誰が誰やら覚えきれないほどの数だった。

センキチが久々に腕をふるって作った料理がテーブルにずらりと並ぶ。得意の五平餅も山のように積まれていた。

料理を皿に山盛りにして、堪能している人もいれば、もうすでにしたたかに酔っぱらっている人もいる。美味しい料理と飲み物に、食堂は笑顔であふれていた。

スズメはリツたち梟会のメンバーと一緒にいたが、ほとんどの人から話しかけられ、一生分のおめでとうを言われた。

皆のお腹が満たされたころ、ウタロウが大声で皆の関心を引いた。センキチ・アンド・ジジーズが演奏するという。ジジーズとはウタロウをはじめとする商店街のおじさんたちのことで、今日のためにわざわざ結成されたグループだった。

センキチがギターを奏で始める。昔ギター部だったというだけあって、その音色に、騒がしかった食堂が一気に静まり返る。

そして、ジジーズはリツとブッチャーを誘い、スズメが生まれた一九七一年のヒット曲、「あの素晴しい愛をもう一度」を歌い始めた。

リツもブッチャーも受験で大変な中、練習してくれたのだろう。二番では見事なハモりも披露する。

スズメは自分を大人の世界に送りだすために、家族や友人たちがしてくれたことに圧倒されていた。じんとして、少し怖くなる。卒業と就職が近づき、どんどん流れ込んでくる大人の量が増えてくる。しかし、その流れ込んできた大人が自分の中に溜まっているようにはとても思えなかった。

（赤とんぼの唄を、唄った空は、なんにも変わっていないけれど）

スズメと、歌うリツの目がちらりと合う。

（あの時、ずっと夕焼けを追いかけていったふたりの）

スズメの脳裏をリツとの思い出が駆け巡った。マグマ大使の笛を初めて吹いた時のこと。糸電話を作った時のこと。全部が昨日のことのように鮮明で、スズメの目に映るリツは思い出の中のリツと身長以外何も変わっていない。二人の関係も、何一つ変わっていない。

でも、変わろうとしているのだと思った。

リツは京都に行く。離れ離れになる。リツの窓の下で笛を吹いても、窓を開けて、ふてくされた優しい顔を見せてくれることはなくなるのだ。

（あの素晴しい愛をもう一度）

食堂にいるみんなが声を合わせて歌っている。曲にあわせ、首を左右に振りながら、熱唱している。

曲が終わり、センキチが最後の音を奏でると、拍手が沸き起こった。

みんな笑顔で手を叩いている。

リツも照れくさそうな顔で手を叩いている。

じわっと熱いものがこみあげてきて、スズメは今にも崩れそうな満面の笑みを皆に向けた。

会が終わり、スズメはつくし食堂の入り口で、参加者一人一人を見送った。

ほとんど人がいなくなったところで、スズメはリツに手招きされる。駆け寄るとリツから就職試験合格のお祝いを渡された。

それは秋風羽織のトークショウのチケットだった。ワコが新聞でトークショウのことを知り、抽選に応募したところ、当選したのだという。手渡されたチラシには、これまで一切世に出ることがなかった秋風羽織の顔写真もあり、スズメは驚きに目を見張る。

「ふぎょぎょ！　これが秋風羽織。おっさんやん」

スズメとリツの予想は外れ、秋風羽織は美少女でも美少年でもなかった。それなりに年齢を重ねているが、見る者をぞくっとさせるようなきれいな顔立ちをした美中年だった。しかし、いくらハンサムとはいえ、男性で、しかも、おじさんだ。この人があの秋風羽織の繊細な世界を作り上げているとは、にわかには信じられなかった。

「こんな感じか……この写真じゃ、よーわからんけど……男やったか……あ、リツも行くよね」

「うん。ほんならな」

リツは軽く頷くと、スズメに背を向ける。その背中を見たとたん、スズメは「リツ」

と呼びかけていた。リツがくるっと振り返る。

「忘れんなよ。京都行っても」

「……赤とんぼの唄を唄った空は〜なんにも変わっていないけれど」

リツは澄ました顔で歌いだす。

「なんで、そんなとこ歌うんだよ」

その歌詞と、見慣れた小憎らしい顔に切なくなって、スズメはリツの肩を強く叩いた。


秋風羽織のトークショウは異様な緊張感に包まれていた。

初めて見る、生身の秋風羽織に浮かれていた熱心なファンたちも、息を殺すようにして、壇上の彼を見つめている。

舞台上には小さなテーブルと、二脚のスツールが置かれている。その一つに秋風が長い足を持て余すように座り、もう一つに司会を任されているフリーアナウンサーが座っていた。

秋風はテーブルの上のペットボトルの水を少し飲んで、ふっと唇を離した。

フリーアナウンサーが、「あ、何か」と慌てて尋ねる。

「冷たい……」

そう言う秋風の声が凍り付くようだった。

「水は、常温で……と言いました」

フリーアナウンサーは秋風に愛想笑いを向けると、顔を背け、舞台裏に控えていたスタッフに取り換えるよう居丈高《いたけだか》に指示をする。

凍り付く空気の中、スズメはリツと並んで、じっと秋風を見つめていた。スズメにとっては、会場の空気よりも、秋風の言葉が大事だった。彼が漫画について語る言葉を一言でも聞き漏らすまいと、スズメは右耳に集中していた。

『いつもポケットにショパン』なんですが、これも、爆発的なヒットとなり、これで先生の作品は累計五〇〇〇万部を超えました。その時のお気持ちなど」

舞台では、ようやく気を取り直したフリーアナウンサーが次の質問を口にする。

「別に」

秋風の答えは取り付く島もない。フリーアナウンサーは狼狽《うろた》えながら、取り繕おうとした。

「あ、そ、そうですよね。漫画家の方たちは、売上ではなくて、どう自己表現されるか、それに尽きるかと……」

「漫画家の方たち……？」

秋風の形の良い眉が、跳ねあがる。

「あ、何か……？」

「漫画家の方たちにも、いろいろいましょう。アヒルの子の中には、白鳥もいるでしょう。私は醜いアヒルの子」

フリーアナウンサーは言葉に詰まる。秋風の言葉の意味が理解できず、相槌《あいづち》さえも打てずにいた。

スズメは隣のリツに「どういう意味？」と小声で尋ねる。

「多分、俺をその辺の雑魚《ざこ》の漫画家と十把《じっぱ》一絡《ひとから》げにするな、と」

「すごい。リツ、エスパー？」

スズメは目を丸くする。リツは優雅に肩をすくめた。

舞台では、フリーアナウンサーが額の汗をぬぐいながら、新たな質問をぶつけている。

「それでは、一言で言って、先生にとって漫画とは何ですか？」

「言いたくない」

秋風はフリーアナウンサーをまっすぐに見ながら、切りつけるように言った。

「一言で言えるようなものなら、私が命を捧げるわけがない。君とは会話が成立しない。失礼する」

秋風は立ち上がり、舞台の袖へと悠々と歩き出す。しかし、もう少しで舞台からはけるというところで、ふと立ち止まり、客席の方に向き直った。

「つまらない話を聞かせて申し訳なかった。作品では裏切らない。また、作品の中でお会いしましょう。それが、私の真実の言葉です」

その言葉は、会場を圧倒した。ぽつりぽつりと拍手が起こる。次第に拍手の数は増え、しまいには会場中にとどろく大きな音となった。

秋風は優雅にお辞儀をすると、華麗に舞台からはけていく。

会場の熱狂は収まらない。周囲が熱心に拍手を送る中、リツも思わずつられて、ぱらぱらと拍手をする。秋風の漫画のファンではあっても、秋風自身のファンにはなれそうもなかった。

その時、スズメがそれこそ漫画であれば、「シュタッ」という効果音がつくような勢いで立ち上がった。そのまま、すごいスピードで席を飛び出していく。

会場の廊下で、スズメは控室へと向かう秋風の姿を見つけた。

「秋風羽織先生！」

スズメは駆け寄ると、大切に抱えていた包みを差し出した。

「差し入れです」

秋風は「どうも」とそっけない態度で受け取ると、そのまま控室に姿を消していった。

「カッコイイ。おとーちゃんとは違う……」

スズメはそのピンと伸びた広い背中をうっとりと見つめる。

あの漫画を描いた人と自分は言葉を交わしたのだと、静かに興奮していた。

控室に入った秋風は手近にあった椅子に、どさりと座った。

自分のファンに直接会ってみたくなり、出版社に企画させたトークショウだったが、想像以上に疲弊する。

「お茶をください」

秋風が声をかけると、傍らに控えていた菱本《ひしもと》がうやうやしく頷いた。

クールな印象の美しい女性だった。もちろんそうだ。秋風は自分の審美眼にかなう美しいものしか近くに置かない。

「はい、先生ご愛飲の京都宇治の手もみ玉露《ぎょくろ》を持参しました。今、淹《い》れてます」

菱本は秋風の仕事からプライベートまですべてをマネージメントする女性だった。秋風はこだわりが強く、お茶でもなんでも、自分が認めたものしか口にしない。菱本はそれらを全て把握していた。

秋風はスズメにもらった包みを乱暴に開く。

中には五平餅《ごへいもち》が入っていた。いかにも田舎臭い食べ物だ。しかし、その香ばしい匂いは、何か無視できないものがあった。まあ、一口ぐらいは。秋風は一本手に取って、口に運ぶ。

一口食べただけで、退屈そうだった秋風の顔が一変した。

「うっま！」

秋風はスズメに手渡された包み紙を見る。しかし、そこには店の名前など何も書かれていない。秋風は焦った。このままでは、この食べ物が二度と食べられなくなるかもしれない。

「これは、真実の食べ物だ！　菱本くん！　すぐに、ロビーに出て、少女を探してきたまえ」

「少女とは？」

「これをくれた少女だ。なんかこう、田舎っぽい、いまひとつあか抜けない、髪がこの辺までの……」

秋風は手ぶりを交え、早口に説明する。菱本は困惑しながらも、秋風の剣幕に押され、控室を飛び出していく。

菱本はファンでごった返すロビーで、必死に声を張り上げた。

「すみません！　お客様の中で、秋風に、なんかこう、俵型になって串《くし》でさしてあって、タレが、つぶつぶしている、みたらし団子の親戚みたいなもの、今、渡してくださった方！　いらっしゃいますか！」

菱本の言葉に客たちが反応する。中には五平餅だと言い当てる声も多くあった。

スズメは一瞬、きょろきょろと辺りを窺い、どうやら他に五平餅を渡した人はいないと見ると、勢いよく手を上げた。

「あっ、はい！」

菱本から、秋風が探していると言われ、スズメは夢見心地で、秋風の控室を訪れた。

五平餅を持たせてくれたセンキチに心の中で、感謝する。

「これ、とても美味しかったです」

秋風は熱を込めて五平餅を絶賛した。「これは、どちらの?」と問われ、スズメは自分の家のものだと答える。スズメの家が食堂だと知る由もない秋風は、「売れますよ」と冗談のつもりで言う。スズメも秋風の勘違いに気づかずしばらくちぐはぐな会話が交わされた。

スズメにくっついてきたリツはその食い違いにも、その原因にも気づいていたが、面倒くさいので黙っていた。

さらにもう一本、秋風は五平餅を食べ始めた。相当気に入ったようだ。

機嫌よく五平餅を頬張る秋風は、先ほどまでの壇上の彼とは別人のようだった。

秋風は一緒に写真を撮ってほしいというスズメのお願いにも、快く応じた。

スズメとリツの真ん中で、五平餅を手ににっこりと写真に収まる。スズメに手渡された使い捨てカメラで、菱本は立て続けに二枚撮影した。

「先生、お店、予約の時間が……」

菱本が耳打ちする。蓬昇軒というひつまぶしの店を菱本は予約していた。秋風はひつまぶしといえば、蓬昇軒、しかも、名古屋の本店でしか食べない。だから、名古屋でトークショウが決まった時、すぐさま菱本はお店に予約を入れた。

「あ、そうだった。すみませんが、これから、大事な約束が……」

菱本にいれてもらったお茶を飲んでいたスズメとリツは慌てて立ち上がる。

「五平餅、ありがとう。これは、まぎれもなく真実の五平餅」

そう言って秋風は、名残惜しそうに、二本目の五平餅の最後の一口を口にした。菱本が控室の扉を開けた。先に出たリツに続き、スズメも出ようとする。

しかし、その足はぴたりと止まった。

ここで、このまま出てしまったら一生後悔すると思った。

スズメは意を決して振り返る。

「あの！　先生!!」

スズメはごくりと唾を飲み、一息に言った。

「私、漫画描いてるんです！　今日もってきてるんです!!」

鞄から原稿を取り出し、秋風に向かって突き出す。「カセットテープの恋」のすぐ後に、やはり徹夜して一気に書き上げた「神様のメモ」という漫画だった。ナオたちの評判もよく、スズメとしては、一作目よりもずっとうまくできたと密かに自信をもっていた。

秋風は一瞬迷うそぶりを見せたが、手にしていた五平餅の串に気づくと、しぶしぶと受け取った。

秋風は無言でスズメの原稿に一枚一枚目を通し始める。いつしかその表情は、真剣なプロの顔になっている。

「ひとつ、質問をいいですか？」

「あ、はい」

スズメはぴんと背筋を伸ばして頷く。緊張していた。

「あの、このギザギザは、もしかして、スケッチブックを破った？」

「あ、はい。最初はスケッチブック開いて描いてたんですが、描く時、右手が当たって、邪魔なんで……」

「……画用紙に、鉛筆で漫画が描いてある」

秋風はまるで未確認生物でも見るかのような目で、原稿を見ている。スズメはきょとんと秋風を見る。何がいけないのかよくわからなかった。

「ベタは何で？」

「べた？」

「こう、黒く塗りつぶすところ」

「あ、それは筆ペンで」

「……そこだけは、奇跡的に合っている。漫画は、インクで描くんだ。ケント紙とか、ジーペンとか、丸ペン、とか知らない？」

「まる……ペン？」

スズメはおずおずと聞き取れた単語を繰り返す。秋風は話にならないと首を振り、リツの方を見た。

「リツくん、だっけ。この人バカなの？」

秋風はスズメをずばっと指さす。

「だって、これ、トーン……スクリーントーン、みんな、手で描いてる」

「スクリーン……トーン？」

スズメはたどたどしく繰り返す。秋風はスズメが根気よく点を打ち続けて仕上げたコマをぽんぽんと叩いた。

「これ、貼るの！　透明なシートに模様がついて売ってて、それ、カッターで切り抜いて貼るの」

スズメは呆然とする。そんなものがあるなんて考えもしなかった。会話についていけていないスズメに代わって、リツが言葉を返す。

「あ、すみません。ウチは田舎で、近所にスクリーントーンを売っているようなところはなく、ま、本人が手で描くと思ってるんだったら、それでいいか、とほっておきました」

「あ、君、少しは賢い。……タジオ……」

「タ、タジオ？」

突然、よくわからない名前で呼ばれ、リツは通訳を求めるように菱本を見る。菱本は心得たように頷くと、映画「ベニスに死す」に出てくる美少年の名前だと説明した。

「美しい少年は全て、彼はタジオと呼びます」

「は、はあ……」

訳がわからない。リツは力なく相槌を打った。

「あともう一つ聞きたいのは」

秋風は何かを確かめるような強い目で、スズメをじっと見ながら、尋ねた。

「漫画ってまず、ネームっつって、ストーリー考えて、シナリオみたいの書いて、コマ割りして、あたりつけて、鉛筆で下書きして、そのあと本番なんですよ」

「……知りませんでした。いきなり描くと思っとった……」

スズメは漫画について、自分が何も知らなかったことに呆然としていた。漫画に描き方があるなんて、そもそも想像だにしなかった。知らないことを知らなかったのだ。

「これ、漫画描いたの初めて?」

「あ、二作目です。一作目も、この感じで」

「えっ、何にも考えないで、いきなり本番?」

「あ、はいっ」

秋風もまた呆気に取られていた。漫画のセオリーをことごとく無視しているというのに、これは漫画になっている。それを、この少女が自力でやってのけたというのだ。

「天才?」

秋風の言葉は半信半疑だったにもかかわらず、「天才」というフレーズにくすぐられ、スズメは思わず笑顔になる。リツは慌てて口をはさんだ。

「あ、あの、秋風先生、大丈夫ですか? こいつが規格外すぎて、何かやられてませんか? 本当に天才かどうかは、この漫画が面白いかどうか、だと……」

リツの言葉に、秋風はそうだと思いなおす。

「タジオ、キミ、やっぱり賢い」

「東大受けます。タジオじゃないけど」

スズメは自慢げに秋風に言う。そして、志望校変更のことを思い出し、慌てて、「あ、京大に格下げしたところです」と付け加えた。

「ほう、素晴らしい。私は美大中退だからな……。ところで、君。んと、名前」

「スズメです。楡野スズメ」

スズメは改めて名乗る。秋風は鷹揚《おうよう》に頷いた。

「そう、楡野スズメさん、私の弟子になりませんか？」

「なります!!」

秋風の唐突な誘いに、スズメは間髪《かんはつ》いれずに答えた。一瞬も悩むことなく、その申し出に全力で飛びついた。

トークショウのあと、スズメとリツは名古屋で美味しいものでも食べて帰ろうと思っていた。しかし、状況は変わった。スズメはリツを引きずるように、町に戻ると、いつものように喫茶ともしびに向かった。

作戦会議をするためだ。

秋風羽織の弟子になると突然言っても、反対されるだろう。特にハルは絶対に反対するはずだ。いや、激怒して、錯乱するに違いない。

だからこそ、スズメは少しずつ賛同者を増やし、ハルを説得したいと考えていた。

「お前さ、でも、本気なの」

紙に家族の名前を書きながら、ああでもないこうでもないと、説得順を練るスズメに、リツが尋ねる。

「はい、もう決めました」

スズメの答えには、まったく迷いがない。リツは呆れつつ、少しうらやましくも思った。

「すげーね。スズメって脳みそあんの」

「失礼やな。生まれた時から、猿だと思っとるやろ」

「でも、お前も、もう一回ちゃんと考えた方がいいよ。本当に、東京に行けるんか？　秋風先生の弟子がやれるんか？　あの人、明らかに変人や……」

「リツ！」

スズメはテーブルをばんっと勢いよく叩いた。

「天才が変人なのは当たり前やっ。それより、『いつもポケットにショパン』が出来上がるところを、『おしゃべり階段』を描くところを、横で見られるんやぞ。『アンコールが3回』を描くところを！　『海の天辺』を作るところを。すごいことや‼　夢の世界が創られてくのを、見ることができる！　私は、秋風先生の漫画で世界を知った。世界が作られるところを見られる！　神様の横にいられる！　絶対に、行く！　東京に行く！　先生の仕事を見る！　農協で、野菜は売らん！」

そのほとばしるような情熱に、リツは圧倒されていた。自分には夢ややりたいことがないと言っていたスズメ。しかし、彼女は見つけたのだ。損得とか、面倒くささとか、そういうものが全部吹き飛んでしまうほど、好きなことを。

「そして、やがて、私は、自分の世界を描くんだ。私は、漫画家になる！」

スズメは立ち上がり、力強く宣言した。

「……えっ、いつ決まったの？」

「今決めました」

「なんか、お前、すげーな」

リツは思わず笑った。

「アホか天才かわからん」

やっと就職が決まったというのに、それを投げ捨てて、自分の世界を描くと迷わずに口にできるスズメのまっすぐさをリツは本気で羨《うらや》んだ。

リツには漫画家になると啖呵《たんか》を切ったものの、スズメも人の子、結局誰にも言い出せないまま、一週間が過ぎようとしていた。

なにせ、就職祝いのパーティーまで開いてもらってしまったのだ。おめでとうと心から言ってくれた人たちを裏切ることになる。そう考えると、簡単には切りだせなかった。それはスズメのポケットには、いつもお守りのように、秋風羽織の名刺が入っていた。それはスズメの夢の種だった。いつでも、電話すれば、そこにつながる。

スズメは時々、ポケットから名刺を取り出しては、今日こそ話そうと、気合を入れなおした。しかし、実際、ハルやウタロウの顔を見ると、どうしても言い出せないのだった。

今日こそ、言わなくては。悲壮な決意を固めて帰宅したスズメは、茶の間にナオの母・幸子《さちこ》の姿を見つけ、思わず凍り付く。幸子の手には完成したスーツがあった。ハルは入社式のため、幸子の洋品店にオーダーメイドのスーツを頼んでくれたのだった。少し値の張るそのスーツを、ハルは無理して買ってくれた。

「ほら、あんた、着てみて」

ハルに促され、スズメはスーツを試着する。

オーダーメイドだけあって、そのスーツはスズメのスタイルを引き立てた。ハルと幸子ははしゃいだ声を上げる。スズメはポーカーフェイスで、そのやり取りをじっと聞いていた。

「これで、春から、農協勤めるね、良かった、ハルさん」

「うーん。一安心や」

そのハルの一言で、我慢がはじけ飛んだ。ずっと堪えていた気持ちがあふれだすように、言葉が口をついて出た。

「おかーちゃん、私、農協には勤めん」

「何言っとるの？」

ハルは薄く笑った。まだスズメが冗談を言っているのだと思っている。スズメはぐっと奥歯を嚙んだ。

「明日にでも、農協に行って内定取り消してもらう」

ハルの顔色が変わった。ぴんと張り詰めた空気に、幸子はおろおろとしている。

「スズメは東京に行く」

「はあ⁉」

スズメは唾をごくりと飲む。そして、はっきりと言った。

「そいで」

「そいで、漫画家になる！」

「はあああ⁉」

スズメの宣言に、ハルはともしびで予想した通り、激怒し、錯乱したのだった。

秋風羽織の弟子になると宣言してから、ハルは一言も口をきいてくれなくなった。

スズメが食器の片づけを手伝おうとしても、ぷいっと顔をそむけたまま、ささっと奪うようにして、自分で下げてしまう。

ウタロウたちはハラハラと見守ることしかできない。家中にぎこちない空気が漂っていた。

そもそも、スズメは最初のボタンから掛け違ってしまった。農協には勤めんと言い放ったスズメに、ハルは「盛大なお祝いの会までやってもらって」と責めた。それに対して、スズメは思わず、「呼んだのは私やない。おかーちゃんや」と言い返してしまったのだ。一番言われたくないことを言われ、反射的に口をついて出た言葉だった。

ハルはすっかりヘソを曲げてしまい、スズメが何を言っても、耳を貸そうとはしてくれなくなった。

スズメは焦っていた。秋風から弟子にならないかと誘いを受けてから、もう一週間になる。早く連絡をしなくてはならない。しかし、何の進展もない今の状態では、何を言っていいのかもわからなかった。親に許してもらえないんですけど、どうしたらいいでしょう？　などと、小学生のようなことを言いたくはなかった。

そんな状況の中、スズメの知らないところで、事態は大きく動いていた。

スズメの意思を確認するため、菱本が楡野家に電話をかけてきたのだ。

電話を取ったウタロウは、最初こそ恐縮していたものの、事務的な菱本の態度に釈然としないものを感じた。大事な娘を預かろうというのに、親に一言の挨拶もなしか。むっとしたウタロウは、「漫画家にしてやる、なんてうまいこと言って、こっちは赤子の手捻《ひね》られたみたいなもんですよ」と娘がたぶらかされたかのように、菱本を責めてしまった。

菱本は理路整然と言葉を返した。

「当方は漫画家にしてやる、とは言っておりません。ウチの秋風羽織が、少数精鋭で、全国から弟子を募り、秋風塾をやる。それにつけては、住むところ、食べることのお世話はする。そのかわり、秋風のアシスタント業務も手伝ってもらう。毎月、お給金も払う、あ、ここお待ちいただければ、すぐに詳細もでますが」

立て板に水だった。淡々とした言葉の奥に滲む怒りに、ウタロウは思わず圧倒される。何とか口をはさんで反論しようとするのだが、言葉は何十倍にもなって返ってきた。

菱本はスズメが十八歳で、もう大人であることを指摘し、別に「赤子の手を捻ったわけではない」と突き放すような口調で言った。

「一週間、そちらからも、お電話ありませんでしたし。そのようにお父様がおっしゃるなら、このお話なかった、ということにしてよろしいでしょうか?」

ウタロウは菱本の静かな迫力にビビりながらも、舐められてなるものかと思った。そして、「じょ、上等やないか」と売られた喧嘩を買うような言葉を口にしてしまったのだ。

「上等やないか、というのは、イエス、ダ・コーということでよろしいですね。それでは、このお話はなかったということで。お嬢様にもそのようにお伝えください。ごきげんよう」

菱本はそう一方的に告げると電話を切った。

切れた受話器を手に、ウタロウは立ち尽くす。

「……やってまった……か、俺」

こうして、スズメの知らないところで、漫画家の弟子入りの話はなくなってしまった。

そのことをスズメは晩御飯の最中に聞いた。

ウタロウは申し訳なさそうにしていたが、ハルは小憎らしい笑みを浮かべ、久しぶりにスズメに向かって口を開く。

「ちょうどよかったやない。どうせ、行かんのやし、東京。向こうも、その程度のことやったってことや」

「……冗談やない。やっていいことと悪いことがある」

スズメはウタロウをぐっと睨みつけた。

「あんた、おとーちゃんに向かって何言っとる！」

ハルが怒鳴る。スズメは怒鳴り返した。

「信じられん！　子供の夢潰して、何がおとーちゃんや」

ウタロウはただふたりの間でおろおろとし、センキチは心配そうに腰を浮かす。ソウタは静かに箸をおき、妙に老成した落ち着いた佇《たたず》まいで、事の次第を見守っていた。

「いい加減にしなさいっ。おとーちゃんもおかーちゃんも、あんたらのために、一生懸命、働いて……」

「頼んだ覚えはない！」

スズメは手にしていた箸を食卓に叩きつける。箸は勢いよく跳ね返り、食卓から転がり落ちた。ハルは眉を吊り上げ、鬼の形相になると、「なんやってー!?」と叫ぶ。

「まあまあまあ。ここはひとつ。な、スズメもハルさんも。おじーちゃんの顔に免じて」

今にもつかみ合いを始めそうなふたりの間に、センキチが割って入る。スズメはほとんど泣きそうになりながら、センキチの手を振り払い、ハルをぐっと睨んだ。

「あかん！　いくら、おじーちゃんの頼みでもこれは、あかん。スズメは許せん」

ハルははっと鼻で笑う。

「十八にもなって、自分のことスズメなんて呼ぶ娘に、何ができる。東京なんて、出ていけるはずがない」

「私は、もう大人だ！　自分のことは自分で決める！」

「何言っとるの、あんたは。どっこも就職受からんかったやない!!　農協受かったのが、誰のおかげと思っとる!?」

「えっ……」

ハルの言葉に、スズメは凍り付く。ウタロウとセンキチはどちらもあからさまに「うわっ」という表情を浮かべ、ごくりと唾を飲む。動きを止める家族の中で、ひとり冷静なソウタは、飛び散った姉の箸を拾い上げていた。

ハルはもう怒りに我を失っていた。スズメには絶対に言わないと固く決めていたことを口にするほどに。

「おじーちゃんが昔からのつきあいのある農協の偉い人に、口利いてくれたからや」

「ハルさんっ」

さすがにセンキチがたしなめる。スズメはセンキチに「そうなの？」と尋ねた。頼りない口調だった。

「いや、そんなことないぞ、スズメ。スズメがいい子で……」

嘘がつけないセンキチの目は泳いでいる。スズメはたちまちすべてを悟る。全部、全部、嘘だった。自分だけが知らなかった。悔しさと怒りで涙がにじんだ。

「おじーちゃんまで、グルか⁉」

「スズメ‼　おじーちゃんに謝りなさい！」

ハルがスズメの言葉をとがめる。しかし、スズメはその言葉を無視し、涙をたたえた目をソウタに向けた。

「……ソウタ……ソウタは、それ聞いとったの？」

「いや……聞いてないけど。でも、そんなことやないかとは思っとった」

「ウソつき！」

スズメの悲痛な叫びに、ウタロウとセンキチの顔が歪む。怒りに燃えるハルの目も、かすかに揺れた。

「この家は、ウソつき家族や！　あんな風に、みんな呼んでお祝いまでして、私の力で受かったわけやない、なんて……。心の中で、笑っとった」

「笑ってないよ」

ソウタはやれやれといった調子で、姉をなだめようとする。

「世の中なんて」

そんなものだ。そう言おうとしたソウタの言葉をスズメは「もういい！」と遮る。そんなわかったようなことなんて聞きたくなかった。

「聞きたくない！　……やっとれん」

苦し気に言い捨てると、スズメは静かに茶の間を出る。

そして、部屋着のまま外に出た。

冬の冷たい風は、肌を刺すようだった。

しかし、スズメは上着を取りに行く気にもならず、商店街をとぼとぼと歩き続ける。

世界でたった一人になったような気分だった。

スズメの目から涙が零《こぼ》れ落ちる。

泣いたらもっと悲しくなって、スズメはすすり泣く。

泣きながらも、スズメは足を止めなかった。歩く速度は次第に上がり、とうとう駆け足になった。

スズメは白い息を吐きながら走った。

萩尾写真館が見えてくる。リツの部屋の窓を見上げたスズメは、灯りがついていることに、心底、ホッとした。一人じゃない。そう思えた。

スズメはポケットから笛を取り出す。いつものように、笛を吹きたかった。今ほど、リツの助けを必要としているときはない。

しかし、スズメはしばらく迷い、その笛をポケットに戻した。

勉強の邪魔をしてはいけないと思った。ブッチャーから、リツの勉強があまりうまく行っていないということは聞いていた。

「リツ」

スズメは小さく呟く。その声は夜の風にさっと溶けて消える。

スズメはリツの部屋の灯りを見上げ、ぽろぽろと涙をこぼした。

リツの邪魔はできないけれど、このまま家に帰ることもできない。

さんざん考えた挙句、スズメが向かったのは、喫茶ともしびだった。そこに公衆電話があることを思い出したのだ。

スズメは秋風羽織の名刺を取り出し、彼の事務所であるティンカーベルに電話をかけた。電話は呼び出し音の後、留守番電話に切り替わる。スズメは古い掛け時計をじっと見つめ、きっちり十分ごとに電話をかけた。その度に電話は留守電になり、十円が公衆電話に飲み込まれていく。

店主のまさこがコーヒーを持ってきてくれた。手持ちが心もとないスズメは慌てて断ろうとする。しかし、彼女は「サービス」とにっこり笑った。

時間は刻々とすぎ、手持ちの十円玉はどんどん消えていく。

何度目の電話だろう。留守番電話の機械的な声ではなく、確かに人の声が「はい」と答えた。スズメはぱっと顔を輝かせる。

「あっ、もしもし！　秋風羽織先生の事務所さんですか？」

「はい、そうですが」

あからさまに不機嫌な声には聞き覚えがあった。

「あっ、あの！　もしかして、秋風先生、ご本人でいらっしゃいますか？」

電話の相手は、自分は留守番のもので、先生はもう帰ったという。しかし、スズメは秋風が声を変えているだけだと即座に見抜き、勢い込んで、自分の名前を繰り返す。

「ニレノスズメ、誰、それ？」

しらばっくれているというより、本当に忘れているような口ぶりだった。スズメは急いで「五平餅です！　五平餅！」と告げる。秋風はようやく思い出したようだった。

「やっとつながった……」

泣きたいほどにほっとして、スズメは受話器をぎゅっと握る。

「もしかして君か？　さっきから、きっちり十分置きに電話かけてきて」

「すみません。どうしても出てほしくて」

「ホントに人がいなかったら、どうするつもり？　明日の朝まで、十分置きにかけ続けるつもりだったの？」

「そういう都会の事務所って、誰かいるような気がしたんです。十二時まではやろうと思ってました」

秋風ははあっと呆れたように息を吐く。

「……良かったよ。早めに出て……。用件はなんでしょう？」

「あの、先生。先日はウチの父が菱本さんに大変失礼をしてしまい、申し訳ありませんでした！　でも、しかし、私は、先生のところで働きたい、漫画の勉強をしたい、と思っています！　父のことは謝ります！　許していただけませんでしょうか？　どうか、私を、見捨てないでください」

私を見捨てないでくれ。こんな聞き苦しい言葉を、自分は初めて口にしたとスズメは思う。でも、今のスズメには、秋風にすがるしか他に術《すべ》はなかった。

「あ、あの！　私、あした、そちらに伺います。それで、菱本さんに、お詫びします。こちらの住所で……東京都、港区……」

「おい、五平餅、早まるな」

今にも電車に飛び乗りそうな勢いのスズメの言葉を、秋風が遮る。

「君の気持ちは、わかった」

「はい、わかってもらえましたか⁉」

「私に任せなさい」

秋風は自信たっぷりに請け合った。スズメの顔がぱっと輝く。一度はなくしてしまったと思った夢の種を取り戻すことができるかもしれない。

今度こそ、絶対に、チャンスをものにしてみせる。

スズメは一言も聞き漏らすまいと、秋風の言葉に耳を澄ませた。


その日、朝からスズメはセンキチ、ソウタと共にせっせと家中を掃除していた。ウタロウもちょこちょこと手伝っている。ハルだけが、土偶《どぐう》のようにどーんとテレビの前に座ったまま、動かないでいた。

電話をかけたあの日、秋風は菱本をつくし食堂によこすと言ったのだった。あとは彼女に任せれば大丈夫だと。そして、忘れずに、彼女に五平餅を持たせるようにと念を押した。

その後、すぐさま菱本から訪問したいという連絡があり、スズメは彼女を迎えるための準備を始めた。

家を磨き、花を飾り、皆がよそ行きの改まった服装をしているというのに、ハルだけは割烹《かっぽう》着《ぎ》姿で着替える様子もない。

「何やね。みんなで、イソイソしちゃって」

ハルはウタロウやセンキチに嫌味を言った。ウタロウたちがスズメの側についたようで面白くない。ハルの顔にははっきりとそう書いてある。

「あのね、私は、全然、歓迎しとら……」

勢いよく立ち上がったハルは、よろりとなる。スズメは慌ててその体を支えた。正座をしていた足がしびれたようだ。

ハルが気まずそうに、体勢を整えたところに、「ごめんくださいい」という声がした。

スズメは顔を輝かせ、玄関にすっとんでいく。

菱本は小杉《こすぎ》という秋風の担当編集者を伴っていた。

「わたくし、秋風の秘書をしております、菱本です」

茶の間に通された菱本は、ウタロウに名刺を手渡し、丁寧にあいさつをした。

非の打ちどころのない、丁寧なあいさつだったが、ウタロウたちはまるで初めて異人を目にした江戸時代の人のように、菱本を凝視している。フリルやリボンがごてごてとついた、ピンクのド派手なワンピース姿の菱本は、彼らの目にはあまりに奇異に映った。

スズメは慌てて、これはローズハウスというブランドで、都会の流行《はや》りなのだと説明する。ウタロウたちは無理矢理そういうものなんだと自身を納得させた。

続けて、小杉が挨拶をした。彼が数々の少年誌を出版している出版社の人間であることを知り、漫画好きなソウタとウタロウの目が、途端に輝く。

どうやら、これも秋風の作戦のひとつのようだ。和気あいあいと漫画の話をするウタロウたちの横で、ハルは一人険しい顔をしている。

スズメはそろっと茶の間を抜け出し、ひと気のないつくし食堂に入ると、こっそりとリツに電話をかけた。

「なんか、けっこういい感じかもしれんっ」

「マジで？」

リツの声にほっとする。スズメは気合を入れなおした。

また、何か動きがあれば連絡すると伝え、短く電話を終えると、茶の間に戻る。

茶の間では、どうして秋風は来なかったのかとウタロウに問われ、菱本が説明していた。

「本当は秋風本人が来たいと申したのですが、あいにく、今、彼は、彼原作の新作映画の公開と、そして、締め切り五本抱えてまして」

スズメは絶対嘘だと思った。忙しいのは本当だろう。でも、来なかったのは、きっと、面倒だからだ。実際、その頃、オフィス・ティンカーベルでは、秋風がどうしてもと言って仕事場に入れさせたテトリスの台の前に座り、ひたすらブロックを積んでは消す作業に熱中していた。

菱本はウタロウに対し、切々と身の上話を語り出した。子どもの頃、彼女は親元を離れ、全寮制の中学に入ったのだという。だから、親御さんの気持ちというのに、うといところがあり、配慮が足りないところがあった。もっと早くにこうして伺うべきでした。

そう言ってしおらしく頭を下げた。

そう言われると、ウタロウは弱い。頭をかきながら、「こっちも言い過ぎました」とぼそりと言った。

菱本がウタロウを見て、かすかに微笑む。これまで、クールな表情を崩すことがなかった彼女が、初めて笑ったのだ。整った美貌の主だけに、その微笑みは効果絶大だった。ウタロウは彼女の派手な服装に戸惑っていたことも忘れ、でれでれとなる。

「ごめんなさいねえ。いや、そりゃ娘ももう、十八で、親がしゃしゃり出るのもおかしな話で……みっともないこと言っちまって」

すっかり陥落してしまったウタロウの腕を、ハルがぎゅうっとつねる。ウタロウは痛みをぐっとこらえ、菱本に愛想笑いを向けた。

菱本は改めて、秋風が弟子を募り、将来の漫画家を育てようとしていること、そして、デビューに際しては、彼のつながりのある出版社を紹介し、尽力することを説明した。

小杉の同行はその計画が本当であることを裏付けるためでもあったようだ。

ウタロウとセンキチは思ったよりしっかりとした申し出だという印象を受けたようだった。少なくとも、頭から否定することもないいんじゃないかという雰囲気で、積極的に菱本や小杉に質問をぶつける。

しかし、ハルだけが頑《かたく》なな態度を崩さなかった。

「決戦の時は、今日やと思うんや」

どうぞよくお考えになってお決めください。そう言い残して、菱本たちが帰った後、すぐさまスズメはリツに電話をした。

菱本の訪問で、家族の半分以上が味方に付いたという感触がある。あとは、宿敵ゴア、ハルを倒せば、楡野家の空気も一気に賛成に傾くはずだ。

「そうか。ハルさん倒すか」

リツが笑う。スズメも笑った。一番の味方であるリツの声を聞いていると、なんだか、なんとかなりそうな気がしてくる。

「うん、がんばる前に、リツの声を聞いときたかった」

「告白か？」と淡々と聞かれ、「違う」と淡々と返す。

いつものバカバカしいやりとりに、なんだかホッとした。

「勉強の邪魔して悪かった、切るな」

スズメは電話を切ると、はあっと大きく息を吐き、気合を入れ、茶の間に向かった。

茶の間では、ハルが固い顔で待ち構えていた。センキチもウタロウもソウタもいる。

スズメは自分を奮い立たせ、ハルの前に座った。

「あんたは、農協に行けばいい」

ハルは今日の菱本の訪問などなかったように告げた。

「東京に行くことは、許さない」

口をむっと堅く結んだハルはいかにも手ごわそうだった。スズメは視線をずらし、助けを呼ぶようにウタロウを見る。

「……おとーちゃんは？」

「今、おかーちゃんが話しとる」

ハルはぴしゃりと言った。

「ハルさん、感情的にならんといて、な。別に、この子が鬼に取って食われるわけやない。そんな難しい顔するようなことやないよ」

センキチが柔らかな口調で語り掛ける。ウタロウも「そうや」と頷いた。しかし、ハルは固い表情を崩さない。

「おかーちゃんは、あんたに才能とかいうもんがあるかどうか、わからん。あんたの漫画読んでも、……正直、よーわからん」

最初に完成した漫画を読んだときは、あんなにほめてくれたのに。スズメは思わずうつむく。

「仕方ない。おかーちゃんは素人や。そやけど、あんたが、東京に向いてないことはようわかる」

「……どういうこと？」

「あんたは、この町の農協が向いとる」

農協に自分の力で受かったわけではないと知った時の悔しさが、蘇ってきた。ハルは農協が向いているというけれど、自分の力で入れなかった職場が自分に向いているとも思えない。

「……人の、人の力で入ったようなとこ、行きたくない！　裏から手回して、入ったようなとこ、私は入りたくない！」

「よう言うわ。どこも受からんかったくせに！　あんたがどうして十三社も受けて、落ちつづけたかわかる？　わかっとる？」

畳みかけるような口調で、ハルは言う。スズメを責めるその声は、今にも泣きそうに聞こえた。

「あんたが、なんでもホントのこと書くからや。左耳が聞こえないって、履歴書に、わざわざ書くからや」

茶の間にしんと沈黙が流れる。スズメも、ウタロウも、センキチも黙って俯《うつむ》いていた。

なんとなく居づらく感じたソウタが、席をはずそうかと立ち上がる。

「ソウタも聞いとって。おねーちゃんの大事な話や」

ハルに言われ、ソウタは座りなおした。

「いい？　スズメ。世の中はいいひとばっかりやない。悪い人もいる。あんたは、そういうことを知らないまま、生きてきた。家族はあんたにやさしい。リツくんも、ナオちゃんも、あんたにほんとーによくしてくれる」

ハルは噛んで含めるように言った。

「あんたは、世の中の厳しさを知らん。嫌な面を知らん。それは、本当にありがたいことやとおかーちゃんは思う。感謝しとる。ほやけど、そんなあんたを、東京に、出すわけにいかん。そんな漫画なんていう、競争の世界でやっていけるわけがない」

スズメはゆっくりと顔をあげ、ハルをまっすぐに見た。

「……おかーちゃん、スズメは知っとった。就職、なんで落ちるかわかっとった」

「えっ？」

「でも、スズメは、私は、ウソついて入るのは、絶対嫌やった！　本当のこと書いて、入ってやるって思った。……私は、東京へ行く」

スズメはハルに静かにそう告げた。ハルはふっと皮肉気に笑う。

「漫画家になりたい人なんて、いっぱいいる。……そんな競争の世界であんたがやっていけるわけがない」

「おかーちゃん、漫画は競争の世界やない。夢の世界や」

スズメは堂々と言い切った。スズメは漫画を信じていた。自分に新しい世界をくれた漫画を、やりたいことがなかった自分に夢をくれた漫画を信じていた。

「私は、夢の種を手にいれたんや」

いつしか、ハルの顔からは怒りが剝《は》がれ落ちている。ハルは痛みを堪えるような顔で、スズメをじっと見つめていた。

ハルとウタロウの寝室には、やわらかな日が差し込んでいる。

ハルは陽だまりの部屋に、じーっと座っていた。

漫画に対するスズメの気持ちを聞いた後、ハルは散々迷って、ワコにスズメの漫画を見せに行った。感想を聞きたかったのだ。ワコは読みながら、何度もふふっと笑みを漏らし、「面白かった」と言ってくれた。

あの子には、才能があるのかもしれない。

それを信じてあげたい気持ちも、もちろんある。

しかし、今いる優しい場所を離れて、あの子がどうやって生きていくというのか。

ふと押入れが目に入る。

ハルは立ち上がり、押入れの奥から、うっすら埃《ほこり》をかぶった丸い筒を取り出した。そっと埃を払う。それは小学生の頃、スズメがリツと作ったゾートロープだった。

ハルは自分の手で回してみる。

隙間からのぞくと、小人がぎくしゃくとではあるが、動いて見えた。

（どう、おかーちゃん、すごいやろ⁉　これがスズメの左側の世界や）

顔を輝かせ、誇らしげに胸を張ったスズメの姿が、ありありと思い出される。

ハルは少し涙ぐみ、ごしごしと袖で拭う。

そこにウタロウが入ってきた。

「ウーちゃん」

店に出る支度をするウタロウの背中に向かって、ハルはぽつりと言った。

「あの子はすごいのかもしれん」

「ううん？」

唐突に言われ、ウタロウは思わず笑う。しかし、ハルはあくまで真剣だった。

「私は、あの子の漫画の力は、よくわからんけど、あの子、就職、なんで落ちるかわかっとったって言った。そいでも履歴書に、本当のこと書いたって」

「まあ、落ちたのがそのせいかどうかは、わからんけどな。本当のところは」

「うん、でも、私にはできん。私やったら、不利なことはよー書かん。私は、あの子に負けたって思った。……私のせいかな」

ハルはぐっと涙を堪えて言う。ウタロウはハルの視線をたどる。日の差し込む窓の向こうに、今まさに飛び立とうとする雀の姿があった。

「私がスズメなんて、名前つけたもんだから、遠くに飛んでってまう……」

「そーんなに遠くには飛べないんやないの？　スズメやもん。飛行機やないんやから」

ウタロウはそっとハルの肩を抱く。ハルはウタロウの言葉に、泣き笑いの表情を浮かべた。

東京に行ってもええよ。

夕食の時間、ソウタのお代わりをよそいながら、ハルはふと思い出したかのような軽さで、スズメにそう告げた。

「えっ、ホントに？」

スズメは思わず聞き返す。菱本が訪れた日も、結局、ハルは最後まで首を縦には振らなかったのだ。

ハルは「うん」と軽やかに頷いた。

スズメは思わず、家族一人一人の顔を見つめる。

ウタロウもセンキチもソウタも、皆、賛成だと口をそろえた。

「やったーーー！」

スズメはほとんど万歳の勢いで両手を上げる。

「明日ね、農協にお詫びに行こう。あんた、一緒に行くんやよ」

農協のことをすっかり忘れていた。スズメは両手を下ろし、神妙な顔で頷く。そして、はっと思い出し、センキチの方に向き直った。

「あっ、おじーちゃん、口利いてくれた」

「大丈夫や。もう、話はしたから」

センキチは優しく微笑みながら手を振った。

きっと、随分無理をして、昔の知り合いに、頼んでくれたのだろうと思う。口利きのことを知った時、センキチのことを「グルだ」と責めてしまったけれど、センキチはセンキチで、スズメのためを思って、動いてくれたのだ。

「ありがとう、ごめんなさい」

スズメは素直に頭を下げる。しかし、顔を上げた時には、もう、頭は秋風のもとへ行ける喜びでいっぱいだった。

「あ、そうと決まったら、リツに電話していい？　リツ、心配しとる」

スズメはそわそわと立ち上がる。

「なんや、おねーちゃん。秋風先生とこに電話するんやなくて、まずはリツにーちゃんとこか？」

ソウタに言われ、「あ、そうか」と思い当たる。しかし、誰より先にリツに報告したいという気持ちは揺るがなかった。

「いいや、秋風先生は別に逃げない」

「リツにーちゃんも逃げんけどな〜」

ソウタが冷やかす。スズメはソウタの頭をぴしゃっと叩くと、立ち上がった。

その時、何でもないような顔で、皆のお茶をいれていたハルの目からぽろりと涙がこぼれた。

「おいっ」

一番に気づいたウタロウが、狼狽える。泣かずに、気持ちよくスズメを送りだしてやろうと夫婦でさんざん話していたのだった。

しかし、ハルの涙は止まらない。堪えていた分、一度、流れると、涙は次々にあふれ出た。

「おかーちゃん」

「ハルさん」

胸が痛くなるようなハルの涙に、ソウタとセンキチも思わず呼びかける。

スズメは呆然と、ハルの涙を見つめている。

「あんたはいいね。あんたは、楽しいばっかりでいいね」

ハルの目から、涙がまたハラリハラリと落ちる。

「おかーちゃんは、おかーちゃんは、淋しくてたまらん」

スズメは初めて見るような目でハルを見る。ずっとずっと変わらないと思っていたおかーちゃん。でも、よくよく見れば、いろんなところに、スズメと一緒に重ねてきた歳月が滲んでいた。

「おかーちゃんは、今でも、スーパーやデパートや、本屋や、いろんな場所で、おかーちゃんって呼ぶ小さい子の声に振り向いてまう。あんたが、私を、スズメがおかーちゃんを呼んどるんやないかって。振り向いてまう。あんたはもう十八かもしれんけど、おかーちゃんの中には、みっつのあんたも、五つのあんたも十三歳のあんたも、全部いる。まだ、いる。十八や。大人や、もう大人やって言われても……」

ハルは顔を覆ってわっと泣き出すと、茶の間を飛び出していった。

スズメは立ち上がったまま、少しも動けないでいる。

どんなお説教より、どんなお叱りの言葉より、おかーちゃんの涙は、スズメの心を突き刺した。

茶の間からハルが呼ぶ声がする。スズメは慌てて階段を駆け下りた。

茶の間には、ハルとウタロウとセンキチが顔を揃えている。ハルもセンキチもとっておきのワンピースにスーツときちっとした恰好をしていた。これから、ハルとセンキチはスズメを連れ、農協に謝りに行くことになっていた。

断るなら早い方がいいと、ハルは一夜明け、すぐに農協に電話を入れ、直接本人と共に謝罪に向かう旨を伝えたのだ。

朝起きてすぐ、ハルからそう告げられたというのに、降りてきたスズメはまったくの普段着だった。

「あんた、なに？　いくらなんでもそんな恰好は。スーツ着て」

ハルが促してもスズメはぐずぐずしている。そして、少しためらって、「おかーちゃん」と話を切り出した。

「私、きのう、もう一度考えたんやけど……農協行ってもいいよ」

「はあ？」

喜んでくれると思ったのに、ハルは怪訝《けげん》そうな顔をしている。スズメはセンキチに「もう間に合わんかな？」と尋ねた。

「おかーちゃんが泣くの見とったら、私も悲しなってまった。おかーちゃんと離れることは、考えてなかった。私も、ここにいたい……かもしれん」

一晩考えて決めたはずなのに、語尾が揺らぐ。私は大人だと、あれだけ胸を張ったというのに、すっかり子供の顔をしているスズメを見て、ウタロウは思わず笑った。

「おいおい、何を親子漫才やっとる。東京行くーって言ってみたり、農協行くーって言ってみたり。あれ、大分違うけど、響きは似とるな。東京と農協」

ウタロウは自分の言ったことに、ひとりで受けている。ハルははあっとため息をついた。

「バカなこと言ってないで、農協、謝りに行くよ」

「おかーちゃん……ホントにいいの？」

スズメはそろりと上目遣《うわめづか》いにハルの顔を見る。ハルはにっこり笑った。

「あんた、教えてくれた。漫画の世界は競争の世界やない。夢の世界やって。そうか……って、おかーちゃん思った。あんたはそういうとこがある」

「どういうとこ？」

「左が聞こえなくなった時も、左側の世界って言って、素敵なやつ、リツくんと作っておかーちゃんに見せてくれた。忘れられん」

「ゾートロープや」

「あんたには夢見る力がある。憧れる力がある。あんたの側にいて、あんたを育ててきて、そういうのを、おかーちゃんは何回も見せてもらった気がする」

スズメはぱっと顔を輝かせる。その顔をハルは嬉しそうに見つめた。

「もしかしたら、ほんとーーにもしかしたら、やけど。親バカかもしれんけど、たくさんの人があんたの夢を一緒に見るのかもしれん。あんたが作る世界を、楽しみにするのかもしれん。スズメの夢は、おかーちゃんの夢や。娘が夢を持つことは、嬉しい」

「おかーちゃんの夢か！」

自分の夢はハルを傷つけ、落胆させるものだと思っていた。でも、自分の夢がハルの夢ならば、こんなにうれしく、力強いことはない。

「いつか、スズメの漫画がつくし食堂の本棚に並ぶかもしれん」

「……ありがと！　おかーちゃんっ」

スズメはハルにぎゅっと抱き着く。そして、その背中にそっと頬を寄せた。


十二月、喫茶ともしびには久しぶりに梟会の仲間が顔を揃えていた。

スズメの上京決定を祝う集まりだった。スズメたちはクリームソーダやコーラで乾杯する。

二月に受験を控えたリツ以外の二人も、すでに進路が決まっていた。ナオは志望していた服飾系の専門学校に、ブッチャーは推薦で京都にある舞鶴学院大にそれぞれ進む。

ブッチャーはリツと一緒にいたいあまり、わざわざ東京の大学から、京都の大学に進路を変更していた。

「スズメ、あれって本当？」

お好み焼きをひっくり返しながら、リツが尋ねる。

「ハルおばさんに、十三社続けて落ちたのは、あんたが履歴書にバカ正直に耳のこと書くからだ、って言われた時に、私はなんで落ちるかわかってた、だけど、ウソついて受かるのは嫌だって言ったたって」

ナオとブッチャーは「カッケー！」と声を上げる。しかし、スズメは「あれ、嘘や」としれっと言った。

「口からでまかせ。あの時に、思いついて言った」

スズメは焼きあがったお好み焼きをブッチャーの皿に取ってやりながら、正直に言う。

「まさか耳で落とされるとは、気づかなんだ」

まさか気づかないとは。そこそこ付き合いが長いナオとブッチャーもその言葉には、呆気に取られてしまう。しかし、リツは驚く様子もなく、「だよな」と相槌を打った。

「うちのかーちゃんの話によると、ハルおばさんは、そのスズメの勇気に感動して、上京を許した、ということだったが、スズメがそんなこと思うわけがない、と俺は思った」

「うん、まったく思わなかった」

「おめでたいを通り越して、バカなのか？」

ブッチャーの呟きに、ナオが「いまさらか？」とツッコむ。

「面接で、片方の耳が聞こえないと、この仕事は困ることがあると言われたことは、ある。それは、ああ、落ちても仕方ないな、と思った」

英語が必要な仕事みたいなものだ。条件に合わなければその仕事がこなせないというのなら、仕方がない。スズメは単純にそう思ったのだった。

「でも、他のは、それで落ちたとは思ってなかった」

「さすが、つけ耳をつけるやつは違うな」

ブッチャーが呆れ半分、本気の感心半分で言う。

「そして、お前。今もそう思ってないだろ？」

リツの言葉に、スズメは少しドキリとする。あまりに自分の真ん中を言い当てられた感覚があった。

「なんかわかる」

リツは涼しい顔で言った。

「スズメの世界に、悪意はないな」

ブッチャーが言う。

「内緒もないな」

続けてナオが言う。

「差別もない」

さらに続けて、スズメは自分で言い切った。

「なんで、スズメ、おばさんに気づいとったって言った？」

ブッチャーに問われ、スズメは自分自身に改めて尋ねる。そして、一番本当に近いと思われる言葉をゆっくりと口にした。

「気づいたら、そう言ってた。勝負のしどころやと思ったのかもしれない」

「勝負？」

ナオが首を傾げる。スズメは大きく頷いた。

「東京、行く行かないの、勝負や」

「なんか、すげーな、スズメ」

感心しきりのブッチャーの横で、リツはふっと顔を曇らせる。

「……俺は、心配だ」

冗談ではないリツの声のトーンに、一瞬しんと沈黙が下りる。

「本当に、こんな、岐阜の山猿みたいのが、東京に出て、大丈夫なンか？」

続くリツの言葉は冗談めかしてはいたけれど、やはりどこか本気の心配がにじんでいる。

「え、リツくん、スズメの上京、反対なの？」

恐る恐る尋ねたブッチャーに、リツは自分の見通しの甘さを嘆くように、深々とため息をついた。

「ハルさんが、地球を征服に来たゴアの力で止めると思っとった……」

パラパラと雨が降り出す。

突然の雨だった。

スズメとリツは慌てて、手にしていたビニール傘を差す。きっと雨が降るからと、喫茶ともしびのまさこが貸してくれた傘だ。

ブッチャーとナオはまだ喫茶ともしびに残っている。まだまだ、お好み焼きを食べたいから、ふたりは先に帰るようにと、半ば無理矢理、店から追い出された。

これもブッチャーとナオの計画だった。ふたりはまだ、「運命のふたり」を近づけるという計画を諦めてはいなかったのだ。もうすぐ、春になり、ふたりは離れ離れになる。ふたりに何か起こるとすれば、今だというのがナオの読みだった。

そんなブッチャーとナオの思惑も知らず、スズメとリツは雨の中をゆっくりと歩く。

商店街はあっちこっちの店舗にツリーやリースが飾られ、すっかりクリスマスの装いだった。

スズメは「もう、クリスマスかあ」とぼんやり呟く。リツはうんと頷いた。

雨の街は静かだった。ビニール傘を打つ雨の音だけが、やけに大きく響く。

「ねえ、リツ」

スズメはリツの顔を見上げた。

「ん？」

「この前さあ、大雨の日あったやん」

「ああ、警報出とったやつ」

「あん時さあ。雨、満喫しようと思って、土砂降りん中、傘さして外出たの」

満喫しようという考え方があまりにスズメらしく、リツはちょっと笑って頷く。

「そしたら、やっぱり左側は雨の音しなくて」

「うん……」

「今も聞こえん」

「うん……」

「リツ、左側に雨の降る感じ、教えてよ。どんなやったっけ？」

ただ知りたくなって聞いただけなのに、その言葉は悲しく響いた。リツは一瞬顔を歪ませ、すぐに素敵に笑った。

「傘に落ちる雨の音って、あんま……綺麗な音でもないから、右だけくらいが、ちょうどいいんやないの？」

スズメはふふっと笑う。

「リツさあ。将来、ノーベル賞取るんやろ？　なんか発明して、エジソンが取り逃がしたノーベル賞、取る」

「いいね」

リツも笑った。

「雨の音が綺麗に聞こえる傘、リツ作ってよ」

「雨の音が綺麗に聞こえる傘……いいな、それ。俺作りたい！」

「ホント？」

スズメはキラキラした目でリツを見上げる。

「うん、楽しそう」

リツはヒーローの顔をしていた。糸電話を作りたいと言った時も、ゾートロープを作りたいと言った時も、リツは自分にできないことは何にもないみたいな顔で、スズメの思いを形にしてくれた。その時と同じ顔をしていた。

「えっ、約束……」

スズメが言いかけた瞬間、その左脇を車が通りすぎる。

音に気づけず、反応が遅れたスズメを、リツはさりげなくかばった。

車はハネをあげ、スズメのスカートを汚す。

「あ……」

綺麗な色のスカートに飛んだ、灰色のドロ。スズメよりも先に気づいたリツは、さっとかがむと、自分のパーカーの袖で拭いてやる。

「ふぎょぎょ……」

スズメ自身もびっくりするぐらい、しおらしい「ふぎょぎょ」だった。

「安もんだから、このパーカー」

リツが軽く言う。スカートのドロは、見た目にはわからないぐらいになった。

「私はちょっと可愛いのを着てきた。みんなに会うのが久しぶりやったから」

「ん……気づいとった」

しゃがんでいたリツが立ち上がる。スカートを拭くために近づいていたリツの顔が、思ったよりも近くにあった。

スズメは思わずどきっとなる。しかし、リツはいつも通りのポーカーフェイスだった。

「家帰ったら、洗う」

スズメはどうでもいいことを言う。何かを言わないではいられなかった。

ドキドキしていた。

それでも、この気持ちはないことにしようとスズメは思った。心にしまって、やがて忘れよう、と。リツにそんなのは気持ち悪い。私とリツに、そんなことは似合わない。

心の中でそう繰り返し、スズメはひたすらにぺらぺらと意味のないことを話し続けた。

雨は降り続いている。

リツがいる右側だけ、ずっと雨の音が響いていた。

スズメはバスの中で立ち尽くしていた。その手には、リツの受験票が握られている。

これまでの人生、「やってまった」ことばかりだった。

しかし、これはこれまでの「やってまった」とはわけが違う。今世紀最大の「やってまった」だった。

さかのぼること、一日前。スズメはリツの部屋を訪ねていた。翌日にセンター試験を控えたリツに、お守りを渡すためだ。スズメはバッグから、ぎふサンバランドのファイルを取り出した。ぎふサンバランドをピーアールするため、一時大量に配られたクリアファイル。あか抜けないデザインが味わい深いファイルを、スズメは自分の宝物入れにしていた。

スズメはファイルからお守りを出して、リツに手渡す。

リツはそのお守りを、自分のぎふサンバランドのファイルにしまった。彼もまたそのファイルを愛用していたのだ。彼のファイルの中に、お正月の時、スズメがゆずった大吉のおみくじも大切にしまわれていた。

そして、次の日の朝、緊張のあまり一睡もできなかったリツは、前日に支度をしておいた鞄の中身を念のため確認することにした。ひとつひとつ点呼を取るように確かめ、最後にぎふサンバランドのファイルを手にする。

中を見たリツは唖然とした。本来であれば受験票とお守りとおみくじが入っているはずのファイル。しかし、リツの手にあるファイルには秋風とリツと三人で撮った写真やイカ天ライブのチケットなど、スズメの宝物が入っていたのだ。

スズメのファイルと取り違えたことはすぐにわかった。

一瞬、頭が真っ白になったリツだが、すぐに気を取り直す。眠れなかったこともあり、時間はまだ六時。試験の開始まで十分な余裕がある。

リツはすぐさまつくし食堂に向かった。

つくし食堂ではセンキチが窓掃除をしていた。

録画した新春ワイド時代劇一挙十二時間放送を夜遅くまで見たのだと、長話の構えを見せるセンキチをかわし、リツはスズメを探して、奥に入る。食堂のレジの脇にぎふサンバランドのファイルを発見し、リツはほっと安堵する。手を伸ばそうとした次の瞬間、外から大きな音が聞こえた。リツが慌てて駆け付けると、センキチが倒れていた。

リツは大声で人を呼び、駆け寄ってきたハルと共に、応急処置を施し、救急車を待った。

岡田医院で診察を受けたセンキチは、貧血と診断された。時代劇に夢中で、夜更かししたのがよくなかったらしい。

商工会の視察旅行とバスケの早朝練習でウタロウとソウタが揃って不在だったこともあり、成り行きで付き添ったリツは、キミカに「センター試験じゃないの?」と心配された。受験のことを知らなかったハルは「何で言ってくれんの!?」とぎょっとしていたが、リツには余裕があった。まだまだ試験までには時間がある。

しかし、つくし食堂に戻ったリツは呆然と立ち尽くすこととなった。レジの横に確かにあった、ぎふサンバランドのファイルがなくなっていた。

その頃、リツのファイルはスズメと一緒に長距離バスに揺られていた。スズメはその日、東京に下見に行くため、バスに乗ったのだ。出発ぎりぎりまで睡眠をむさぼっていたスズメは、救急車のサイレンも夢うつつで聞いていたので、センキチが倒れたことにもまったく気づいていなかった。家に誰もいないことを少し不思議に思ったぐらいだ。しかし、考える暇もなく、バスに乗るため家を飛びだした。

スズメは隣に座った小さな男の子と呑気にイカ天の話題で盛り上がっていた。ライブのチケットを見せてあげようと、宝物ファイルを取りだしたスズメは、中から出てきた受験票にぎょっと目を見開く。息が止まった。

「やってまった……」

スズメは慌ててバスを止めるよう運転手に頼み込んだ。スズメのただ事ではない様子に、運転手はバスを止める。

しかし、すでにバスが走り出してかなりの時間が経つ。つくし食堂からも、梟町からも遠く離れていた。

スズメは青ざめ、リツの受験票をぎゅっと握りしめる。

もうどうしようもない。それは取り返しのつかない、「やってまった」だった。

結局、リツはファイル入れ替わり事件で、京大受験を断念せざるを得なくなり、東京の名門私立大学・西北《せいほく》大学に進むことになった。

リツは一切、スズメを責めなかった。しかし、こうした事件が引き起こされてしまったことには、どうしても納得がいかない様子だった。

同じファイルがふたつあることを、リツはきちんと認識していたのだ。そのうえで、しっかりとファイルの場所を把握し、区別していた。

「俺はスズメと違う」

リツは梟会の仲間たちにそう強く主張した。プライドが高いリツが、自分のうっかりを認めたくないだけかと思われたが、犯人は別にいた。

思い返してみれば、あの時、ファイルの置かれた机では、カメのフランソワがのそのそと動き回っていた。

フランソワがいつの間にか、ファイルを移動させていたのだ。机の上のものをぐいぐいと頭で押して動かすフランソワを見て、リツはそう確信した。

ナオはフランソワがリツとスズメを離れ離れにしたくなかったのだと、ひどくロマンチックなことを考え、ブッチャーはリツと一緒に京都に行けなくなったことに今更気づき、嘆き悲しんだ。

リツは浮かない表情ながらも、西北大学に進むことを受け入れていたけれど、スズメは自分を許せそうもなかった。だって、リツは京大に行くはずだったのだ。京大に行って、ノーベル賞を取るという夢をかなえるはずだった。

リツの夢を奪ってしまった。自分にも夢ができた今、そのことがとても心苦しかった。

リツが西北大学に合格し、一段落したところで、スズメはウタロウ、ハル、センキチと共に、萩尾家に改めて謝罪に向かった。

「この度は誠に申し訳ありませんでした」

スズメたちはいっせいに頭を下げる。ヤイチは慌てて頭を上げるように言った。

「今回のことは誰のせいってわけじゃないんだし、ちゃんと西北大学は入れましたし」

「リツは高校受験でも犬を助けて、失敗してるから」

スズメはどんよりと暗い声で言う。リツは人生において二度も、自分の力を試す大事な機会を逃してしまったのだ。

「今度は、犬のかわりに私を！　本当に申し訳ない。しかも、犬はちゃんと事故だが、私はただの貧血」

センキチが申し訳なさに首《こうべ》を垂れる。

「いえ、決定打は私です。私がリツの受験票を持って行ってしまったばっかりに……」

センキチの横で、おなじくがくんと項垂《うなだ》れたスズメに向かって、ヤイチは首を横に振った。

「スズメちゃん、大学受験の要項を読めばですね。受験票を忘れて来ても、再発行ができる、とちゃんと書いてあります」

スズメはびっくりして、ヤイチの顔を見つめる。

「え、そうなんですか⁉　受験票忘れたからてっきりアウトかと」

「リツが受験要項にどこまで目を通していたかはわかりませんが、再発行という手段があるのでは？　とあの子が気が付かないわけがないと、私は思っています」

「えっ、あなた。どういうこと？」

ワコはおっとりと小首を傾げ、ヤイチを見上げる。ヤイチは軽くワコに視線を返すと、重々しい口調で続けた。

「彼は、東大から、京大に志望校を変更しました。弱気になっていったんだと思います。あのままでいけば、京大も危うかったのではないか、と私なんかは思います。彼の心の奥底に、どこか……逃げたいって気持ちがあったんではないでしょうか？」

「ちょっと、待って、ヤイチさん」

ワコはキッとヤイチを睨みつけ、詰め寄った。

「リツがわざと受験しなかったってこと？　あの子がセンキチさんが倒れたことにかこつけて、京大受験から、逃げたってこと？」

「いやいや、そうじゃないさ」

「えっ、そう聞こえますよねえ？」

ワコは楡野家に同意を求める。その有無を言わさぬ迫力に、スズメたちはコクコクと頷いた。

「いいえ、彼は、そんな風には、これっぽっちも意識してないと思います。しかし、心の底では、少し、ホッとする気持ちがあったのではないか、と……」

ヤイチはワコの強い視線を避けるようにしながら、慌てて言葉を補う。しかし、ワコはまだまだ納得せず、ふんと鼻を鳴らした。

「ヤイチさん、そんな風に、憶測でものを言うのは、自分の息子に対しても失礼だわ」

「……じゃ、言い方を変えよう」

ヤイチはワコの目をしっかりと見つめ、ワコと自分自身に語りかけるように言った。

「ワコさん、僕はホッとしたんだ……。リツが西北大学を受けて、受かってくれて、心底ホッとした。京大を受けて、落ちたら、僕はもう、あの子をフォローする自信はなかった」

皆がその言葉の重みに打たれるように沈黙した。ワコもまた黙って俯いていた。

「私たちの期待、いえ、梟町全体の期待を背負い、生まれた時から、神童と言われ、三つで九九を全部言えた彼は」

「あっ、言っとった言っとった！」

リツがすらすらと九九を唱える姿を、スズメははっきりと覚えていた。その時、本当にスズメはリツを天才だと思った。きっとすごいことをする人になるんだと、疑いなくそう思った。スズメの反応を、ヤイチは穏やかな笑顔で引き取る。

「まるで、この世の全ての期待を自分が担っていると勘違いしまして、とてもじゃないけれど、滑り止めの私立を受けさせてくれと、私たちに言うことができませんでした。リツは命拾いしたと私なんかは思っています」

「でも、素晴らしい。滑り止めでも、私立のトップ！　西北大学に受かる！　都の西北」

慌てて、ウタロウが持ち上げる。しかし、ヤイチは苦い顔で笑うと、ぐっと声を潜めた。

「実を言うと、リツは、京大も余裕で受かる、という成績ではありませんでした。ここだけの話ですが」

「えっ、余裕のよっちゃんかと思っとった！　知らなんだ。おじさん、それ言わん方が……」

スズメは慌てて言う。ハルが心から心配そうに「スズメの口は、羽より軽いのに……」と呟いた。しかし、スズメは真剣な表情で、ヤイチたちに向かって誓う。

「いえ。私、これは口が裂けても言いません。絶対、言わないです」

「さすが、スズメちゃん。リツのこと、よくわかってくれて……。ああ見えて、リツのプライドはチョモランマより高い。世界一高い」

「エベレストでは？」

ウタロウが思わず口を挟むと、ヤイチは穏やかな口調で、エベレストとチョモランマが同じ山だと説明した。

「知らなんだ！」

スズメは思わず叫ぶ。ヤイチは小さく咳払いし、話をつづけた。

「あの子は、小さい頃から手のかからない子で……。でも、自分の子供ながら、何考えてるかわからないようなところがあって」

ヤイチの言葉に、ワコが頷く。ワコはどこか芝居がかった寂し気な微笑を浮かべて言った。

「あの子は、心の真ん中のところを、人に言わないんです」

心の真ん中のところなんて、おいそれと、人には言わないのではないか。ワコの言葉に、スズメ以外の全員がこっそりと思う。しかし、スズメだけは違った。

(じゃあ、私が今まで聞いていたのは、何だったのか？　心のはしっこだったのか？　パンの耳か!?)

リツのことなら何でも知っていると思っていた。でも、一番の真ん中を、パンの一番の美味しいところを知らなかったなんて。スズメは大層ショックを受けていた。

外出していたリツを探すのはそう難しいことではなかった。梟町でリツが行きそうな場所など、たかが知れている。

実際、スズメはすぐに河原で水切りしているリツを見つけた。

スズメは前置きもなく「心の真ん中」について問いただした。怪訝そうな顔でスズメの話を聞いていたリツは、ワコがいつもの癖で何か語ったらしいと悟る。

「……私は悲しい」

スズメは訴えた。

「私は、リツの友達だと、言うなれば、親友だと思ってたよ」

「スズメ……」

スズメのまっすぐな目に、リツは小さくため息をつく。そして、小さい頃、よく並んで座った大きな岩に、スズメを誘った。

大きな岩は、今、改めて見ると大きくもなんともなかった。リツと並んで座ると、ギリギリの大きさだ。

リツはしばらく、黙って川を見つめる。スズメは辛抱強く待った。川の音だけが聞こえる。このまま、何も話さないのではないかと心配になったころ、リツはようやく口を開いた。

「ふたつ挫折があって……」

「……うん」

「ひとつは、海藤高校に入れんかったこと。ひとつは、永久機関や……」

「ああ、あの！　小学校の時から、やたら作っていたあれか⁉　そういえば、そういうの作らんくなったな！」

言われてみれば、いつの間にかリツの部屋にはあれだけあった永久機関の装置がなくなっていた。

「永久機関が、俺は本当に作れると思っとった。でも、中学二年の夏に……俺は天啓を受けたようにわかった。永久機関は、この世では作れない」

「それ、天啓って言葉の使い方、ちょっと違わないか？」

スズメがひそひそと言う。リツは曖昧に首を振った。

「まあ、そこはいい。ニュアンスをわかってほしい」

「……了解いたした」

「信じて信じて頑張っても、この世には不可能なことがあるんだと思った」

スズメは真剣に頷いた。リツがスズメのために、無理をして、心の真ん中を見せようと真剣に話してくれていることを、スズメもよくわかっていた。

「とりあえずみんなが期待するから、海藤から東大に行こうと思った」

「……リツ自身の気持ちは？」

「俺？　俺は、まあ出来るから当たり前にそういうことなんだろうな、と思った」

リツは自分自身を突き放した口調で、淡々と言った。

「しかし、現実に負けた」

「いや、リツは負けてない。犬を助けた！　人助け……いや、犬助けは自分の我を通すことよりも、尊いし、正しい」

「それが正しいことを証明するために、俺は、東大に合格しなければならなかった」

リツは言葉を切り、薄く笑った。

「でも、スズメ。これはスズメだから言うけれど、俺は、多分、そんなにできないんだ」

「えっ、そんなこと自分で言って、チョモランマはいいのか？」

スズメは心底驚いた。リツがそんな風に思っていたことも、リツが自分からそのことを打ち明けてくれたことも、どちらも同じぐらい驚いた。

「いや、チョモランマとエベレストは一緒の山だ」

驚きのあまり、しどろもどろに訳のわからないことを言うスズメをさらっと無視して、リツは話をつづけた。

「模試で頑張っても成績が伸びなくなってきていた」

「朝露に行ったせいじゃなくて？」

「いや、海藤に行ってたら、西北さえ入れなかったかもしれない。自分より上がいることに、ショックを受けて……。ずっと一番だった人間は弱い」

「ずっと一番……自分で言うか、と思うが、確かにリツはずっと一番だった」

「俺は、周りの期待する俺でいなくちゃと焦った」

「あっ、あれか！　これも良くなかったか？」

スズメはポケットから笛を取り出す。マグマ大使の笛を、スズメは今も持ち歩いていた。

「マグマ大使は英雄だから。いつだって英雄じゃなきゃいけないって、ワコおばさんが昔言っとった！　これのせいだな！　気がつかなくて悪かった！」

スズメはばっと立ち上がり、ためらいなく笛を川面に投げ捨てようとする。

「うわっ、やめて！」

リツが咄嗟《とっさ》にスズメの手をつかんだ。

「捨てないで」

切実な声だった。手を摑む力は、痛いほどで、スズメはびっくりしてリツを見る。

ふたりは、見合った。

リツの必死な顔を、スズメは目を真ん丸に見開いて、見つめた。

リツが静かに、スズメの固く握った手から、その手を離す。

スズメはゆっくりと笛を握っていた手を開いた。

リツはその手のひらから笛を取り、そして、またスズメに渡した。

何か、大切な儀式のようだった。

スズメは笛を口元に運び、三回吹いてみる。そして、小さく「リツ」と呼んだ。

「はい」

すぐ隣のリツが応える。

「……これは、捨てないでください」

「了解、いたした……」

スズメは笛をポケットにしまう。ポケットの中で、笛が熱を持っているように感じた。

心にしまったはずの気持ちが、今にも顔を出しそうで、スズメは振り払うように、石を拾い、川に向かって投げる。しかし、石は思うようには跳ねず、ぶくぶくと川の底に沈んだ。

卒業式の日、梟会の四人は、事前に示し合わせ、式を途中で抜け出した。

教室、渡り廊下、踊り場、踊り場から見える青空。

誰もいないがらんとした校舎で、四人はかわるがわるカメラを持ち、何枚も何枚も写真を撮った。

たまにお互いの姿を撮影することもあったが、ほとんどが風景の写真だった。

誰もいない校舎を、今日で最後になってしまう高校を、彼らはフィルムにおさめようと企んでいた。

そうして、仕上げに卒業式の立て看板に、フクロウのイラストを残すと、梟会の四人は、いつものように、喫茶ともしびに向かった。

胸に花をつけ、卒業証書の筒を手にした四人は、店主のまさこに封筒を手渡した。

中にはこれまでのツケの代金がきっちり入っていた。

「もう、卒業なんで」

ナオが言う。まさこは四人の笑顔を、眩しそうに見つめた。

「本当に払ってくれるなんて……なんか、淋しいね」

まさこは卒業祝いに、お好み焼きをご馳走してくれた。

四人はいつものようにお好み焼きを焼き始める。

いつものように、がこれで最後だと思うと、なんだか、お好み焼きが喉に詰まった。

「なんかさあ」

沈黙に耐えかねたように、ブッチャーが言う。

「もんじゃ焼きってやつが、あるらしいやん」

「あ〜、聞いたことあるけど、食べたことない」

ナオが乗っかる。しかし、ブッチャーが「うまいんかな？」と言うと、それっきりまた会話が途絶えた。

しばらく、四人はもくもくと食べ続ける。

一枚目のお好み焼きが粗方《あらかた》なくなったころ、ナオが思い出したように言った。

「さっき撮った写真ができる頃には、もう、みんなおらんね。梟町におらんね」

スズメたちはその言葉に、箸を止める。

「ブッチャーは明後日、京都に行っちゃうし、スズメはいつやったっけ？」

「来週」

「リツが、そのあとやよね？」

リツが小さく頷く。

ナオは鉄板の上のお好み焼きを見つめ、そして、ぽつりと言った。

「私ばっか、置いてかれる気がする」

スズメたちは皆、驚いてナオを見た。いつも人を励ます側で、弱音のようなことを滅多に口にしないナオだけに、その言葉は重く、切なく響いた。

「ひとりぼっちや」

ナオの目から涙がこぼれる。涙は鉄板の上にぽとりと落ち、ジューッと音を立てて蒸発した。

「私……私、涙が焼けるの初めて見た……！」

スズメは思わず興奮する。目の前の新しいことにすぐ関心が移ってしまういつものスズメの姿に、ナオの目から、さらにどっと涙があふれた。

「アホなスズメがおらんくなったら、つまらんな」

ナオは涙を隠さず、こぼれるままにしている。その顔を見ていたら、スズメもなんだか泣けてきた。

「そんなこと言ったら、俺、リツ、リツと……」

ブッチャーもえっくえっくと肩を震わせて、泣き始める。

「リツと離れてどうやって……。ここが一番、居心地いいのに。梟会がええ。ここがなくなったら、どうしたらいいんや。俺、ひとりで京都とか、こわすぎる」

「おいおいおいおい。君たち、小学生か」

心配したまさこが、ティッシュを持ってきてくれた。

スズメたちはティッシュで涙を拭い、盛大に鼻をかむ。

「ま、泣きたいだけ泣きなはれ！　いいんだよ、泣きたい時はどんどん泣いて。今日は、お祝いだ、泣いて食べよう！　ご馳走するから。何はともあれ、卒業おめでとう！」

みな口々に「卒業おめでとう！」と言いながら、改めて乾杯した。

卒業おめでとうは、嬉しい言葉なのに、いつだって少し淋しい言葉だ。

「卒業おめでとう」と言いながら、皆、笑って、また少し泣いた。

リツだけが、最後まで泣かなかった。

スズメはリツの心の真ん中は遠いのかもしれないと思った。この間、打ち明けてくれたのもきっとリツの心の真ん中なのだろう。でも、その真ん中の真ん中は、ずっとずっと奥の方に、あるのかもしれない。そんなことを思った。


「どうも」

宅配便のお兄さんが台車にいくつものダンボールを乗せていく。

ハルはそのお兄さんがダンボールをトラックに積み込む様子をじっと見守った。

ダンボールには、新生活を送るスズメの荷物が詰まっている。ベッドなどはオフィス・ティンカーベルの方で用意してくれることになっていたが、細々《こまごま》と必要なものを見繕っていたら、かなりの量になった。

スズメの上京の日は明日に迫っていた。

庭では、ウタロウが大工仕事をしていた。スズメにもたせようと作った小さな棚の仕上げだった。ぎりぎりに完成した棚を、ウタロウは照れた様子で、スズメに贈った。シンプルで頑丈そうだが、素人っぽく歪んだその棚。使ってくれるか心配だったが、棚を一目見るなり、スズメは目を輝かせた。

「わあっ、カッコイイ！」

「そうか？」

ウタロウはさらに照れる。

「うん、カッコイイ。持ってく」

「いや、送ったる」

「そうか」

スズメは棚をそっと撫でる。丁寧にやすりがかけられた棚は、つるりとしている。その手間に、ウタロウの思いが感じられた。

「そこにな。スズメのコミックスが出たら、立てたらいい」

「うん……そう思った」

「うちの食堂にもお前の漫画置く」

古い少年漫画しか置かないというルールを、スズメのために曲げてくれるという。スズメは笑った。

「ずっと先やよ、おとーちゃん」

「スズメ、いつだって、帰ってくりゃいいぞ」

ウタロウは唐突に言った。今のスズメを通して、小さな小さなスズメを見ているような優しい目をしていた。

「おとーちゃん、おかーちゃんも、おじーちゃんも、ソウタも、梟町も待っとる……もちろん、東京で頑張るのもいい。でも、あー、まーあかんと思ったら、いつだって帰って来いよ」

「うん……」

じわっと涙がこみあげてきて、スズメは棚に見入る振りでごまかした。

「なーんにも、心配することない。おとーちゃんも、おかーちゃんも、ずーっとスズメのおとーちゃんとおかーちゃんや。ずっと、スズメの味方や」

「うん……わかっとる」

スズメはこくんと頷き、そっと涙を拭った。

家で食べる最後の夕食は、すき焼きだった。

ハルはこの日のために奮発した特上の飛驒牛を食卓にどんと置く。

ソウタはスズメのために卵をかきまぜてくれた。

メレンゲのようになるまで泡立てると美味しいとテレビで見たのだと言う。

ソウタが溶いてくれたふわふわの卵で、スズメはすき焼きを食べる。

「おいしーい！」

スズメは満面の笑みを浮かべた。夢のように美味しい夕食だった。

夕食も終わって、風呂に入れば、あとはもう寝るだけだ。

明日も早いのだから、早く寝なければいけないというのに、一向に眠気は訪れない。

スズメは天井を見上げた。

この部屋の天井ともお別れだった。

明日の夜はもう、別の天井を見上げているのだと思ったら、自分がこの家を出るということが、初めてリアルに感じられた。

「龍が泳いどる……」

天井に泳ぐ龍の形のシミを、スズメは人差し指でなぞった。


ハルとウタロウの部屋では、ハルもまた眠れない時間を過ごしていた。

スズメが上京する前の最後の夜だというのに、ハルはほとんどスズメと話せなかった。

時間はたっぷりあったけれど、うまく言葉が出なかった。

すき焼きを頬張ったスズメの笑顔を思い出す。

奮発してよかった。ハルはしみじみと思う。しばらく、納豆の生活が続くとしても、そのかいはあった。

隣からは、ウタロウのイビキがうっすらと聞こえる。しかし、ハルはまだ眠れそうもなかった。

明日から、この家にスズメがいなくなると思うと、体の中にがらんとした空洞ができるようだった。

ハルの目から涙が一筋流れる。涙は次々に零れ落ち、枕に吸い込まれていった。

「おかーちゃん」

スズメの声にハルははっとして、涙をぐいっと拭う。

「はい、どうした？」

障子を開けると、スズメが迷子の子供みたいな顔で立っていた。

怖い夢を見た。そう言ってスズメはハルの布団で寝ると言い張った。

スズメとハルは背中合わせに布団に入る。

小さい頃ならふたりでもたっぷりに感じた掛布団が、今はギリギリだった。

「あんたは、アホか？　いい歳して」

「仕方ない。こわい夢を見た」

「どんな夢？」

「どんな夢やったやろ、忘れた」

ハルはこっそりふふっと笑う。スズメの嘘はすぐにわかった。

スズメはハルの方にくるりと寝返りを打つと、その背中に抱き着いた。

「なーに、あんた」

「同じ匂いや、あの頃と」

ハルは自分のお腹に回されたスズメの手に自分の手を重ねる。

「あんたの手は、大きなった……生まれた時は、もみじみたいな手で、こうやってキューッて握っとった」

ハルは自分の人差し指を、自分で握って見せる。

「忘れられん」

「それは、赤ちゃんの原始反射って言うんや。どんな赤ちゃんもやる。手に触ったものを握る」

スズメは時々妙に小難しいことを口にする。

「……これも原始反射かね？　どんな十八歳でもやるの？」

ハルはぎゅっと抱き着くスズメの手をぽんぽんと叩く。

「これは、愛や」

ハルは笑う。

「アンポンタン……」

「おかーちゃん、泣いとる？」

「残念でした。泣いとらん。鰐《わに》が出てきて食べられるでね」

「何、それ？」

「小さい頃、あんたがよく言っとった。この布団、船。落ちると鰐がいる」

スズメが笑うのを、ハルは背中で感じた。

「あはは、言った」

「泣くと、鰐が出て来る。強くならんといかん」

「そんな話やったか。鰐」

「今、作った」

「おかーちゃん、ごめんね……」

「何言っとる。あんた、頑張るんやよ」

スズメが腕にぎゅっと力をこめる。声を殺し、しゃくりあげているのが、伝わってくる。ハルはぐっと涙を堪《こら》えた。

「鰐が、出て来るでね」

強くならんといかん。泣きたいほど暖かなスズメの体温を感じながら、ハルは心の中でつぶやいた。


門出の日は晴天だった。

雲一つない真っ青な空。しかし、スズメは空を見上げしみじみとする余裕などなく、大きな荷物を抱えながら、長距離バスの停留所に向かって全力で走っていた。後ろにはハルたちの姿もある。皆、ぜいぜい息を切らしながら、全力で駆けていた。

しかし、無情にも、スズメの目の前でバスのドアが閉まり、バスは走り出してしまう。

「やってまった……」

このバスを逃したら、約束した時間までに秋風の事務所に着くことは難しい。

「スズメちゃん」

呆然とバスを見送るスズメに、よく知る声がかかる。すぐ隣のバス停に、ナオの姿があった。

「こっちやよ、バス」

先ほどのバスは大阪行きだったようだ。スズメはほっと胸を撫でおろす。スズメが乗るべき東京行きの長距離バスが出るまでまだ十分ほどの余裕があった。

「見送り、来てくれたの、ナオちゃん？」

「うん、驚かせようと思って、ここで待っとった。東京はカッコいいで、自信ないけど、これ……。おかーちゃんと私で選んだ」

ナオはスズメにおしゃれ木田原の紙袋を手渡した。

「見てみて」

促され、スズメは紙袋を開ける。中には蛙《かえる》の柄のワンピースが入っていた。

「ふぎょぎょ！　蛙！」

蛙はつくし食堂の守り神だった。食堂の入り口には蛙の置物も飾られている。なかなかにインパクトの強いデザインだが、スズメの好みにばっちりとハマった。

「可愛い！」

「これ、いいもの。高いんやないの？」

ハルが恐る恐るナオに尋ねる。ナオは首を振った。

「ウチに入ってきた時から、これはスズメちゃんに似合うって思っとった」

「よく、これ仕入れた。梟町で売れると思えん」

「血迷った」

スズメはハハッと笑った。

「ありがとう。東京で着る！」

「スズちゃん」

ナオはスズメの手をぎゅっと握った。

「なんか、なんかが邪魔して今まで言えんかったけど、秋風羽織に認められるなんてすごい！　頑張ってな。応援しとる！」

「ありがとう」

ナオの言葉に、ここのところハル並みに緩みっぱなしのスズメの涙腺が緩む。ワンピースの入った紙袋をぎゅっと抱えた。

「泣くな、スズメ！　人のこと置いてきやがって、泣くな！」

ナオは笑ってスズメの肩をばんばんと叩く。スズメはぐいっと涙を拭い、笑って見せた。

悠々と大海を回遊する大きな魚のように、バスが迂回しながら、ターミナルに入ってくる。

ハルがスズメの肩を軽く抱いた。スズメがハルに向かって頷く。

バスのドアが開いた。

スズメはタラップを上がる。

「ほしたらな、スズメ。頑張れよ」

「帰ってこいよ、たまには」

「ねーちゃん、がんばれよ」

ウタロウとセンキチとソウタが口々に言う。スズメはそれぞれに対して、しっかりと頷いて見せた。

「身体、気をつけるんやよ」

スズメはハルの姿をしっかりと目に焼き付ける。

「おかーちゃんも」

ナオは家族の別れを邪魔しないように、少し下がっている。小さく手を振るナオに、スズメは手を振り返した。

バスに乗ったスズメは予約してあった窓側の座席に座る。

家族の前では何とか堪えていた涙が、止まらなかった。拭っても、拭っても次々にあふれてくる。

こんな顔を見せたくなくて、スズメは窓から目を背ける。しかし、バスのエンジン音が響きだし、スズメは意を決して、窓の外を見た。バス停では、ハルたちがじっとスズメがいる席の窓を見上げていた。

スズメは急いで窓を開けようとする。窓は固く、なかなか開かない。バスのエンジン音に焦りながら、スズメはなんとか窓を開けた。

「ありがとう……」

ハルたちはみな笑顔で頷く。

バスが動き出した。

「行ってきます！」

「行ってらっしゃい」

みなが手を振る。

バスを追いかけるように、皆が走り出したのが見えた。

スズメは急いでバスの後ろに向かって走る。バスの後ろの大きな窓から、道路に降りて手を振るハルたちが見える。

スズメは泣き笑いの表情で、思いっきり手を振り返す。

スズメははっと思いつき、窓ガラスに向かってはーっと息を吐いた。曇った窓ガラスに、指で「大好き!!」と大きく書く。

メッセージが伝わったのか、皆の笑顔が大きくなる。

「大好き!!」の文字越しに、家族とナオの姿はどんどん小さくなっていく。

そして、「大好き!!」の文字が消える頃には、もうすっかり見えなくなっていた。

一九九〇年　東京

あらかじめ調べておいた、オフィス・ティンカーベルへの地図を手に、スズメは東京の街を歩いていた。

覚悟していたものの、想像以上に都会は騒々しかった。クラクションの音、どこから流れる流行歌、ビックリするほど大勢の人の話し声。それらは一塊《ひとかたまり》の音となって、右耳の鼓膜を震わせる。

バブル崩壊前夜ともいえる時代。よくよく見れば、そこかしこに景気の陰りを感じさせるものはあったが、スズメの目にはただただ華やかに映った。青山の街を行きかう人は、みな、パーティにでも行くかのようなオシャレな恰好で、当たり前のように歩いている。

スズメは何度も人にぶつかり、その度に慌ててぺこぺこと謝った。

ようやく、オフィス・ティンカーベルを探し当てた時には、すっかりくたくたになっていた。

オフィス・ティンカーベルはまるで美術館かと見まがうほど、大きな建物だった。

スズメは荷物を背負いなおし、チャイムを押す。

迎えてくれた菱本に続き、オフィスに入る。白と黒の市松模様の床に、真っ赤な壁。オフィスはまるでオシャレなカフェバーのようだった。スズメは目を丸くする。

そこでは秋風のほかに、四人のスタッフが働いていた。そのうちふたりはスズメと同年代のようだ。

彼らはスズメが近づいても、顔も上げず、一心不乱に作業を続けていた。皆一様に顔色が悪く、ろくに寝ていないのが見て取れた。どうやら、噂に聞いた、締め切り前の修《しゅ》羅《ら》場《ば》というやつらしい。

「菱本くんに住居を案内してもらって。明日は、朝、十時から。今日は、もう休んでいいです。おやすみなさい」

秋風はものすごい速さで、漫画を描き進めながら、スズメの顔も見ずに言う。

スズメは秋風の手元をひょいっとのぞき込んだ。

「生原稿、すごい……見ていいですか」

秋風の世界が目の前で作られていく様子に、スズメは思わず前のめりになる。もっとよく見ようと、さらにぐぐっと近づいた瞬間、原稿の脇に置いてあったコーヒーカップを倒してしまった。

コーヒーは美しい原稿の上を流れ、見る見るうちにコーヒー色に染めた。

コーヒー色の原稿を凝視したまま秋風は絶句している。そして、断末魔の悲鳴を飲み込み、頭を抱えて、後ろに大きくのけぞった。

（やってまった……）

こうして、スズメの新生活は、その第一歩から大きく躓《つまず》いたのだった。

オフィス・ティンカーベルは漫画界の巨匠・秋風の自宅とオフィスをかねているだけあり、見た目以上に贅沢な建物だった。土地代が八億円、建物が四億円。合計十二億円の家だという。三階が仕事場、二階がリラクゼーションルーム、一階が秋風のプライベートルームとわかれていて、それらをエレベーターで行き来することに、スズメは度肝《どぎも》を抜かれた。

菱本は引きずるほどの長いワンピースの裾を翻《ひるがえ》しながら、プライベートルーム以外の部屋を案内してくれた。菱本の足は存外に速く、スズメは荷物を担ぎながら、懸命に後を追う。

リラクゼーションルームは、秋風が気分転換をするためだけに設けられた部屋だった。お酒を飲むカウンターもあれば、ビリヤード台やテトリスが置かれたスペースもある。仕事場以上に秋風の好みが反映された部屋だった。壁には有名な画家が描いた三枚の犬の肖像画と、一枚のうさぎの肖像画が飾られていた。どうやら、この部屋の主は犬が好きらしい。

「これは、何かのセットですか？」

「その質問の意図は？　この部屋は、秋風の好きなもので作られています」

菱本の声がよく聞き取れず、スズメは彼女の左側にすっと移動する。

「あ、私、左が聞こえないんで。こっちがわ」

スズメが説明すると、菱本はクールに「あら」と言った。

「何か気を付けることはあるかしら？」

「あ、いえ。左から話しかけられると聞こえませんが、そういう時はこうして、くるっと自分で回りますので、大丈夫です」

「なるほど」

「あの、私、さっき先生の原稿のバシャーッてあれ、先生、描き直しですよね？　大丈夫ですか？」

菱本の説明が途切れたタイミングを見計らい、スズメはおずおずと尋ねる。あれから、すぐスズメは仕事場から叩き出された。菱本がこうして案内してくれるということは、いきなりクビということはないのだろうけれど、あの原稿がどうなってしまうのかずっと気になっていた。

菱本は表情一つ変えずに答えた。

「大丈夫ではありませんが、描き直しではありません。あの程度のものは、アシスタントの作業でどうにでもなります」

スズメはほっと胸を撫でおろす。菱本ははあっとため息をついた。

「先生は、何度言っても、原稿のそばに、コーヒーを置くのです。ドキドキするのが好きなんです。零れたらどうしよう、と。変態です。ヒリヒリする感じの中で描きたいのです」

創作とはそういうものなのか、スズメは素直に感動してしまう。どこか変態でないと、あんな素晴らしい作品は生み出せないのだろう、と。

最後に菱本が案内したのは、スズメが暮らすことになる建物だった。

秋風ハウスと呼ばれるその建物は、見るからに老朽化していた。

家のつくりや内装は古臭く、あちこちにガタが来ていて、きらびやかなオフィスを見た後だけに、その落差は衝撃的だった。

ミシミシと鳴る廊下を歩きながら、菱本は炊事場やお風呂場など共同スペースについて説明する。

炊事場もやはり古臭かったが、お風呂はまるで骨董品《こっとうひん》のようだった。梟町でもまずみることのない、古いガスのお風呂。

「ガスのつけ方わかるわよね？」

菱本が言う。そんな風に聞かれたら、わからないとは言えなかった。

最後に案内されたのは、スズメの部屋だった。

狭いうえに、壁が黒ずんでいる。古い建物特有の埃っぽいにおいもした。東京での新生活という言葉のイメージとは、ずいぶんとかけ離れた部屋だった。

それでも、ベッドや机など最低限の家具は用意されている。スズメは自分を慰めた。

「では、明日、十時に」

そう言い残し、立ち去ろうとした菱本に、スズメは慌てて「ごはんは？」と尋ねる。

お腹が空いていた。

「あ、今日はいいから。明日から作ってもらいます」

「あ……ああ、はい」

「あら？　もしかして、今、あなた自分の夕食のこと？」

「いえ、まさかまさか」

スズメは慌てて手をぶんぶんと振って誤魔化す。

どこかお客様気分だった自分の勘違いが、恥ずかしかった。


ハルが送ってくれたダンボールを開け、子供の頃からなじみのある品や、必要なものを、収めるべきところに収めると、部屋はぐっと部屋らしくなった。

スズメは壁にコルクボードを掛け、真っ先に梟会の四人が映る写真を飾る。

夕食は、近所を歩き回りやっとのことで見つけた弁当屋で買ってきた。

一番安かったのり弁を、ダンボール箱をテーブル代わりにして食べる。

ひとりで食べると、ご飯はあっという間だった。

続けてスズメは、お風呂に向かったが、結局、バランス釜の使い方がわからず、その日は使用を断念した。

仕方なしに、パジャマに着替え、ごろんとベッドに横たわる。知らない天井が視界に広がる。龍のいない天井を見上げ、スズメは、もう家に帰らないんだと思った。今日からここが私の家なんだと。

その時、ノックの音がした。

スズメは慌ててカーディガンをはおり、ドアを開ける。

そこには、同年代の青年が立っていた。仕事場で一心不乱に作業をしていたスタッフの一人だ。リツと育ったことで、ちょっとやそっとの美形には驚かないスズメも、少し目を見張ったほど、整った顔立ちをしていた。

「明日からよろしくね。アシスタント仲間のボクテです」

「ボクテ……?」

「そう。ボクって、っていうのが口癖で、ボクテ。おしゃべりだけど気にしないで。そしてゲイだから安心して」

ボクテは高く柔らかい声で、早口に言った。スズメは呆気にとられる。次々与えられる情報に頭が追い付かなかった。

「キミを襲ったりしないってことよ。これ、はい」

ボクテはスズメに話す余裕も与えず、立て板に水で一気に話すと、抱えていた包みを渡した。

「ぼくね、今、仕事してて、こっちに資料取りに戻ったの。あ、ぼくの部屋は、斜向《はす》かい。襲わないでね。そしたら、台所のところにこれ置いたままだったから、ひしもっちゃん、忘れたなあって思って。今朝、キミに届いてた荷物よ。楡野スズメさん」

「あ……は……どうも」

「じゃね」

ボクテはくるりと踵《きびす》を返す。その背中に向かって、スズメは「あ、あの」とおずおずと声をかけた。

「私がぶちまけちゃったコーヒー、原稿、大丈夫だったでしょうか？」

ボクテはつかつかと近づき、にっと笑った。

「キミ、やるなあ。来るなりそうそう。インパクト大！　でも、だいじょうぶよ。すっかり修復。気にしないで」

「お手数かけてすみませんでした！」

スズメが深々と頭を下げる。

「そのパジャマ、かわいいわね」

ボクテはにっこり笑うと、足早にまた修羅場へと戻っていった。

ボクテのような人にスズメは初めて会った。なんだか、水のような人だと思った。つかみ所がなくて、柔らかい。

スズメは部屋に戻ると、さっそくボクテが届けてくれた包みを開いた。

出てきたのはウタロウが作ってくれた棚だった。

ちょっと歪んだ、でも、丁寧に作られた棚。

スズメは泣きそうになりながら、そっと撫でる。その手が、何かに触れた。慌てて、棚をひっくり返してみると、裏に小さな封筒がセロハンテープで貼ってあった。

封筒には何も書いていない。開けると、中には折りたたんだ三万円と、メモのような小さな紙が入っていた。

「困った時に、使いなさい。お母さんの、へそくり、分けてあげました。母」

見慣れたハルの字だった。

たちまち、視界が涙で滲む。ハルの字も、涙で歪んで読めなくなった。

封筒を持ったまま、スズメは棚を抱きしめる。

おとーちゃんとおかーちゃんを抱きしめているようだった。

棚からは故郷の森のような、木のいい匂いがした。


次の日、スズメは左の耳のことをちゃんと秋風に話したいと、菱本に伝えた。

就職試験に十三社落ちたのは、耳のせいだとハルは思っている。スズメはそうは思っていないけれど、でも、話すのがフェアだと思った。

菱本はどうかしらとでもいうように、小首を傾げたが、すぐに仕事場に連れていってくれた。

仕事場の床には、スタッフたちが倒れていた。まるで屍《しかばね》だ。スズメは一瞬ぎょっとしたが、すぐに彼らが寝ていることに気づく。

「締め切り明けはこんなものなので。みなさん屍になります」

菱本があっさりと言う。初めて目の当たりにする漫画制作の過酷さに、スズメは圧倒され、そして少しわくわくした。

「楡野さんがお話がある、と」

菱本が机の下にもぐって寝ている、秋風に話しかける。スズメが「今じゃなくても」と慌てているうちに、秋風はしぶしぶというように目を開き、薄目でスズメを見た。

「ん……君、誰？」

「先生、五平餅です」

すかさず、菱本が言う。ようやく思い出した秋風は、じとっとした目でスズメを見る。

「きのう……コーヒーぶちまけた」

「すいません！」

スズメはばっと頭を下げる。しかし、秋風はまた目をしょぼしょぼとさせた。

「いいです、原稿が上がれば、なんだっていいんです。寝ます」

そう言って、のそのそと部屋を出ていく。他の人たちも、よろよろと身を起こし、後に続く。それぞれ自分の部屋に戻るのだろう。まるで墓場から蘇ったゾンビのように、彼らは仕事場の外に消えていった。

間が悪かったようだ。

スズメはとりあえず、耳の話は後にすることにして、さっそくアシスタントの仕事を始める。

初日は、菱本がついて、スズメがやるべきことについて細々と教えてくれた。スズメはアシスタントの中でも、「メシアシ」と言われる存在なのだと菱本は言った。ご飯を作る、メシアシスタントのことだ。最初はメシアシからスタートするのか。スズメは単純にそう思ったが、メシアシの仕事の幅は広かった。

「いいですか？　朝十時に秋風オフィスへ。窓を開けて換気。掃除。三階から一階まで。そのあと、買い出し。朝はみなさん各々《おのおの》食べて入りますので、十二時昼食。三時に、おやつ。夜は七時に、夕食。メンバーは秋風先生、私、私はいつもここで食事をするとは限りません。同じく若手アシスタントのボクテ、裕子《ユーコ》。ベテランアシスタントの中野《なかの》さんと野方《のがた》さん。中野さんと野方さんは、忙しい時にだけ来るアシスタントさんです。中野さんはもうプロデビューしていて、自分の仕事とかけもち。自分の漫画は今一つ売れていません。そのあたり、デリケートに。野方さんは、プロのフリーのアシスタントです」

菱本の言葉を、スズメは必死にノートに書き留める。話を聞いているだけで、目が回るようだ。スズメは道具の手入れの方法から、料理まで、菱本に教わった。さらには、ペットの墓地に眠る三匹の犬と一匹のうさぎに供えるエサまで事細かに指示を受けた。

リラクゼーションルームに飾られた犬とうさぎの肖像画は、このペットたちのものだった。秋風が愛した犬たちのために、心を込めて毎日お参りすることも、メシアシの大事な仕事だと、菱本は真顔で言った。

あれだけ屍のようだったというのに、もう夕方には、秋風の姿は仕事場にあった。ボクテとユーコを仕事場に呼び、彼らの原稿を手に、熱心にレクチャーをしている。

「先生、楡野さんが、お話があると」

菱本は秋風が一休みするタイミングを見計らって、声をかけた。

「岐阜の猿が……何？　コーヒーぶちまけたことならもういいです」

「いえ、あの、先生。私、言わなければならないことがありました。私、左の耳が聞こえません。小さい頃に、病気で」

秋風は菱本にいれてもらったコーヒーを飲み、つまらなそうに「だから？」と言った。

「私は左の耳が聞こえないから、人と違ったものが描ける！　人と違った世界を知ってるから、オリジナルなものが描けるとでも？」

スズメは秋風の反応にびっくりする。面接で、耳のことを聞いた人たちは、同情したり、困ったような顔をしたり、気にしていないふりをしようとした。秋風の反応はそのどれとも違っていた。

「いいか、そういうことに甘えるな！　経験があるから描ける、ないから描けない。自分の境遇は描ける、そうじゃないものは描けない、だと描くものは狭まる。要は想像力だ！　それさえあれば、なんだって描ける。想像の翼はどこまでも飛び立つ！」

いつしか、秋風の目はらんらんと輝き、その口調は熱くなっていた。

「ま、でも、片耳聞こえないなんてのは、いいフックになるかもな。いつか、そんな話描いてもいいだろう。じゃ、次、小宮《こみや》、原稿」

ユーコが自分の原稿を差し出す。秋風のレクチャーが再開された。

スズメは呆気にとられ、立ち尽くす。

ボクテがスズメの腕をぐいっと引いた。彼は部屋の隅までひっぱっていくと、声を潜めて言った。

「あれ、本気だから。先生ああいう人。ぼくたちの住んでる秋風ハウスの奥の方、ちょっときな臭いでしょ」

「あ、そういえば、少し……」

「あれ、先生が、火事のシーンを描こうとして、ちょっと焼いてみた、名残なの」

スズメは思わず息を飲む。さっと近づいてきた菱本が、スズメに掃除の道具を渡し、ついでのように言った。

「先生は焼くためにあの家を購入なさいました。消防署に消されましたが」

菱本はそれだけ言って、忙しそうに立ち去ってしまう。ボクテは秋風の方をちらりと見る。秋風はうろうろしながら、まるで演説のような口調で、ユーコに持論を述べている。

「秋風先生は、リアルな感情を味わうためには、自分の家に火をつける人です。作品のためには、なんでもやります。先生には作品がすべて。だから、ぼくのこともこうして雇ってくれるの」

「え?」

「ほら、ぼく、ゲイでしょ?」

「あ、ああ……」

ボクテにとってゲイであることは、スズメにとって左耳が聞こえないこととどこか似ているのだと思った。きっと、秋風はボクテに対しても、さっきのようなことを言ったのだろう。

「ボクテーー!! お前も聞け! これから私がいい話をする。天才のレクチャーだ」

秋風に呼ばれ、ボクテはさっと駆けていく。

残されたスズメは、自分が手にしている掃除道具のことを思い出す。まだまだ、メシアシとしての仕事がたっぷり残っていた。

秋風ハウスの共同スペースには、ピンクの公衆電話がある。

スズメは十円玉をいっぱい用意して、ハルに電話を掛けた。

「おかーちゃん! ここは、すごい。片耳聞こえないことがハンディじゃなくて、上乗せになる世界や」

　興奮に上ずった声で、スズメはハルに伝える。東京から岐阜に電話をすると七秒十円もかかる。ちょっと話すだけで、すごい勢いで十円玉が落ちていった。

「秋風先生に、耳のこと言ったら、何にも気にしん。ここには、ゲイもおる」

「ゲイ？」

　十円玉の残りが心もとない。スズメは意を決して、百円玉を入れた。

「ゲイやゲイ。今までテレビや、物語の中でしか会ったことなかった！　ここは描くものがすべてだ。作ったものがすべてだ。その人がどんな人であるかは関係ない。片耳、聞こえなくても問題ない。いや、いっそ、なにか期待されてる。おかーちゃん、ここは自由だ」

「……あんた、就職試験のこと、本当は気にしとった？」

「……ちょっと、しとった」

　スズメの漏らした本音に、ハルはふっと柔らかく笑った。

「良かったね、いいとこ入れて」

「うん！」

　公衆電話がピーッと音を立てる。スズメは早口に言った。

「おかーちゃん、ピーッて言った、切れる。またかける！」

「う、うんうん！」

「またな、おかーちゃん！」

電話が切れた。受話器を戻し、振り返る。そこにはユーコの姿があった。大人っぽい雰囲気で、見る度にツンとした表情を浮かべる彼女と、スズメはまだちゃんと話せていなかった。

ユーコは口の端を少し曲げ、小馬鹿にしたようにふっと笑う。スズメはむっとした。

「おかーちゃんって言ったのが……おかしい……？」

「別に……」

ユーコはさっと表情を消す。そして、さっさと自分の部屋に向かうと、ばたんと大きな音を立てて、ドアを閉めた。

スズメがオフィス・ティンカーベルに来てから一週間が経った。

スズメは朝から晩まで、メシアシの仕事に追われた。いつ漫画を教えてもらえるのだろうと思いながら、クレンザーでごしごしと流しを磨く。スズメはまだ一度もペンさえ握らせてもらっていなかった。

また、メシアシとして、スズメを大きく悩ませているのが、五平餅だった。

秋風は毎日のように、五平餅をリクエストした。しかし、あれはセンキチの専売特許だ。スズメはリスみたいに、胡桃《くるみ》を割ってお手伝いをしていただけだ。

しかし、秋風は当然、スズメも作れるものと思っている。スズメは断腸の思いで、百円玉を積むと、岐阜に電話をし、センキチに五平餅の詳細なレシピを聞いた。

祈るような気持ちで、センキチのレシピどおり、スズメは五平餅を作る。

しかし、一口食べた秋風は首をひねり、「マズイ。どちゃくそ不味い！」と吐き捨てるように言った。

賭けに敗れたスズメはしぶしぶ、あの五平餅はセンキチしか作れないことを打ち明ける。

秋風はあからさまに顔をしかめた。

「はっ、じゃ、なんのために、お前を雇ったんだ⁉」

「えっ……？」

「お前は、五平餅要員だ！」

秋風がずばっと言う。

「五平餅要員……」

「こんなことなら、お前のじーちゃんをメシアシに雇ったよ。ま、いい。実家に一度帰ってでも、ちゃんとじーちゃんのレクチャーを受け、完璧に作れるようにしておけ！　じーちゃんも、じーちゃんなんだろ。そのうち死ぬぞ。秘伝の技を伝えておかなくてどうする⁉」

秋風は見るのも嫌だというように、五平餅の乗った皿を押しやる。

「あの、先生」

にわかに嫌な予感が頭をもたげてきて、スズメは低い声で言う。

「はい、なんしょ?」

「五平餅要員ってどういうことですか? 私、いつになったら、ペン持たせていただけるんでしょう?」

秋風は耳に手を添えて、嫌みったらしく、「パードゥン?」と聞き返した。

「何を言っていらっしゃる? 君のその手は、五平餅を焼いても、ペンを持つことはない。消しゴムすら持たない。あなたは、メシアシです。永遠に、メシアシ。炭水化物要員だ」

「炭水化物要員! なんや、それ! 聞いとらん!」

「今、言いました」

秋風が澄まして言う。スズメはわなわなと怒りに震えた。ここには自由があると本気で感激した分、腹が立った。

「話が違う! 私を騙《だま》しましたね!」

スズメは秋風の机の上の原稿用紙をばっとつかみ取る。丁寧にペンが入れられた、美しい仕上がりの原稿。

スズメはそれを手に、窓に向かって走り出す。

「何をする!?」

秋風の顔色が初めて変わる。

「このまま、ばらまきます……！」

スズメは原稿を持った腕を、窓の外に突き出した。

仕事場で、それぞれの仕事をしていたスタッフたちが思わず腰を浮かす。

スズメはぐいっと秋風をにらみつけた。

スズメと秋風は無言でにらみ合う。

「よーしよしよし、おいで、おいでスズメちゃん。いい子だから、ね？」

菱本が猫なで声と言うよりは、凶暴な犬をなだめるような声で、近づいてきた。スズメはむっとして、余計に腕を外に突き出す。

「返せっ！　猿」

秋風の言葉に、さらに頭に血が上ったスズメは、一枚ずつ外に投げ捨てようとする。

「返しなさい」

秋風の切羽詰まった声に、捨てることはぎりぎり思いとどまったものの、スズメの原稿を持った手はまだ窓の外にあった。

「いやだ。私をちゃんとアシスタントとして雇うなら、返してやる」

「なんだとー⁉」

「私は散英社の前に行って、ビラをばらまく。秋風先生に騙された。いたいけな未成年に対し、セクハラもあったと！」

「私がいつお前にセクハラした⁉」

心外だと言うように、秋風が吐き捨てる。スズメは破れかぶれで叫んだ。

「嘘には嘘で太刀打つ！　真実なんかどうでもいい！　そんな評判がたったら、秋風羽織の名前に、傷がつく！　終わりだ」

スズメはまるで悪役のようにあっはっはと高笑いする。

その時、さっと後ろから伸びた手が、スズメの手から原稿を抜いた。ボクテだった。いつの間にか、そっと後ろに回っていたのだ。

「スズメちゃん、短気は損気。原稿は神様のもの」

ボクテは原稿を、秋風に返す。

「ああ……」

秋風は震える手で原稿をかき抱く。長々と安堵の息を吐く秋風の顔に、いつもの傲岸な表情は微塵もなかった。

スズメはそんな秋風の顔をまだじっと睨みつけていた。

人質はなくなってしまった。しかし、スズメは一歩も引く気はなかった。

「さっき聞き捨てならないことを聞いた。炭水化物要員とは何なのか？　私は五平餅のためだけに、雇われたのか⁉」

ようやく息を整えた秋風が原稿をそっと机に戻し、スズメに向き直る。秋風はもうすっかりいつもの自信満々な表情を取り戻していた。

「まあ、いい。教えてやろう。なぜ、私がお前を雇ったか。五平餅は二の次だ」

炭水化物要員の衝撃で、スズメから敬語がすっかり消し飛んでいた。そんな風に秋風に向かって口をきく者はいない。秋風は一瞬むっとしたものの、芝居がかった調子で語り始めた。

「一番から聞こう」

「私は全国から才能のある弟子を集め、秋風塾を開いた。現にここにいる小宮は、ガーベラ漫画セミナーの特待生、ボクテも月刊リリイ佳作常連です」

「私は無冠の帝王だ。『あしたのジョー』におけるカーロス・リベラ！」

スズメの言葉に、秋風はふんと鼻で笑った。

「寝言は寝てから言ってもらう。ここには、そもそも、総勢五名の若者がいました」

すかさず、菱本が「先生、八名です」と訂正する。三名はそもそも秋風の記憶からも消えていたようだ。

「しかし、才能を持った漫画を描く若者なんてのは、偏屈なやつばかりで。いわゆるエッジの利いたオタクばかり。アシスタント同士のつばぜり合い、喧嘩が絶えなかった。卵のうちに潰れる！　だれも雛《ひな》にかえらない。そこで、私は考えました。みんなのクッションになる人間を置こうではないか」

秋風はスズメをちらりと見る。

「何の屈託もない、岐阜の山奥で育った、野生の少女、ハイジ。私は、お前が、血の気の多い、しかし才能のある若者たちの潤滑油になるに違いない、と感じました」

「ツナギ？」

「潤滑油といえば、響きはいいが、お前はツナギだ、ツナギ」

怪訝そうなスズメに、秋風はふっとまた小馬鹿にするように笑った。

「はあ……？」


「松阪牛、神戸牛が才能のある弟子たちで、お前はそのツナギ。ハンバーグのパン粉。どちらにしても、炭水化物。お前はまさに炭水化物要員だ！」

今度は秋風が、あっはっはと高笑いをする。しかし、スズメはもはや動じることもなく、食い気味に「待て」とその笑いを遮った。

「その大勢いた弟子たちはどうした？　わかった！　卵をつぶしたのは、先生や！　みんな、やめさせられたな⁉」

忠実なる菱本は、秋風を弁護する。彼らはやめさせられたのではなく、自分でやめたのだと。しかし、話しているうちに、かばいきれなくなったのか、面倒になったのか、「尻尾を巻いて逃げ出した」と本当のことを口にした。

「私は、帰らん！　帰るわけにはいかん！　絶対に帰れん！」

スズメは必死に叫ぶ。スズメの夢を信じて、バスに向かっていつまでも手を振り、笑顔で送り出してくれた人々のためにも、帰るわけにはいかなかった。

「私は漫画家になるために出てきた。私は、漫画家になる！　私には才能がある！」

スズメは考える前に言った。皆が信じてくれた自分を、信じていた。

「私は秋風羽織にやられた！　感動した！　私の中の扉が開いた！　諦めたくない！　何があっても、すべて、あの時のときめきから始まっていることを、忘れるものか！」

「なんだ、その聞いたようなセリフは」

「先生の『いつもポケットにショパン』の中の、麻子のモノローグです」

秋風がぐっと黙る。その顔はほんの少し照れているようにも見える。

「私は、先生のセリフを、先生の漫画を、先生の世界を、いつも、そっと抱きしめて生きている」

「なんだ、今度は情に訴える気か？　その手には乗らん……。憧れだけでは、メシは食えん。いいか、漫画家は過酷な職業だ。空を見ない日が、土を足で踏まない日がつづく。ただ、ひたすら机の前で、頭の中で物語を作ることだけで、時間が過ぎていく。こんな小さな紙が世界の全てだ。壊れるぞ。お前に、その覚悟があるのか？」

「あるっ」

スズメは涙をいっぱいに溜めた目で言い切った。

「ほお、そうか」

秋風は挑発するように、スズメを見下ろす。

「そんなに言うなら、仕事をやろう」

「えっ！」

秋風は机の脇から一枚の原稿を取り出し、スズメに向かって差し出した。

「この背景を任せる。カケアミでお願いしたい。見本はこれだ」

秋風は時間をかけてもたもたと机の周りを探し回り、素人目にも難しそうな見本を見つけ出した。

「その出来を見て、君の行く末を決定する。締め切りは一週間後だ。今まで通り、メシアシもやるんだからな」

「了解いたした!」

スズメは迷うことなく頷いた。秋風が無理難題を言っているのはわかった。でも、これはチャンスだと思った。完璧にやり遂げて、自分がカーロス・リベラだと認めさせてみせる。

「お前、ホントに岐阜の山に帰れ、山猿……。山猿のボスも待ってんじゃないのか……今日は仕事終了。飲みに行く」

秋風は呆れたように首を振りながら、仕事場を出ていく。

残されたスズメは、菱本に尋ねた。

「……アミカケって何?」

「カケアミです」

菱本はスズメの間違いを指摘する。まったくの無表情に見えたが、秋風と正面からやりあってチャンスをものにしたスズメを見る菱本の口元は、わずかに緩んでいた。

カケアミとは、濃淡を表現する漫画の技法だ。一センチほどのマスを縦と横の線で埋め、少し角度を変えて、また一センチほどのマスを縦と横の線で埋めていく。それを繰り返すことで、グラデーションも表現できるのだ。

秋風が示した見本は、細い線が幾重にも交差する、繊細なものだった。

スズメは教えてほしいとボクテに頼み込んだ。

「ぼくのことを、人のいい、かわいいだけのゲイと思わないでね」

ボクテはそう言いながらも、ホテルのスイーツ食べ放題を条件に先生役を引き受けてくれた。

スズメはボクテに教えられ、さっそくいらない紙の裏に平行に線を引く。

線を引くだけなら自分にもできる。

そんな風に思ったのに、実際、スズメは綺麗な線を引くことさえできなかった。手を動かす速さが一定でないと、均一な線が引けない。

ボクテがさっと引く線は、同じ直線とは思えないほど美しかった。

スズメは紙とペンを持ち歩き、メシアシの仕事の合間を縫って、ひたすら練習を続けた。

睡眠時間も削り、スズメはひたすらカケアミの線を引く。スズメの頭は、カケアミで埋め尽くされていた。町で黒い網タイツの女性を見かけたときなど、それがカケアミに見えて、凝視してしまったほどだ。

リラクゼーションルームで、犬の肖像画の額のガラスを拭きながら、スズメは半分眠っていた。

ビリヤードの球がはじける音で、はっと意識を取り戻す。

菱本がビリヤードで遊んでいた。

「スズメさん。あなた、大丈夫？　寝てる？」

スズメのげっそりした顔を見て、菱本が尋ねる。

「はい、毎日、二時間は寝てます」

本当はその二時間も惜しいぐらいだった。

眠気にぼうっとかすむ目で、スズメは犬の肖像画を見上げる。

「菱本さん、あの塩入れた氷みたいに、冷たい心の秋風先生も、このワンちゃんたちには、愛があったんですよね？」

「はい、それはもう。左から、マリリン、ちまき、うさぎ、ルティア。うさぎは、うさぎです。犬ではない。大型うさぎを血迷って飼いましたが、あっという間に……名前をつける前でした。よく言っていました。犬は喋らないからいい、と。俺をわかってくれる、と。本当は、先生、犬をまた飼いたいのに、死なれるのがこわくて飼えないのよ」

菱本は悲しい目で、犬たちの肖像画を見上げ、スズメが横にいることに改めて気づいたみたいに、小さく咳ばらいをした。

「ああいう性格だから、犬だけが友達です」

「……犬だけが、友達？」

その言葉に、スズメは上京して初めて、カメだけが友達だという幼馴染みのことを思い出していた。

その頃、リツはオフィス・ティンカーベルからさほど離れていない、ワンルームマンションで一人暮らしを開始していた。西北大学がある新宿区と、ティンカーベルがある港区は隣どうし。ワコはハルと相談し、わざわざ港区に近い場所のマンションを選んだのだった。

ワコはリツが岐阜を捨て、東京の人のふりをして、遊びまくろうとしていることを、見抜いていた。だから、スズメの近くに住まわせたのだ。

「スズメちゃんには、梟町の代表として、あなたの重しになっていただきます」

ワコの言葉に、重い、重すぎるとリツは思った。そして、部屋に引いた個別電話の番号を、スズメにはしばらく教えまい、と心に決めた。少なくとも、ワンレンボディコンと知り合うまでは。

スズメの近くで、彼女に知らせずに新生活を開始したリツは、引っ越してすぐ、隣の部屋の住人の修羅場に遭遇した。

「美穂ちゃんの次でも、くるみちゃんの次でも、キョウコちゃんの次でも、ミレーヌの次でもよかったんだよ、私」

まさにワンレンボディコンの美女が、隣の住人に向かって、ドラマのような別れのセリフを口にしていた。部屋に迷い込んだアメリカンショートヘアの子猫を抱き、隣の部屋を訪問しようとしたリツは思わずぎょっとする。隣人は修羅場など存在しないかのようにゆったりと微笑み、子猫を受けとるとミレーヌと呼んだ。どうやら、ミレーヌは猫の名前だったらしい。彼女は、自分のことよりも、逃げ出した猫に夢中な男の姿に、わっと泣き出し、そのままかけ去ってしまう。

「えっ、あ、いいの？」

思わず話しかけたリツに、彼はほわんとした口調で言ったのだった。

「別れ際は、よく切れるナイフで。スパッと。これ鉄則」

そんな半分寝てるような顔して、そんなかっこいいこと言われてもとリツは思った。

それが、正人《マサト》との出会いだった。

マサトは、ぽわんとした、まるでホイップクリームのような男子だった。一見無害そうで、何人もの女と同時に付き合うような男には到底見えない。

マサトは同じ西北大学の一年生だった。さらには、そろって地方出身だということがわかり、ふたりは意気投合する。

マサトはリツにいろんなことを教えてくれた。

訛《なまり》を隠すための方法を教えてくれたのも彼だった。違うよ、いいね、悪くないな、かわいいね。短く話せば、まったくばれない。リツはすっかり感心した。

こうして、スズメのごく近くで、リツはスズメが知らない間に、フランソワ以外の友人を見つけていたのだった。

リツはマサトに誘われ、川の側《そば》にある喫茶店に向かっていた。スパゲッティが美味しかったというその店を見て、リツは思わず目を疑った。

「喫茶おもかげ」というその店は、梟町の喫茶ともしびに何もかもがそっくりだったのだ。

お好み焼きこそなかったが、内装も、ネーミングセンスもよく似ている。

「いらっしゃーい」

雰囲気のあるマスターが迎えてくれる。

ともしびに似ていることを別にしても、居心地がよさそうな店だった。

ふたりはさっそくナポリタンを注文する。ステーキ皿に盛られ、周りにふわふわ卵が乗った昔風のナポリタン。なぜだか懐かしい味のそれをふたりは夢中になって食べた。

ナポリタンを食べながら、マサトはボヤキのような口調で、女の子の話をする。

「猫を見せてっていうんだよ。気がつくとさ、俺にしなだれかかってんの」

「なんじゃっ、そりゃ！」

リツはやってらんねえと思う。なぜ、この男がここまでモテて、自分はモテないのか。

マサトは「リツみたいに綺麗だと女の子もびびんだよ」とあっさり言った。

「俺くらいがちょうどいいんだよ」

しかし、モテるのはいいとして、彼女を何人も作るというのはどういうことなのか。

リツの疑問に、マサトはふわんと首を傾げる。

「てかさあ、犬飼うとするじゃない？　で、新しい犬来ました。前の犬、捨てる？」

「いや……？」

「な、おれ、そこわかんないんだよ。増えてくじゃん、犬。なんで女の子は増えちゃだめなの？」

マサトは本気で言っているのだった。

「犬っていえばさ、俺、犬で悔やんでも悔やみきれないことあんだよね」

マサトはぼやっと宙を見ながら話しだす。北海道出身の彼だが、叔父に勧められ、名古屋の海藤高校を受けたのだという。そして、受験の日の朝、彼は犬が車に轢《ひ》かれる現場に遭遇した。彼は二度轢きされないよう、道端に運んだ。しかし、病院に連れていくことまではしなかった。受験に行くことを優先させたのだ。しかし、どうしても気になって、引き返してみた。その時には、もう犬はいなくなっていたという。

どこかで、聞いたことのある話だった。

リツは慌てて、場所と犬種を確認する。マサトの答えはリツの記憶とぴたりとあった。リツの高校受験失敗の原因となった犬。あの犬を最初に助けたのは、マサトだったのだ。

マサトは試験には間に合ったものの、犬のことが頭から離れず、結局、落ちてしまったのだという。

あの犬は、ふたりの高校受験と引き換えに、一命をとりとめたのだった。

「リツが病院連れてってくれたんだ、あの犬！　よかったあああっ。てか、すごい偶然じゃない？」

「うん、よく会えたよ、俺ら」

ふたりはがっちり握手を交わす。

感動的な再会に、後ろの席でこっそり聞き耳を立てていた秋風も泣いた。

喫茶おもかげは、リツたちのマンションだけでなく、オフィス・ティンカーベルからもほど近い。

リツはまったく気づかなかったが、ふたりが入店するまえから、奥の席では、秋風がネームを練っていたのだ。

ふたりが知らず知らずのうちに行った連係プレーで助かった犬の命。

犬を愛する秋風は、「ええ話や」と肩を震わせ泣いている。

秋風はマスターをそっと呼び止めて言った。

「あちらに、食後、アイスクリームをふたつ」

ひたすらに線を引き続けたかいあって、スズメのカケアミはめきめきと上達し、アシスタントの中野や野方にも認められるまでになった。

スズメはコンビニで買ったカップ麺を食べようと、お湯を沸かす。そしてお湯が沸くのを待つ間も惜しく、紙とペンを持ってきて、カケアミの練習をはじめた。

お湯が沸き、カップ麺にお湯を注ぐ。ひとりの食事にもすっかり慣れた。もういちいちハルやウタロウのことを思い出すこともない。

「ねえ、さっき、電話あったわよ。お家から」

ふらりと入ってきたユーコが、グラスに水を注ぎながら言う。

「あ、すみません」

「……用件聞かないの?」

「ないでしょ? いつもないんです、別に。声聞きたいだけなんです。うるさくって」

カップ麺の袋に入った薬味を、いつ入れるのか確認しながら、スズメが言う。あんなにうれしかったハルからの電話。でも、今は、その時間も惜しかった。

「……ねえ、あなた、これチャンスと思ってるでしょ?」

ユーコはシンクにもたれ、こくっと水を飲む。その口元には、皮肉っぽい笑みが浮かんでいた。

「違うよ、引導渡すための口実だよ。カケアミなんて、いきなりやらせて」

その言葉に心がひやりとした。表情を硬くしたスズメに、ユーコは笑みを深める。

「なーんて、ホントはどうか知らない。チャンスなのか、引導渡すきっかけにしたいのか、実際のとこはわかんないけど、私だったら、後者と思う。あんたは、思わない。前者と思う。お気楽だよね。

いつだって、誰かが自分を助けてくれると思ってる。なんとかなる。人が支えてくれると思って、まず手をあげる。私、出来ます！」

ユーコはスズメの声色を真似てみせる。

「そしてその場で一番、押されると弱そうなボクテを味方につける」

スズメは何も言えなかった。ユーコの言うことは確かにそうだ。カケアミが何かも知らないで、手を上げて、ボクテを頼った。全部その通りだ。

ユーコの言葉に、心の真ん中が痛かった。マグマ大使の笛を今も大切に持っていることも、そういうことも全部責められているようで、心がぎりぎりと痛んだ。

「ちょっと可愛いから？　恵まれて育ってきたんだね。この世界でやってける気しないけど」

「恵まれてない……」

スズメはやっとのことで反論する。

「私は左耳が聞こえん。小学校の時は、伝言ゲームでいじめられたりした……」

ユーコは少しもひるまなかった。

「だから、よけい甘やかされたんじゃない」

薄い肩をすくめると、ユーコはシンクにグラスを置き、スズメに背を向ける。

「言いたいことだけ言って行くな！」

スズメはその背中めがけて飛び掛かった。

ふたりは激しくつかみ合う。ボクテが慌てて割って入った。

「やめてやめて！　ケンカがバレるとクビだよ！」

ふたりははっと我に返り、お互いを強くつかんでいた手をゆっくりと離す。

ふたりはぜいぜいと息をしていた。

自分の部屋に戻って、ベッドに横になっても、ユーコの言葉はスズメの頭を離れなかった。

痛いところをつかれたと思った。調子がいいところがあるのは、自分でも身に覚えがある。

あれだけ、眠くてしかたがなかったはずなのに、眠れなかった。

リツと話したいと思った。全部リツに話して、リツの考えを聞きたい。

スズメは体を起こし、棚に置いてある笛を手に取る。

そして、小さく三回吹いた。

「あ、こういうのがあかんのや。甘えとるってことか……」

スズメは呟く。

そう言いながら、リツが来てくれるとまだどこかで期待していた。もちろん、リツは来ない。そもそも、リツは笛を吹いて来てくれたことがあったのだろうかとスズメは思う。リツの家の前に行って、笛を吹いていたから、いたしかたなしで、出てきてくれただけではなかったのか。

どんどん自信がなくなっていく。

スズメはもう一度笛を吹いた。小さく、でも、丁寧に三回繰り返す。

その時、ノックの音がした。

スズメは反射的に、リツだと思う。しかし、ドアの外から聞こえてきたのはボクテの声だった。

「笛うるさいよ。もう夜中だよ」

「すみません……」

スズメはボクテに向かって謝ると、力なく笛を棚に戻した。

仕事場で、スズメは秋風に叱られていた。

資料に必要な写真を、用意できなかったのだ。まだ、インターネットが普及していない時代。漫画の中に、横浜港のおしゃれな遊覧船ホワイエが必要になり、スズメは秋風の指示で、横浜に写真を撮りに行った。しかし、スズメが横浜港に着いた時、そこにホワイエの姿はなく、写真に収めることはできなかった。

「なんだ、これは？」

菱本が秋風の耳元で、スズメがホワイエを撮影することは、運航スケジュール的に不可能だったことを告げる。しかし、秋風の怒りは収まらなかった。

「このピンクの、ドチャクソ趣味の悪い船はなんだ？」

スズメが撮影してきたのは、ピンクの海賊船だった。秋風の言葉に、作業中のユーコがぴくっと反応する。

ピンクの海賊船が入港してきた時、スズメは念のため、事務所に電話をかけた。その時、電話を取ったのがユーコだった。彼女は、「それ、すごいレアなやつだ。女子みんな好き！」と断言して、撮影するように勧めた。

しかし、スズメは秋風に何と言われても、ユーコのことは言わなかった。

うちひしがれるスズメをかばうように、さりげなく前に立った菱本は、ピンクの海賊船が若い女性に人気があることを、秋風に説明する。

それを聞いた秋風は、ピンクの海賊船を使って、今の時代らしいデートを表現できないかと、原稿に集中しはじめた。

菱本はこっそりとスズメに目で、向こうに行くように合図をする。

スズメは仕事場の自分の席に戻り、雑用を始めた。

しばらく、海賊船に取り組んでいた秋風は、一段落したのか、すたっと立ち上がる。

そして、気取った歩き方で、スズメに近づくと、その左耳に、いじわるく囁いた。

「おい、岐阜の猿。君はさっさと田舎に帰れ。時間の無駄だ。田舎に帰って、玉ねぎでも売れ」

菱本が、スズメの耳のことを告げる。しかし、秋風は頑固そうに口を引き結んだ。

「いやだ。私は、いつだって、ここに、自分の右側に、人の頭があって、その左側から、囁きたいのだ！　君は田舎に帰れ」

秋風は大きな声でもう一度言う。

「あ、すみません。先生、私、左、聞こえないんで」

スズメは純粋そのものの顔で、眉をハの字にして秋風を見上げる。

小さな声ならともかく、それだけ大きな声を出せば、右の耳でも聞こえる。秋風以外のその場にいる全員がそのことに気づいていた。

しかし、どこか間の抜けたところのある秋風は気づかない。スズメの言うことを真に受け、しかし、今更、右耳に向かって話す気にもならず、ふんと鼻を鳴らすと、自分の席に戻っていった。

スズメはユーコにこっそりとVサインを送る。

ユーコは思わず、ごめんと言うように手を出しかける。少し迷って、その手を引っ込め、もとの作業に戻った。

時計は夜深い時間を指している。

メシアシの仕事を終えたスズメは、カケアミの練習をしていた。息を止めるように集中して仕上げたカケアミは、見本と遜色ないほどきれいに見える。

スズメは大きく深呼吸した。

「では、本番、行きます……」

課題として渡された秋風の原稿を机にセットする。ここにペンをいれるのだと思うと、改めて緊張が走った。

「ねえ」

仕事場に残っていたユーコが声をかける。ユーコはスズメに一本のペンを手渡した。

「スクールペンっての、あるの。線が安定する」

ユーコに促され、スズメは線を引く。彼女の言うように、そのペンは、これまで使っていた丸ペンよりも、ずっと使いやすかった。

「あげる、それ」

そう言われ、スズメは戸惑う。昨日、あれだけ摑《つか》み合いながら、罵《のの》り合ったというのに、どういう風の吹き回しだろう。

「……私さ、あんまり人から優しくされたことないから、優しくするのも、慣れてないんだ」

その言葉に、スズメは少し前に仕事場で耳にしたユーコと母親の会話を思い出す。母親に電話するユーコの口調は、まるで取引先に対するもののようで、妙に気になった。

「でも、やってみると、意外と気持ち良かったりして」

ユーコは照れたように笑う。そして、スズメに昨日のことを謝った。

「ごめんね。なんか、やっかんじゃった」

「ユーコさん……」

「やだな同い年でしょ？　同期だし。ユーコでいいよ」

「ユーコ……。了解いたした」

「なにそれ、面白い。他にもなんかある？」

「驚いた時に、ふぎょぎょ」

スズメが自分の口癖を教えると、ユーコは自分で「ふぎょぎょ」と言って笑う。

明るい笑い声を立てる彼女は、いつもよりずっと、子供っぽく見えた。


一晩かけてスズメはカケアミを完成させた。会心の出来だった。見本とそっくり同じに見えるカケアミに、スズメは胸がいっぱいになる。

少しでも早く見てもらいたいと、スズメは秋風を探す。しかし、秋風の姿は広い事務所のどこにも見当たらない。菱本はネームの構想を練るために、近くの喫茶店に行っているかもしれないと教えてくれた。

スズメは顔も頭も洗っていないボロボロの状態だったが、それでも、早く見てもらいたい一心で、その喫茶店に向かう。

喫茶店を見るなり、スズメは思わず「なんや、これ！」と口走る。店名を確認してしまうほど、その喫茶店は、ともしびにそっくりだった。

ドアを開けてすぐ、スズメはリツの姿を見つけた。一瞬遅れて、スズメに気づいたリツは、ばっと顔を隠すが、もう手遅れだった。

「リツ！　リツやないか！　こんなとこで何やっとる⁉」

スズメは思わず駆け寄り、岐阜弁丸出しで話しかける。リツのすぐ横まで来たところで、スズメは初めて、彼の向かいに女の子が座っていることに気づいた。

女の子は、すっくと立ち上がると、「お邪魔しました」と言い残し、店を出ていく。

リツは目で追ったが、追いかけようとはしなかった。

「追いかけなくていいのか？」

「いや、今、ここで、お茶」

マサトに教わった通り、訛を誤魔化す話し方の練習をしていたリツは、ぶつぶつと短く区切りながら話す。しかし、相手がスズメだということを思い出し、「こっちがお茶飲んどったら、あっちから来た」と普通にすらすらと言った。

マスターに注文を聞かれ、スズメは秋風を探しに来たことを思い出した。マスターは今日は来ていないと首を振る。

スズメはなりゆきで、リツの前に腰を下ろし、コーラを注文する。

お店の雰囲気がともしびに似ていることもあって、リツを前にしていると、梟町にいるみたいな気持ちになった。

スズメはこの時初めて、リツのマンションがこの店から五分のところにあることを知った。スズメの部屋もここから五分だ。リツから、直線距離だとリツとスズメの部屋は十分もかからないと言われ、スズメは「ふぎょぎょ」と声を漏らした。

「俺たちは、はめられたんだ」

リツは肘《ひじ》をついて両手を組み、深刻な表情で言う。

「ワコさんとハルさんが結託して、近くに住まわせた」

スズメはその理由を聞いたが、リツは「秘密です」と頑として教えてくれなかった。理由もちょっとは気になるが、今のスズメにとって一番大切なのは、カケアミだ。

スズメはコーラを飲み干すと、リツとの久しぶりの再会もそこそこに、店を飛び出した。

事務所に戻って、また秋風を探し回る。

彼はリラクゼーションルームのカウンターの下にいた。膝を抱えて、丸くなっている。微動だにせず、深く深く自分の世界にもぐっているのが、スズメの目にもわかった。

「ああなったら、誰も声をかけられません」

菱本は厳《おご》そかに言った。

「先生は物語を産むとき、猫が子供を産むとき、縁の下に行くように、カウンターの下にもぐります。何か新しい構想を思いつかれたのです」

「……ああ、私、すごい瞬間に立ち会ったのですね」

スズメは感動していた。

「先生は、今、物語の世界に行っています。なかなか、戻ってはきません」

「はい……」

「カケアミなんかで、邪魔をしてはいけません」

「はい」

「私がタイミングを見ますので、それまで待って」

「わかりました」

スズメはメシアシの仕事を片付けながら、辛抱強くその時を待った。

しかし、秋風の仕事が一段落しても、その時は訪れそうもなかった。

秋風のネームがなくなり、大騒動になってしまったのだ。

秋風の指示で彼の部屋にネームを取りに行った菱本は、ネームが見つからなかったと報告した。風呂の中まで探したが、ネームは影も形も見当たらなかった、と。

「そんなはずはない！　昨日、一気に私は書いたんだ！　世紀の傑作を！　タイトルも決まっている、『さよならは私から言う』！」

「夢じゃないんですか？」

菱本が疑うように言うと、秋風はむきになって言い募る。

「いえ、書きました。この手で書きました」

秋風は自分の部屋の掃除をしたのは誰かと尋ねた。明らかに、スズメとわかったうえで、ひとりひとりに聞きながら、最後にスズメに聞く。スズメは顔も上げられず、「私です」と消え入りそうな声で答えた。

「私のネームを知りませんか？」

秋風が重ねて尋ねる。スズメはネームが何なのか実はよくわかっていなかった。ネームの存在は知っている。でも、それがどんな形状で、どんなふうに書き留められているのかなどは、よく知らないでいた。

「あの、なにか、落書きのようなものが、何枚も床に転がっていまして……」

秋風の怒りのボルテージが上がっていくのが、ひしひしと伝わってくる。スズメは思わず、後ずさった。

「それは、あの、ゴミかと……」

「捨てたの？」

「……はい」

「それが、私の大事なネームです」

「あ……でも、クシャッと丸まって床に……」

「丸まってなどいない！　ちゃんと机の上に、そろえて置いてあった！」

「え……」

確かに、スズメが捨てたゴミはクシャッと丸まって床に転がっていた。何かのはずみで、気が付かないうちに、自分が床に落としてしまったのだろうか。

呆然とするスズメの前で、秋風は「ゴミ収集車を追いかけろ」と吠える。「あれは私の遺作だ」と。菱本がその言葉を聞きとがめると、秋風は、「遺作にしてもいいくらいな作品」と言い直した。

思い違いということもあるかもしれない。中野の一言で、皆立ち上がり、事務所中を探した。

秋風は呆然と立ち尽くすスズメに、静かに近づく。

「あれをネームと思わなかったか？　落書きと思ったか？」

憐れむような静かな口調で問われ、スズメは震え上がる。

秋風は有名な漫画家の話をした。原稿を無くした編集者が謝りに行ったら、その漫画家は「原稿は我が子同然。謝罪はいらないので、子供を返してください」と言ったのだという。

「そう言われた講談館出版の編集者は、講談館の先代社長の墓の前で腹を切ろうと、ナイフを腹に突きつけた……。私のネームがもし見つからねば、君も切腹してもらう」

スズメは震えた。自分の命はともかく、自分の夢の命はきっと今日絶たれてしまう。

その恐怖に、手の細かな震えが止まらなかった。

結局、ネームは見つからなかった。スズメはさすがに切腹まではさせられずにすんだが、今すぐに秋風ハウスを出るように言い渡された。もう日はとっぷり暮れている。朝まで待たずに追い出すなどさすがに非常識な話だ。しかし、ここでは秋風が法だ。スズメはとりあえずの荷物だけを手に、部屋を出た。

自分たちの部屋から心配そうに顔をのぞかせるボクテとユーコの顔を、見ることもできない。

スズメは無言で、秋風ハウスを出た。

街灯のたよりない光のもと、スズメは当てもなく歩く。

ぐいっと拭っても拭っても、涙はとめどなく溢れた。

スズメはリツに書いてもらったメモの住所を頼りに、リツのマンションを探す。

結局、東京に出ても、頼れる場所といったら、リツのところぐらいしか思いつかないのだった。

リツのマンションの下で、スズメは笛を取り出し三回吹く。しかし、反応はない。

「いないか……」

でも、あきらめきれず、もう一度吹いて、スズメは「リツ」と名前を呼んだ。その声は、いつもよりもか細く、しかし、いつもよりも切実だった。

ふいに扉が開いた。しかし、それは隣の部屋の扉だった。がっくりと項垂れるスズメに、扉からひょこっと顔をのぞかせたマサトが尋ねる。

「君、誰？」

マサトはスズメの生気のない顔を不思議そうにじっと見つめた。

このまま帰したら、神田川に入水自殺でもしかねない。

そんな思いに駆られたマサトはとりあえず、スズメを自分の部屋に上げてくれた。スズメは膝を抱え、一点を見つめたまま、だらだらと泣き続けていた。

マサトは一縷《いちる》の望みをかけて、喫茶おもかげに電話をする。果たして、リツはそこにいた。事情を話すと、リツはすぐにマサトの部屋にやってきて、自分の部屋へとスズメを引き取っていった。

半分死んだような気持ちだったけれど、それでもリツの顔を見るとほっとした。スズメは聞かれるままに、ぽつりぽつりと、クビになった経緯を話す。

「ネームってわかんなかったの？」

リツに問われ、スズメはこくんと頷く。

「わからなかった。落書きかと思った……。私はあれを、カップ麺のカップの上に押し込んで捨てた……」

「そこは間違っても秋風先生に言わない方がいい」

スズメはまたずるずると泣き、リツにひとつのお願いをする。

岐阜に行く夜行バスが終わってしまったので、一日だけ、ここに泊めてほしい、と。

「襲わない」

スズメは真剣にリツに誓った。リツはふっとため息をつく。スズメはますますぎゅっと自分の体を抱え込んだ。

「おかーちゃんにどう言ったらいい？　棚作ってくれたおとーちゃんにどう言ったらいい」

「こう言っちゃなんだけど、ふたりとも喜ぶよ、スズメが帰ってきたら。親は子供の夢が叶うより、一緒にいてくれることの方が嬉しい」

「そうか……そうかもな……そしたら、ほしたら」

スズメはくしゃっと顔を歪めた。

「私の夢はどうなる？　漫画家になりたい。なりたかった。なれると思った。今もなりたくて、たまらん……漫画描きたい……カケアミ楽しかった」

スズメの目から、また新たに涙がポロポロと零れ落ちる。

リツは隣に座り、ただ黙って聞いていた。

チャイムの音がした。マサトがリツを迎えにきたのだ。リツとマサトはその日、六本木の有名なディスコ・マハジャロに行く約束をしていた。

リツはこれが初めてのマハジャロだった。

スズメを置いて行くことをためらうリツに、マサトは一緒に連れていくことを提案した。女の子の出入りの激しいマサトの部屋には、ゴールドの派手なボディコン服もある。

リツはスズメを連れて、マサトの部屋に向かい、ボディコン服を、精神科医が安定剤を差し出すように、スズメに見せた。スズメは視界に入れる気力もないようだった。

スズメはマハジャロより、昨日に行きたいとうわ言のように言い出したかと思えば、夢の島にネームを探しに行くと言い出したり、突然うずくまって吠えるように泣き出したりした。これはさすがに延期かと、リツたちが思い出したころ、スズメは泣きながら「行く、私もマハジャロに行く」と言い出した。

「泣いても笑っても、おんなじや。どうせ、明日もう岐阜に帰る。玉ねぎを売る。もう、これ以上、人に迷惑はかけられん。リツのマハジャロデビューの邪魔はしたない」

「なんで、今日が初めてってわかるの？」

リツがぎょっとして言う。スズメは真っ赤な目でリツを一瞥《いちべつ》した。

「そんな変な服は、初めての時しか、着ん！」

リツはてかてかした派手なスーツを着ている。

「恥ずかしいから、着替えて」

スズメはマサトのクローゼットから、シンプルな服を摑みだし、真顔でリツに押し付ける。

「スズメちゃん、いいね！　面白い、サイコー」

マサトが腹を抱えて笑った。

そして、スズメは自分には一生縁がないと思っていたボディコン服に着替え、マハジャロに向かった。

マハジャロはその装飾も、音も、光も、人も、露出も、欲望も、みんな過剰で、ただただ眩《まばゆ》かった。

音と光の洪水の中で、スズメは立ち尽くす。

音が大きいと覚悟はしていたけれど、想像以上だった。普通に会話もできそうになく、スズメはリツに、耳がきついと耳打ちする。マサトは出ようかと心配してくれたけれど、スズメは少し迷って「せっかくなんで、踊る」と伝えた。何かに集中した方が、耳のことは忘れられる。

「あそこに立って踊る。東京の記念や」

スズメが見据えているのは、お立ち台だ。

マサトとリツに助けられて、台に上がる。周りでは、ワンレンのお姉さんたちが派手な扇子を手に腰をくねらせている。

スズメはしばらくためらっていたが、見よう見まねで手を動かしはじめた。

マサトが下から声援を送る。

周囲の動きを真似て、一緒に体を動かして行くうちに、なんだか、自分が踊れているような気がしてきた。恥ずかしいのも消えて、死にたいほど悲しかったことも今だけは忘れて、スズメは笑顔で踊り出す。まるで盆踊りのような動きが、妙にリズムにあっている。

リツもマサトも笑って、台の下で一緒にリズムを取る。

最後の東京の夜だ。スズメはお立ち台からの光景をその目にしっかりと焼き付けた。

オフィス・ティンカーベルの仕事場には、重苦しい空気が漂っている。

ボクテたちは机に向かい、忙しく手を動かしながら、しかし、時折、ちらちらと、秋風を見る。

秋風の机の前には、菱本が無言で仁王立ちしていた。菱本の鋭い視線の先で、秋風はすねた子供のような顔でうつむいている。

秋風の机の上には、綺麗にそろえた、「さよならは私から言う」のネームが置かれていた。

ネームは、捨てられてなどいなかったのだ。スズメは無実だった。

ネームはスズメがオフィス・ティンカーベルを追い出された翌日、リラクゼーションルームの電子レンジの中から発見された。

ネームが完成したあの日、秋風はその会心の出来に祝杯をあげ、したたかに酔った。

そして、小腹が空いたと、ピザを温め、その後に、なぜか、ネームを温めようとした。

ピザに気を取られ、さいわい加熱はしなかったものの、ネームはそこに入れられたまま、忘れ去られることとなったのだった。

同じように小腹が空いて、冷凍の焼きおにぎりでも食べようと、電子レンジを開けた秋風は、ネームを手に呆然とした。

「やってまった……」

　秋風は思わず口にする。知らない間にスズメの口癖が移っていた。さらに、呆然とすることに、世紀の傑作だと記憶していたネームは、改めて素面《しらふ》で読んでみると、たいして面白くもなかったのだった。

「先生。みんなの背中から、聞こえてくる声がありませんか？　声なき声がしませんか？」

　菱本の厳しい声に、秋風は背中を丸め、耳をふさぐ。

　岐阜に帰る前、スズメは秋風のプライベートルームに忍び込み、マリリンとちまきとうさぎとルティアの等身大パネルを残していった。酔っていた秋風は、一瞬、彼らが生き返ったのかと思い、駆け寄った。

　あのパネルはスズメなりのお礼だったらしい。犬が亡くなるのが怖くて、犬を飼えない秋風への。

　ぐっと胸に来つつも、「あほらしっ」とその時は吐き捨てたが、こうしてスズメの無罪が明らかになってみると、彼女の残した純粋な思いは、秋風の良心をちくちくと苛《さいな》んだ。

「ここで、非を認めなかったら、先生は人としてお終いです。誰もついてきません。次回から、バックは真っ白です。誰も、先生の背景を描きません。先生、これ、スズメさんのカケアミです！　素晴らしいっ」

秋風は菱本が示した原稿にちらりと目をやる。スズメが描いた背景は、確かに完璧な仕上がりだった。

菱本は秋風に岐阜までスズメを迎えに行くように迫った。

「えっ、岐阜まで行くの？」

文句を言いかけた秋風は、菱本の迫力に大人しく口をつぐんだ。

「ただ、ここでひとつ、ずっと聞きたかったことを聞いていいですか？　先生は、本当に楡野スズメさんを、五平餅のためだけに、もしくは、才能のある人のツナギ、炭水化物要員として、という理由だけで雇われたのですか？」

「ん？　どゆこと？」

「やはり、スズメさんには、何らかの才能がある、と踏んだのではないのですか？」

「んんん？」

「そこのところ、どうなんですか？」

「ん、あいつ漫画描いてたっけ？」

どうやら本気で忘れているようだ。秋風なりの深い思いがあるのだろうと信じていただけに、菱本はがっくりとする。

菱本は預かっていたスズメの原稿を見つけ出すと、すぐさま読むように秋風に迫った。

秋風はしぶしぶ原稿をめくる。

スズメの二作目となる「神様のメモ」は、リツとサヤの出会いをモデルにしたストーリーだった。

美少女と出会い、名前だけを聞いて別れた少年。

「運命、みたいなもんやったら、また会えると思って……」

そう言って、何の保証もない再会を信じたリツの話をそのまま漫画にした。

リツとサヤが再会するのは、運命のはずだった。しかし、神様にとっては、それはたくさんある作業のうちのひとつで、忘れないように、そのふたりの運命についてもメモっておいた。しかし、ある時、そのメモがいたずらなそよ風に飛んで行ってしまうのだ。

そんな神様の手違いで、リツとサヤは再会できないまま終わるのか。

そう思わせて、ストーリーはスズメが考えるドラマチックな結末を迎える。

ふたりはなんと五十五歳で再会するのだ。

「五十五歳で再会。ホラーか⁉」

最後まで読んで、秋風は思わずツッコむ。菱本がたしなめると、秋風は「でも、面白いな」と渋々と言った。

「それ読むの二回目ですよ！　名古屋のトークショウの時、読んだじゃないですか」

「ネームを切らずに描いたことと、鉛筆描きで、この私に見せたことの衝撃しか残ってない」

秋風は「神様のメモ」の表紙をまじまじと眺める。そして、はああっと長い長い溜息をついた。

「……私は、私は、自慢じゃないが、天才にありがちな、超のつく方向音痴なんだ、岐阜の山奥の、奥の奥のミミズク町なんて、たどり着けるわけがない！」

「先生、もはや間違ってます。梟町です。確かに、あそこは私でさえ迷うほどの山奥。迷ったら、クマに食べられかねない山奥。同行させましょう、岐阜をよく知る人を」

「だれ？」

菱本は秋風の気が変わらないうちにと、さっそく電話を入れる。電話の相手はリツだ。スズメがパネルを残す際、菱本は頼まれて、密かに手を貸した。そうでなければ、スズメは犬たちの写真を入手できなかったし、プライベートルームに入ることもできなかっただろう。

その際、菱本はスズメに協力するリツと再会した。スズメが岐阜に帰ったと教えてくれたのもリツだ。

秋風がタジオと呼んで気に入っていた彼なら、同行者として申し分ない。彼なら、途中でしり込みする秋風をうまく宥《なだ》めすかして、連れて行ってくれるだろう。

菱本がてきぱきとことを進めるのを横目で眺めながら、秋風は「神様のメモ」を師の目で読み返していた。

突然、帰ってきてからというもの、スズメはずっと自分の部屋で眠り続けていた。

「簡単に説明をします。失敗をしてクビになりました。以上です」

寝る前に、それだけ家族に言って、スズメは自分の部屋に引きこもった。

ハルたちは詳しい事情もわからず、ハラハラと気をもんでいた。

夕食の時間になっても、スズメは出てこない。

「寝たふりやな」

ウタロウが言う。皆、スズメが寝たふりをしていることはよくわかっていた。

「……しょうがない子や」

小さい頃から、スズメは傷ついた時、野生動物が身をひそめるように、布団に籠る。

一体どんな失敗をしたというのか。思わずハルたちは顔を見合わせた。

その時、「ごめんください」というよく知る声がした。

ハルは食堂の入り口に立つリツに目を丸くした。東京にいるはずのリツがここにいることに、ハルは混乱する。

「あ、友達、外で待たせてて」

外の通りでは、マサトが待っていた。

「突然、すみません。あの……ちょっと、お客さんが」

リツの言葉と共に、和装の男性が店に入ってくる。

秋風だと紹介され、息が止まった。何か、スズメはとんでもないことをしたんだとハルは反射的に思った。そうでなければ、秋風がわざわざやってくるはずがない。

大事な話があるという秋風を残し、リツとマサトはすぐに楡野家を辞した。久しぶりにワコたちに会うのだろう。

残された秋風は一瞬心細そうな顔をしたが、すぐに硬い表情で前を向く。

茶の間に、息苦しいほどの緊張がみなぎった。

「孫が申し訳ない！」

まるで武士のように、センキチが頭を下げる。

「何をやらかしたんかしらんが、失敗したと今朝、帰って参りました……この通り。このようなしがない食堂を営む身ではございますが、孫に代わってできることは何でも……」

今にも切腹しそうな勢いだった。ウタロウもハルも平謝りに謝る。

秋風は難しい顔で困っていた。謝られれば謝られるほど、本当のことが話しづらくなる。

「あの……スズメさんは？」

やっとのことで口にする。

「今……呼んで参ります……」

悲愴な表情で、ハルはスズメの部屋に向かった。

しばらくして、ハルと一緒にスズメが下りてきた。パジャマ姿に、ぼさぼさの髪。とても人前に出られるような姿ではないが、秋風がスズメに今すぐ会うことを望むならと、ハルは無理矢理連れてきた。

ハルはスズメからネームを捨てたことを聞き出していた。ハルはすぐにウタロウやセンキチに耳打ちし、家族の皆が知るところとなる。

「この子の不始末は、私たち家族の不始末です。できたら、どうぞ、孫の命だけは……」

センキチは泣きださんばかりに、頭を下げる。ウタロウも、ソウタも、ハルも、そして、スズメも、額が畳に着くほど深々と頭を下げた。

家族全員の土下座を前に、秋風は困り果てる。

「ご家族、仲がよろしく、大変結構……」

苦し紛れに言った。

「私は、家族がいませんで……犬だけが友達でした。その犬もみな死んだ。一匹はうさぎでしたが」

ハルたちは秋風の言葉の真意がわからず、きょとんとしている。秋風ははあっと息をつき、そして、思い切って切り出した。

「スズメさん。あの、なくなったネームのことだが……」

「はあ……」

「あなたの捨てたものは、本物のゴミです」

「えっ、じゃあ、ネームは？」

「……私が酔っぱらって、電子レンジの中に……。誠に申し訳ない！　ネームはありました。私の勘違いでした！」

今度は秋風が深々と頭を下げる。スズメは思わず「はあああっ⁉」と叫んだ。ハルたちが戸惑う中、スズメはすっと立ち上がると、茶の間の引き出しの中から、インスタントカメラを取り出す。そして、頭を下げる秋風の写真を、様々な角度から撮影した。

「こんなことはもう二度とないと思うので、記念に」

秋風はぐっと唇を嚙む。本当ならば切れるところを、自分が悪いので必死に堪えていた。

「本当に申し訳なかった。戻ってきていただきたいと思っています。そう、あなたのカケアミ、なかなか素晴らしかったです」

「えっ⁉」

秋風の言葉にスズメの顔が一瞬ほころぶ。しかし、すぐに厳しい顔を作り、秋風と対峙した。

「そう、では、一つお願いがあります」

「……何でしょう……」

秋風の顔は引きつっている。スズメは気取って、寝ぐせのついたぼさぼさの髪をかきあげた。

「私には、親のつけてくれた大事な名前があります。スズメと言います。鳴る鈴の鈴と、愛しいという愛の字で、スズメ」

「……はい、存じておりますが……」

「では、だったら、岐阜の猿、と呼ぶのを、金輪際やめていただきたい」

ハルたちが一斉にざわざわとする。秋風は慌てて「いえいえいえいえいえ」と愛想笑いを浮かべた。

「こんな可愛らしいお嬢様、猿なんて、めっそうもない。なーんのことだか」

「東京に戻ったら、私はメシアシですか？　まだ、ペンは持てない？」

ここが攻め時と、スズメが畳みかける。

「いえいえ、まさか。このまま、ペンも消しゴムも、なんなら私のオフィスの将来も担ってもらって。そう！　そして、私の、秋風塾の特待生として、受け入れようと思う所存です。秋風塾、三人しかいませんが。少数精鋭」

「あそ」

さすがにカチンときた秋風が、きっとにらみつける。

「ねーちゃん、調子乗りすぎ」

ソウタに言われ、スズメは口をへの字にして訴える。

「私はでも、人生終わったと思ったんや！　マハジャロで踊りながら、ああ、ここは天国か地獄か」

「えっ、ねーちゃん、マハジャロ行ったの！　すげーっ！」

ソウタにとってマハジャロは、存在が確認されていないUMA《ユーマ》みたいなものだ。そこに行ったという姉を、ソウタは羨望の眼差しで見つめた。

「あの、先生！　スズメはクビにならなくてすむってことなんですか⁉」

マハジャロに流れそうになった話を遮って、ハルが尋ねる。秋風は真面目な顔で「はい」と言った。ハルたちは手を取り合って喜ぶ。

「あの、では、そろそろ、私、終電もありますので、これでおいとましまして……」

「えっ、先生、泊っていかれれば」

今から帰っても、東京に着く頃には大分遅くなってしまう。そうするようにハルは勧めたが、秋風は首を横に振った。

「いえ、私、自分の家の自分のベッドの自分の枕と布団でしか、眠れないタチでして」

そして、秋風はスズメにすっと封筒を差し出した。

「帰りはグリーン車で帰ってきてください。あ、領収証は切ってね。しばらくこちらでゆっくりしていただいても、よろしいかと。では、失礼します」

秋風は綺麗な所作で、立ち上がる。

皆、食堂の入り口まで出て、秋風を見送った。

「先生、これよかったら。つまらんもんやけど。フキ味噌」

ハルが手作りのフキ味噌を手渡す。秋風はぺこっと頭を下げた。

「どうも、ご家族は本当にスズメさんのことを、愛してるんですね」

もう太陽は沈んでいた。しかし、その沈んだ太陽に照らされ、山も空も美しく輝いている。マジックアワーだった。

秋風は山の稜線を目でなぞる。

「ここは、まるで桃源郷のようだ」

秋風はゆったりと歩き出す。

「先生！」

スズメが呼びかける。秋風は立ち止まったが、振り返ろうとはしなかった。

「来てくれてありがとう！」

スズメの言葉に、秋風は右手を少し上げて応える。

秋風が見えなくなるまで見送って、スズメは自分がパジャマ姿であることにようやく気が付いた。

梟町に帰省した次の日、リツはマサトを誘って、川に行った。

他に友人を連れて行くような場所を、リツは思いつかなかった。

最初は、リツだけグリーン車でという話だったのだ。しかし、たまたま、菱本から電話を受けた時、一緒に部屋にいたマサトが「俺も行きたい」と言い出した。ダメもとで、「普通車でいいので」とお願いしてみたところ、秋風の許可が出たのだ。

「おお、川だ川。気持ちい〜」

マサトは足だけ川に浸したりして、はしゃいでいる。マサトの楽しそうな様子に、リツはほっとした。

「俺さあ、昔、糸電話やったよ。川のこっちと向こうで」

「えっ、面白そう。俺もやりたかった」

マサトがあまりに本気で言うので、リツは笑った。

「なんかさあ、人のふるさとっていいよね」

川を見ながら、マサトは言った。

「いろんな歳の頃の、その人が想像できて」

「え、今、マサトの頭の中で、俺何歳？」

「えーっ、小学校とか？　なんか、リツのかーちゃん見てると、自分まで泣いちまいそうになる」

突然の帰省に、ワコは泣いて喜んだ。そして、息子の友人の訪問に舞い上がったワコは、特上の寿司をとったり、飛騨牛のタタキを用意したりと、盛大にもてなした。

昨晩、リツはヤイチから、ワコが精神的に参っていたことを聞いた。リツがいないことで心にぽっかり穴があいてしまったのだろう。最近では、ボクシングを始め少しは気が晴れたようだと父は笑って話した。

ワコがボクシングをやるなんてリツは想像もできなかった。そして、そうせずにはいられないワコの寂しさも、多分、リツは本当にはわかっていなかった。

「……よく、ここでさあ。スズメと水切りしたなあ」

リツは川に向かって石を投げる。久しぶりで腕が鈍ってしまったのか、石は二回ほど跳ねただけで、沈んでいった。

「あ、スズメちゃん、大丈夫だったかな」

「大丈夫っしょ。あいつは、いつも大丈夫だよ」

「……ふたり、つきあわないの？」

突然、マサトに言われても、リツは驚かなかった。スズメと一緒に生まれて、一緒に育って、そういう質問はもうさんざん受けてきた。

「そういうんじゃないから」

「そうなの？」

「そういうこと、考えないでも、なかったけど、今が一番いい……ような気がする。まっ、向こうの気持ちもあるしね」

「それは……」

「それに、俺、好きな人いるんだ」

「えっ、衝撃発言！」

マサトはリツの顔をまじまじと見る。リツは照れて、顔をそむけた。

「なんて、もうずーっと前に、高校ん時に、一度、出会っただけ、なんだけどね」

「一目ぼれ？」

「んーーーっ。弓引くところが綺麗だった」

「あ……だから、弓道？」

今、リツは体育の自由選択で、弓道を選んでいた。

「彼女の見てる世界を見たくなった。的前《まとまえ》に立つのってどんな感じか」

「今も、その人のこと、思うの？」

「的前に立った時ね。あの人は、どんな風に的を見据えたろうかって」

リツは的を狙うように、石をまっすぐに投げる。石は何度も何度も跳ね、もう少しで向こう岸に届くというところで、沈んだ。

秋風はこっちでしばらくゆっくりしてもいいと言ったけれど、スズメはすぐに東京に戻ることを決めた。ボクテやユーコにもう随分と差をつけられている。少しでも早く、漫画家になるための勉強がしたかった。

「じゃね」

きちんと挨拶していたら泣いてしまいそうで、スズメはわざとあっさり告げる。ハルは切なそうな顔で、じっと見送っていたが、スズメが外に出ると、走って追いかけてきた。スズメの手に封筒を持たせる。「お小遣いだ」とハルは言った。スズメは返そうとするが、ハルは「あって困るもんやない」と譲らない。スズメは頭を下げて受け取った。

「おかーちゃん、私、クビになったと思った。まーあかんと思った」

「うん……」

スズメの頬は、いつの間にか涙で濡れている。ハルはそれをそっと拭ってやった。

「ほやけど、大丈夫やった」

「うん……」

「また、がんばる」

「うん……」

「でも、帰ってくる場所あってよかったって、今回、思った」

「うん……」

「電車出るで、行くね」

ハルは笑顔を作って、スズメに手を振る。

「またな！　元気でな。がんばってな！　応援しとる」

しばらく歩いたところで、ハルが呼び止める。スズメはくるりと振り返った。

「あんた、大変やったとこ申し訳ないけど、おかーちゃん、ちょっと、ちょっと宝くじ当たったみたいな気分やった」

「うん？　どーゆーこと？」

「空から幸運が降ってきた。あんたに会えた」

笑顔のハルが、涙で歪む。自分の夢のことばっかりで、元気かとただ聞くだけの電話を、うるさいと思ったりもした。でも、ハルはずっとずっと、スズメがいない間もスズメのことばっかりだったのだ。

多分、東京に戻ったら、また忙しい日々の中で、自分の夢のことばっかりになってしまうのだろう。でも、今のハルの笑顔を自分は絶対に忘れずにいよう。

ハルの笑顔をしっかりと見るため、スズメは涙を袖口でごしごしと拭った。

東京に戻ってすぐ、怒濤のアシスタント生活が始まった。アミカケ修行のお陰か、ベタを塗ったり、トーンを貼ったりといった作業にもすぐに慣れ、スズメは修羅場も皆と一緒に経験した。もちろん、締め切り明けに机の下に転がるのも一緒だ。スズメはあらかじめ寝袋を持参しはじめ、誰もが真似するようになった。

メシアシはいなくなり、代わりに、家事専門のお手伝いさんが来るようになった。由緒正しきメイドといった印象のエプロンをかけた双子の美少女だ。菱本が手配したのだが、スズメは秋風の趣味だと睨んでいた。

約束通り、スズメは秋風塾にも参加させてもらえるようになった。

「これじゃ小学生の絵だ！」

スズメたちの原稿を見て、秋風は容赦なく言った。デッサン力がまだまだ足りないという。

モデルを呼んでクロッキーをすることになり、どうせだったら、美青年がいいという秋風の一存で、リツが呼ばれた。リツは時給二千円につられ、ほいほいとやってきた。暇だというマサトもついでに呼ばれた。

写生は朝の十一時に始まった。秋風はリツとマサトにポーズをつけていく。どうしても照れが出てしまい、リツがうまくできなかったポーズを、マサトは難なくこなす。

秋風はマサトを「キミ、顔地味だけど、筋いいね」とほめた。

「行きます。二十分で描き上げて！　ヨーイスタート」

秋風の合図で、スズメたちはいっせいに鉛筆を走らせた。部屋にはテンポの速い曲が流れている。秋風の指定する時間はどんどん短くなっていく。

最初はリツの美しさや、ポーズのきわどさに気をとられていたボクテも、必死に手を動かし、形を捉えようとする。

スズメは最初から何の余裕もなかった。

「手止めない。迷わない。とにかく、描く。デッサン、くるってもいいから。勢いが命！　死んだ線を描くな」

秋風の言葉のテンポと、音楽のリズム。どんどん短くなる制限時間の中で、スズメはほとんどトランス状態で描き続けた。

トイレ休憩や昼休憩をはさみながら、スズメたちはひたすら写生を続ける。

制限時間は一分となり、ついには三十秒になった。あっという間に終わってしまう時間の中で、スズメはリツの形を残そうとあがく。

そして、ここにきて秋風は時間を二十分に戻した。

「最初、二十分では足りないと思った時間が、たっぷりあると感じられるはず。そのゆったりした時間の中で、自分の線を引いてみてください。余裕がもてます」

秋風の言うとおり、スズメは余裕をもって、マサトを描くことができた。よく野球漫画に球が止まって見えるという表現があるが、それに似ている感じがした。同じ二十分なのに全然違う。意識のありようで時間が伸び縮みすることを初めてスズメは知った。

秋風のクロッキー教室は、夕食をはさんで、まだまだ続き、すっかり終えたのは夜の九時だった。およそ十時間の死闘だった。

「はい、今日はこれでお終いです」

秋風の言葉に、全員がくずれおちる。ずっと代わる代わるポーズを取っていたリツとマサトもさすがにぐったりしていた。

菱本が用意してくれた缶ジュースで、乾杯し、完走を祝う。

「終わった……終わった……終わったあああああっ！」

スズメは絶叫していた。そうでもしないと、高まり切ったテンションの行き場がなかった。

「終わったああ！」

つられたように、ユーコとボクテも叫ぶ。マサトも一緒になって叫んだ。

「十時間よく頑張りました。これは私から」

秋風はひとりひとりにクロッキー帳を渡した。

「それを常に持って、街に出ても、家にいても、電車に乗っても、何でも描きなさい。描きたいと思ったもの、何でも。子供のお絵かきと一緒だ。君たちは今日、ぶっつづけで、十時間描きました。ここで、人は変わる。自信をもって」

秋風は一人一人を励ますように笑顔で頷く。いつもの皮肉気な笑い方とは違う、ひどく大きくて、透き通った笑顔だった。

「これからは、君たちの全ての時間が、漫画のための時間だ。君たちが、漫画家になるための、今だ」

秋風の言葉に打たれ、スズメは漫画家になるという決意を新たにしていた。漫画家になるための、今。そう思うとどんなことでも、できそうな気がした。

十時間クロッキーの後の打ち上げは、まだ続いていた。

やり遂げた高揚感からか、スズメたちは缶ジュースだけで酔っぱらったように盛り上がっている。

リツは少し一人になりたくて、そっと抜け出し、ひと気のない中庭へと進んだ。

中庭にはプテラノドンの形に整えられた植木が中央に据えられていた。

リツは植物の恐竜を見上げながら、深々と息をする。

そこに洒落た酒を手に、秋風がゆっくりとした足取りでやってきた。

「今日はありがとうございました」

リツは秋風に礼を言う。秋風はふっと笑った。

「いや、こちらのセリフでしょう?」

「いえ、何か、人の心の温度が上がっていく瞬間を見ました」

自分の感じた「本当」を言葉にしようとすると、リツの言葉はいつもどこか詩的になる。そのリツの言葉は確かに、秋風に届いたようだった。リツはまたプテラノドンを見上げる。

「それと同時に、少し不安になりました。スズメにとっては、今は漫画家になるための時間。だとすれば、僕の今は、なんのための時間だろう……。自分は何になる? 答えられないです」

秋風は酒をくいっと飲み干すと、リツの横に並んだ。

「いや、そういう時間もいいんじゃないですか? 私はここに来るまで回り道をしました」

「え、そうなんですか?」

意外だった。漫画一筋で生きてきた人なのだろうと勝手に思い込んでいた。秋風は重々しく頷いた。

「はい、漫画家デビューは遅いです。美大に入り、絵を描き、周りのうまさにおののき、ドロップアウトして中退し、セールスマンになりました」

「秋風羽織が、ですか？」

「はい……大阪で百科事典のセールスマンをしてました」

「……へえ」

「でも、ある日、炎天下の昼、百科事典を売って回りながら、僕は決心しました。三十前で覚悟を決めたんです。漫画家を目指そう、と」

「マジですか？」

「マジです。仕事を辞め、バイトをしながら、投稿を始めました。退路を断ったわけです。その時にならないと、私の将来の焦点は合わなかったわけです。一見、余計なことする時間も、回り道も、あっていいと思います。いろんなことがあって、すべてが今につながっている」

「……スズメと違って、時間がかかるんです」

「あなたのように感じたり、考えたりして生きていくのなら、それは、実りのある時間だ、と私なんかは思います」

人生に裏打ちされた重みのある秋風の美しい言葉。それらは誰からも遠くにあるリツの心に、直接届くことこそなかったけれど、それでも、その孤独で冷たい真ん中を、じんわりと温めた。

「おふたりで何のおしゃべりですか」

にこにこと笑いながら、スズメがやってくる。秋風は気を利かせて、入れ替わりで中へと戻った。

スズメは残されたリツに、「何の話？」と尋ねる。

「いや、俺は、スズメと違って時間がかかるって話。お前みたいにさ、まだやりたいことも、夢もない」

高校生の時のスズメみたいなことを言っていると思った。あの時は自分がその悩みを聞く側だったのに、今はまったく逆になっている。

「リツ……」

「でも、焦らない」

スズメは大きく頷いた。その目はリツへの信頼で、キラキラと輝いている。

「なんか見つかる気がする。リツは、私と違って頭がいい！　なんかになる気がする」

「でも、今日みたいな日もいいな。大学も面白いし。東京も。なんだって楽しいよ」

「リツは天才だな。幸せを見つける天才だ」

「天才か」と思ってリツはひっそりと笑う。スズメの手放しの信頼が嬉しく、そして、ほんの少し疎《うと》ましかった。

すっかり喫茶おもかげの常連となったマサトは、マスターと話しながら、コーヒーを飲んでいる。スズメは彼の前に百円玉を二枚置いた。

マサトは百円玉が切れそうなスズメの公衆電話に、さりげなく百円玉を三枚追加してくれたのだ。ありがとうと言う間もなく、マサトはふわりとした笑顔を残し、自分の席に戻っていった。

「ありがと。あと百円、コーヒーのお釣りもらったら」

返す、と言いかけたスズメを、マサトは「あ、いいよ」と軽く遮った。

「そのかわりさ、蛙のワンピース着た時見せて」

マサトはにっこり笑う。

さっきまで、スズメはナオと話していた。プレゼントした蛙のワンピースを着たかと尋ねられ、スズメは「あのワンピースは初めてのデートで着ると決めている」と答えたのだった。

そのやり取りを耳にしたうえでの、その発言は、聞きようによっては、「僕とデートして」と言っているように聞こえる。

スズメはなんと答えていいやらわからなくなった。

マスターが気を利かせて、スズメのコーヒーを、マサトのテーブルに移す。

マサトに「座らないの？」と促され、スズメはぎくしゃくと座った。

「あ、クロッキーのバイト楽しかったー！　ありがとう。また行く」

「あ……はい」

スズメは固い表情で頷く。ぬぼっとしたマサトの顔が、なんだか直視できなかった。

「あの、さっきの言葉なんだけど」

もやもやとするのが嫌で、スズメはは っきりと切り込む。

「蛙のワンピース、着たとこ見せて？　着た時見せて？　どっち？」

「え……着た時……だけど。えっ」

突然の尋問にマサトも慌てる。マサトの答えに、スズメはコーヒーを飲みながら、静かにパニックに陥っていた。


締め切りの谷間の夕方。スタッフたちはお休みを取って、外に出ている。菱本は秋風の私室を目指していた。バイト代を受け取りに来たリツとのお茶に誘うためだ。

彼のことは気にいっているようだから、きっと喜ぶだろう。

菱本はかすかに微笑みながら、秋風の部屋のドアをノックする。

しかし、何回ノックしても返事はない。菱本は慌てて預かっている鍵を取り出し、ドアを開けた。

部屋は無人だった。菱本は秋風のテーブルの上に置かれていたメモを手にし、呆然と立ち尽くす。

「少し、旅に出る」

メモには、秋風の達筆な字で短くそう書かれていた。

和服姿の秋風は、扇子で顔をぱたぱたと仰ぎながら、目の前の戸が開くのをじっと待っていた。

戸には準備中の札がかかっている。開店時間はもうすぐだ。秋風は涼しい顔をして扇子であおぎながら、辛抱強く待ち続けていた。

ガラッと戸が開き、ハルが、準備中の札を、営業中にひっくり返す。

そして、秋風に気づき、ぎょっとした。

ハルは慌てて、秋風を中に招き入れる。

秋風は「お土産にいただいたフキ味噌が美味しく、どうしてもここのお料理を食べたくなりました」と言った。その言葉に発奮したウタロウとセンキチは腕をふるい、秋風のために、つくし食堂ならではのご馳走をテーブルいっぱいに並べる。

家庭的といえば聞こえがいいが、普段、高級料理を食べている秋風の口にあうのかどうか。ハルたちはしきりに恐縮するが、秋風は穏やかに笑いながら、次々に箸を伸ばした。

「いえ、みんな美味しいです。こういうのがいいんです」

センキチが秋風の盃に地酒を注ごうとする。秋風は「いえいえ、私から」と空になっていたセンキチの盃に注いだ。

「そして、こうして、センキチさんとお酒を飲んでみたくなりました」

「いやー、そーりゃ。嬉しい。いつでも来てやってください」

「先生、準備中の札、ひっくり返そうと思って、表出たら、店の前で、待っとりゃーた」

ハルの言葉に、ウタロウは「言ってくだされば開けたのに」と恐縮する。しかし、秋風は鷹揚《おうよう》に手を振ると、「マットリャータ？　アラビア語っぽいですね」と興味津々で言った。ハルたちは思わず笑う。

「待っていらした、ということです」

山の緑も、空の青も、秋風が知っている緑や青よりもずっと濃く、深かった。

「待っている間、ひなたぼっこができました」

ハルたちはウナギの蒲焼やマグロの刺身など、心づくしのご馳走を次々に秋風に勧める。

「美味しいです」

秋風の目にぐっと涙がこみ上げる。

驚くセンキチに、秋風は「いえ、ワサビがツンと……」と笑って見せた。

リラクゼーションルームのカウンターに座り、菱本は強いお酒をぐいっとあおる。隣にはリツが座っていた。秋風を呼びに行ったきり戻ってこない菱本を心配して、探しに来てくれたのだ。

「五年前に、ガンやったんです、秋風」

菱本は隣に座るリツに向かって、打ち明ける。

「その時は手術して助かったんです。だから、ああして、元気に」

菱本の目が潤む。

「再発したんだわ……」

菱本はカウンターに突っ伏し、わっと泣き出した。

予感はあった。自分にしか興味のなかった人が、ファンの顔が直接見たいとトークショウを始めたり、秋風塾を開くと言い出したり。スズメを迎えに岐阜に行ったのもそうだ。とにかく、最近の秋風はまるでいい人のようだったと菱本は思う。

犬を飼わないのも、犬が死ぬのが嫌だからではなく、面倒を見る人がいなくなると困るからなのかもしれない。

少し前、菱本はガンのことを直接尋ねた。しかし、その時、秋風は豪語したのだ。

「神に選ばれた者だ。この私が死ぬわけがない」と。そう言ったのに。

(先生のいない世界に生きる勇気はない)

菱本は泣き続ける。

リツは慰めようと、菱本の肩をさする。

「ふぎょぎょ」

リラクゼーションルームに入ってきたスズメが、寄り添うふたりを見て、小さく声を上げた。

「スズメさん、違うの！」

男女の仲だと誤解されたと思った菱本は、スズメとリツの間に誤解があってはいけないと、秋風の残したメモを見せる。

「少し、旅に出る」の文字を見たとたん、スズメは自分がここに来た理由を思い出した。

「先生は、秋風先生は岐阜の梟町にいます！　私の家に」

五平餅を食べて泣いていると、ハルからの報告をそのまま伝えると、菱本は「最後の晩餐だわ」と手で顔を覆って泣いた。

菱本の口から、スズメも秋風のガンのことを聞く。すぐに、何かしなければと思ったけれど、何ができるかわからなかった。自分にできることがきっとあるはずだ。スズメはじっと考え込む。

リツが治療や手術の可能性を尋ねるが、菱本は首を振った。

「多分、あの様子だともう……。彼は死に支度をしている……」

「まだわからん！」

スズメは何の根拠もなく、でも、きっぱりと言った。

「まだ、わからん！　先生は、まだ生きとる！　なんとかなるかもしれん！」

それから、スズメはすぐにボクテとユーコに先生のガンのことを話した。お金を出し合って、ガンについて書かれた本を買おうとスズメは提案したが、図書館に行った方が早いとユーコたちに却下されてしまった。

とりあえず、すぐに図書館に行って、ありったけの本を借りようとスズメは思う。まずはガンについて知る。そして、そして……。スズメは自分にできる全部のことをするつもりでいた。

秋風の帰りを、菱本はプライベートルームのドアの前で待ち受けていた。

秋風はいたずらが見つかった子供のような顔をしている。

プライベートルームに入って、鞄を置くと、秋風は菱本にさるぼぼのお土産を渡した。

「スズメさんの家に行かれたんですよね」

「ああ。そうだ、スズメのルーツがわかったよ。梶原一騎《かじわらいっき》であり、ちばてつや。わりと王道からあいつは来ている。思った通りだ。これは、うまくすれば、強みだ。より多くの読者を」

秋風は夢中になって話す。こんな時でも、この人は本当に漫画が好きなのだ、と菱本は切なく思った。

「そんなことより、先生！　再発してるんですか？　してるんですね⁉　本当のことを言ってください！　私の目が節穴だとでも！」

秋風は観念したように俯いた。

「黙っていてすまなかった……」

わかっていても、疑いを肯定されるのは、つらかった。暗い表情の菱本に対して、秋風の表情は妙に明るかった。一人で葛藤し、いろんな思いをすでに通り抜けてきたのだろう。

「だが、菱本くん。私には、プランがある。私の名作たちはこの世に残るだろう。ただ、それだけでは足りない。私は、私自身を残したい」

「えっ……子供？」

菱本は思わずドキッとする。秋風はあっさりと否定した。

「違う、そういうことじゃなくて。私自身の創作ノウハウ」

「……ああ……」

お土産のさるぼぼといえば、子宝のお守りで有名だ。菱本が勘違いするのも無理はない。秋風は菱本の複雑な心中など気づくこともなく、自分の計画について熱っぽく話し続けた。

「漫画というものを、真に理解するのは、漫画を描かんとする者だ。妻ももたず、家庭ももたず、仕事一本でやってきたが、私は私を作品以外で残したいのだ。私亡き後も、彼らのテクニックとなって残るとすれば、こんなうれしいことはない」

「テクニックという言葉では及ばない、先生の、描く姿勢、漫画に対する情熱を彼らは受け継ぐと思います……」

「とにかく、あまり、もう時間はない。協力してくれ」

「わかりました」

菱本は忠実な秘書の顔で、うやうやしく頷いた。

ペンの走る音と、電卓を叩く音が響く。

仕事場にはスズメとボクテとユーコ、そして菱本の姿があった。差し迫った締め切りもなく、スズメたちは自分たちの漫画のネームを考えている。菱本は大量の領収書を手に、経理の仕事をしていた。

「すみません、スズメ、いますか？」

事務所のドアが開いて、リツが顔をのぞかせる。

リツはスズメに「ちょっと下行こうか」と言った。秋風のことをここで話すわけにはいかないという配慮だった。しかし、スズメは無神経にも大きな声で、「ワコさんに漢方薬を頼んだ」と口にする。まったく気にするようすもなかった。

リツはワコからそのことを聞いて飛んできたのだ。人の病気のことを誰彼構わず話してしまう、その神経がわからなかった。

スズメはワコだけではなく、楡野家の人々にも、ボクテたちにも、ガンのことを話し、何か出来ることはないかと話し合い、ガンに効くと評判の薬や食べ物を送ってもらっていた。

「スズメ……お前さ、人の、そういうこと、ペラペラしゃべんなよ」

ペラペラという言葉にスズメはむっとする。しかし、リツは厳しい口調で言った。

「ペラペラだよ。秋風先生に了承得たのか？」

考えたこともないようだ、スズメはきょとんとしている。リツはスズメにもわかるように、噛み砕いて説明した。

「先生は、人に言ってほしくないかもしれないだろ。秋風先生の人生だ。自分のものだけ、として闘おうとしてるかもしれない」

「……どうして？」

「どうしてって……言いたくないことだって、知られたくないことだってあるだろ。ホントにお前の口は羽より軽いな。その羽より軽い口が、誰かを傷つけるって考えたことないのか？」

「なんで、言ったらいかん？」

スズメは頑なに繰り返す。

「私にはわからん！　病気は隠してはいけない。みんなで闘う。みんなで支える。当たり前のことやっ。私がムンプスになって片耳聞こえなくなった時に、リツが教えてくれたことやっ」

「俺は、そんなこと教えてない」

「リツが助けてくれた！」

平均台の授業のことを思い出しているのがわかった。確かにリツはスズメが耳のことで傷つかないようにと一緒に闘った。しかし、それとこれとは違う。

「了承……」

「神経使わなきゃいけないことなんだ。先生には先生の考え方があるし、名前もある人なんだ」

「そんなこと言ったら、死んでまうっ！　やれることは何でもやる！」

スズメは涙目でぐいっとリツを睨《ね》めつける。リツもにらみ返した。

「本人が望んでなくてもか⁉」

「先生には生きてもらうっ」

本人の意志を確認していない以上、スズメの言っているのは彼女のエゴだ。

彼女の言葉は滅茶苦茶で、乱暴で、勝手で。だけど迫力だけはあった。先生を死なせないという強い気迫が、スズメからほとばしっていた。

「あの……」

ぴんと張り詰めた空気を破り、菱本がおずおずと声を上げる。

「お取り込み中のところ、申し訳ないんだけど……あのお……」

菱本は整理していた領収書の中に、かかりつけ病院の領収書がないのだと話した。基本的にケチな秋風は確定申告で医療費控除を必ず受ける。つまり、病院の領収書がないということは、彼は病院に行っていないということだ。

「じゃ、なんで、再発ってわかった……？」

菱本が頭を抱える。リツは素直に考えて、一番可能性の高そうな理由を口にした。

「もしかして、自分で思い込んでるだけじゃないですか⁉」

菱本は口をぽかんと開ける。そんなこと考えてみたこともなかった。まさかと、一蹴し、もしかしてと思う。

誰より繊細で、誰より怖がりな、あの人なら、もしかして。

菱本はばっと立ち上がる。そして、プライベートルームにいる、秋風のもとへと全力で走り出した。

菱本が問い詰めると、秋風は病院に行っていないことをあっさり白状した。

しかし、秋風の表情から見るに、体調がよくないのは確かなのだろう。再発を恐れるあまり、秋風は、病院に行って再発だと診断されるぐらいなら、このまま天寿だと思って、ガンを受け入れようと考えた。矛盾した考えだが、それが秋風なのだった。

五十歳を過ぎ、もう十分だという秋風を、菱本は必死に説得した。

漫画の神様に愛された人には、漫画を描いて多くの人を幸せにする使命があると。

そして、スズメたちをここに集めたからには、あの子たちが自分で自分の人生を歩き出せるよう、きちんと考えてやる責任があると。

病院に行ってくださいと必死で頭を下げる菱本に、秋風はとうとう折れた。

菱本に付き添われ、秋風はすぐさま検査の予約を取る。

あっけないほどすぐに結果が出た。ポラロイドで撮ったカラーの内視鏡写真を見ながら、担当医師は言った。

「あ……はい、ありますね」

「えっ？　やっぱりガン……？」

菱本は青ざめる。秋風は諦観のにじむ表情で「再発、ですね？」と医師に尋ねた。

しかし医師はあっさりと首を振った。

「いいえ、違います。前とは別の部位ですね。前はS状結腸。そこは、しっかり取り除いています。今回は、ここ。直腸ですが、しかし、ごくごく初期のものです。早期発見です。内視鏡で行けます」

「本当ですか!?」

菱本は医師に抱き着かんばかりに喜ぶ。いつもクールな目が、うるうると熱く潤んでいる。

「はい、まあ切りとってみないと確実なことはいえないけれども、転移もないでしょう。しかし、秋風さん、あなた、定期検診来てなかったですね」

「すみません」

「いけませんよ。でも、ラッキーです。こんなに早くに、見つかるなんて」

「不幸中の幸い……」

そうつぶやく菱本の横で、秋風は緊張の糸が切れたようにぐったりとしている。

顔がほっと緩んでいた。

どれだけ怖かったのだろう。

菱本は秋風の手の上に手を重ねる。秋風は、払いのけようとはしなかった。

「このサイズであれば、二、三日の入院ですみますよ。えーと、と」

医師は具体的なスケジュールの検討を始め、秋風の方を見て、「予定、入れていいですよね？」と尋ねた。

秋風は、菱本の顔をちらりと見る。そして、しっかりと言った。

「……お願い、します」


秋風の手術は無事に終わった。

退院し、自室に戻った秋風を迎えたのは、大量のお見舞いの品だった。

スズメが取り寄せた漢方薬や、センキチお勧めのサメの軟骨など、そのほとんどがスズメが頼み込んで送ってもらったものだった。秋風はうんざりしたようにその山を見る。

「あと、センキチさんから、冷凍で五平餅が山ほど届きましたので、冷凍庫にお入れしました」

菱本が冷凍庫にびっしり詰まった五平餅を見せる。秋風はその量に目を見張った。

「五平餅だけありがたい」

「ちゃんと、明日、クロッキーの教室の時に、先生の口から、みなさんにお礼とご報告を。みなさん、心配してくださってました」

「……みんなで心配……余計なお世話」

いつもの毒舌をすっかり取り戻した秋風は、漢方薬をつまみあげ、「うわあ、くっさそう」と顔をしかめた。

菱本が「先生」とたしなめる。

秋風はさんざんお見舞いの品に文句をつけたものの、捨てることはせず、結局は、菱本に保管するよう命じた。

「心配をかけて、すまなかった」

次の日のクロッキー教室で、秋風はスズメたちを前に治療が無事終わったことを報告した。クロッキー教室には、スズメ、ボクテ、ユーコのほか、前回と同じくモデルとしてリツとマサトも参加している。

転移もないという菱本の言葉に、皆が皆、口々に秋風の快復を祝った。何も知らないマサトも、事情を察し、嬉しそうににこにこと笑っている。

秋風はこの状況に照れくさそうにしていたが、仕切り直すように大きく咳ばらいをした。

「みなさんに、少し話をします」

皆、秋風をじっと見つめ、静かに耳を傾ける。秋風はゆっくりと語り始めた。

「私は、五年前に大腸ガンをやっています。五年生存率は六五パーセント。昨年から出血があり、これは五年以内に来たから、もう駄目だ、再発だと思いました。しかし、再発ではなく新たな場所。そして、早期発見。ということで、こうして助かりました。見苦しく生き延びた……」

「先生、見苦しくないです。人が生きる姿は、美しいです。点滴につながれても」

菱本は強い口調できっぱりと言い切る。秋風は菱本に気圧《けお》されるようにもごもごと言葉を濁した。

「ま、いい……。何が言いたいか、というと、また、これからも、ガンは再発する可能性が十分ある、ということだ。私は、正直こわい」

秋風は一人一人の顔を見た。

「しかし、生きる。そして、みなさんに、漫画の描き方を教えたい、と思う。漫画は素晴らしいものだ、ということを。私は、病の、死の恐怖を忘れ去ることができない。しかし、それを思い出さないでいることはできる。何によってか？ それは漫画を描く、ということによって。創作という魂の饗宴の中で、私はしばし病を忘れる。私は思うのです。人間にとって創作、とは、神の恵みではないか⁉」

秋風は輝いた目で力説する。さらに、話が盛り上がるというタイミングで、スズメがはっと息を飲んで、手を上げた。

「あっ、あの、先生。お話し中すみません！ 私、おかーちゃんにあと、おじーちゃんに、あと、ワコさんとナオ。あとブッチャーに。電話！ 電話してきます‼ 先生の治療うまくいったって！ みんな心配してる」

「えっ、ブッチャーにまで言ったのか？」

リツが呆れて言う。スズメは頷いた。

「北野天満宮の厄除《やくよ》け祈願に行ってもらった。あ、電話、上、使っていいですか？」

返事も聞かず飛び出しながら、秋風に向かって早口に言った。

「あっ、今のいいお話、続けててください！　魂のキョウエン！　魂のキョウエン、なんやろ……？　後から、国語辞書……あっ、クロッキー、はちょっと、待って！　待ってて！　あっ、先にやっててもらってても大丈夫か！　とにかく、私、ササッと電話……！」

スズメが小さな竜巻みたいに飛び出していくと、しんと妙な沈黙が下りた。

「……どこまで喋りました、私？」

秋風が皆に問う。しかし、誰も、菱本さえも答えることができなかった。

クロッキーが始まった。スズメは電話をかけに行ったまま戻ってきていない。

リツはマサトとふたりでポーズを取っていた。

部屋には米米CLUBの「FUNK FUJIYAMA」が大音量でかかっている。

その音に紛れ、リツとマサトはこそこそと会話を交わしていた。

「そんなことだったんだ」

リツはマサトに秋風の病気のこと、そして、病気を前にやれることは何でもやると言い切ったスズメのことを話した。

「うん……。病気は隠さない。みんなで闘うって言い切った」

「スズメちゃんにとっては、人の病気も自分の病気も同じなんじゃない？　敵とは戦う。そんな感じがある。ジャンヌ・ダルクだ」

マサトはひそひそと言う。その言葉に、リツは小さい頃のことを思い出す。センキチのために糸電話を作ったり、川に落ちたリツを背負ったり。スズメはいつでも誰かのために一生懸命だった。

「小さい頃から、そんなとこがあった。どこまで行ってしまうかわからないような瞬発力が、あいつにはあった。俺には止められない」

「見守ってあげたらいいんじゃない。止めなくても」

「見守るねえ……見守り切れんのか、俺に」

リツは独り言のように呟く。その役目は、未だ何者でもない彼にとって、少し重かった。

ボクテとユーコが必死にスケッチをする後ろで、秋風が音楽に合わせ体を動かしている。

好きな曲らしい。歌詞を口にしながら、踊っていた。

「先生、まだ無理なさらないで」

菱本は慌てて止める。しかし、秋風は楽しそうに踊るのをやめなかった。

「みな、踊れ！　踊るように描け！　地を這う蟻《あり》になるな！　天をかける龍になれ！」

秋風の一言で、リツもマサトも、ボクテもユーコも、そして、渋い顔をしていた菱本も踊り始めた。

踊っている。そして、生きている。その場にいる誰もが、秋風のガンからの生還を喜び、一緒に、音楽に合わせて踊れる幸せをかみしめていた。


時が経ち、秋風の体力はすっかり回復し、彼はこれまで以上に精力的に仕事をこなすようになった。それにともなって、アシスタントの仕事もぐんと増える。スズメは背景も描かせてもらえるようになっていた。

せっかく丁寧に仕上げた背景も、秋風がホワイトで雪を散らすのに失敗したら、何度でもやり直しとなる。まるで賽《さい》の河原で石を積んでいるようだった。

しかし、スズメは妥協しない秋風の姿勢を尊敬していた。だから、ひーっと思いながらも、ひたすら、秋風が納得するまで背景を描き直し続けられるのだった。

スズメたちに対する秋風の指導も、より一層熱を帯びていた。ボクテとユーコはもともと実績があるだけあって、優等生だった。秋風は彼らの作品のいい点と悪い点を挙げ、アドバイスした。しかし、スズメはほとんど褒められることもなく、厳しい言葉ばかりを浴びせられた。

「だからさ、何度言ったらわかるの⁉　話がうわっつらなんだって！　『感動をありがとう。あなたが私の王子様』なんじゃこりゃ。こんなセリフ、生きてて人が言うか⁉」

すみませんとスズメは頭を下げる。

「何のために生きてるんだ、漫画のためだろ。こんなもの、紙屑以下だ！」

秋風はスズメの原稿を放り投げる。

スズメはひらひらと落ちて来る原稿の中で立ち尽くしていた。それがもういつものことだった。

スズメは三人の中で、完全に落ちこぼれていた。


傷心のスズメが向かった先は、喫茶おもかげだった。ドアを開けると、笑顔のマサトが迎えてくれる。彼は少し前からここでバイトをするようになっていた。

「ご注文は？」

「もう……何が食べたいかわからない……」

スズメは力なく呻く。しばらくテーブルに突っ伏していたら、ことんと何かが置かれた。スズメはぱっと目を上げる。そこには、綺麗に盛り付けられたチョコパフェが置かれていた。

「初めて作ってみた。元気出してのプレゼント」

マサトのさりげない優しさが、スズメの心のささくれに染みこんでいく。

「……マサトくん、あなたが私の王子様」

気づけば、秋風にこっぴどく否定されたセリフを口にしていた。試しに言ってみただけだったのに、口にしたら最後、ドキドキしてきた。

スズメはなんとか誤魔化そうと、テレビや雑誌で見る、パフェに刺さった花火、あれ、綺麗ですよね、といった意味のことをしどろもどろになって話し続けた。

笑顔でマサトが下がり、一人になったスズメはパフェを一口食べる。

「うめ〜！　うまっ。頭使った後の、甘いものは、格別っ。糖分を体が要求しとる！」

なかったはずの食欲もわいてきて、スズメはあっという間にパフェを完食すると、マスターにナポリタンを追加注文した。

「スズメちゃん」

マサトに声を掛けられ、スズメはパフェのお礼を言う。マサトは空になったパフェの器を見て、少ししょんぼりした顔になった。

「……間に合わないとは思ったけど、まさか、完食してるとは」

マサトはスズメのために、コンビニを駆けまわり、わざわざパフェの上にたてる花火を探してきてくれたのだった。よく見れば、マサトの額には汗がにじんでいる。

スズメは花火のためにパフェをお代わりすると言ったが、マサトは「お腹を壊すよ」と慌てて止めた。

しかし、そもそもパフェにたてる花火は、煙が出ない、それ専用の花火でないとダメらしい。マスターに教えられ、スズメもマサトもがっくりと肩を落とす。

「あの、もしよかったら、これ」

帰り際、店の外まで出て見送りながら、マサトは花火セットを渡してくれた。

「自分アホ過ぎる。専用の花火があるって知らなかった」

「ううん、走らせてごめん。私もフツーの花火と思っとった。あ、岐阜弁……」

スズメはぱっと口を押さえる。マサトはその可愛らしいしぐさに、微笑んだ。

「スズメちゃんの喜ぶ顔見たかった」

「え……」

「がんばってね、漫画」

マサトは店に戻ろうとする。なんだか、このまま別れてしまうのがもったいなくて、スズメは思わずマサトを呼び止める。

「良かったら、この花火、一緒にやりませんか？」

マサトは少し驚きつつも、「いいよ」と笑った。


西北大学の大教室で、リツはうつらうつらとしていた。

「剛体の動力学」の授業だ。人工衛星が宇宙空間でどういう原理でもって、その姿勢を変えているのかといったことを学ぶことになっている。

リツはぼんやりしたものたちのフォーカスが合って、はっきり見えてくる感じが好きだった。理屈が好きだった。

だから、この授業も楽しみにしていたのだが、眠気には勝てなかった。

宇佐川《うさがわ》という教授はあふれんばかりの知識を熱心に早口で伝え続けている。しかし、それはあまりに一方的で、頭を素通りしていくのだった。

授業が終わり、リツは大学の構内を横切っていく。知り合いもずいぶん増え、リツは構内のあちこちで、挨拶を交わす。

東京にもすっかりなれ、東京に対して虚勢を張ることもなくなった。はじめはいちいち、梟町と東京を比べていたけれど、もうあまり梟町を思い出すこともない。

しかし……、どこからか流れる、「ふるさと」のメロディを聞いた瞬間、リツはたちまち梟町で育った自分に引き戻された。不意打ちだった。

それは明らかにピアノの音で、そのこともまた、どっといろんなことを思い出させた。

リツは引き寄せられるように、音の方に歩いていく。

音をたどり、ついた先は、古い校舎にあるひっそりとした研究室だった。

リツは少しだけ開いている扉から、そうっとのぞき込む。

演奏しているのは、ロボットだった。ロボットが指を動かし、「ふるさと」を弾いていた。リツは呆然とその光景を見つめる。

演奏が終わった瞬間、後ろから高らかな、しかし、少しくぐもった笑い声が響いた。

「驚いたかね」

ぱっと振り向くと、そこにはもう一体ロボットが立っていた。ロボットは、ダンボールの被り物をスポッとはずす。にやにやと得意げな笑みを浮かべているのは、先ほど動力学を教えていた宇佐川だった。

宇佐川はリツが自分の学生であることも、授業中に居眠りしていたことも勘づいていた。

「くそつまらない、動力学こそ、ロボット工学への道なのです！　ロボット工学は光のある未来！」

宇佐川はピアノを弾いていたロボットをよしよしと撫でる。ロボヨという名前らしい。ロボヨは一体三億円だと聞いて、リツはその金額の高さよりも、主にどこにお金がかかっているのかが気になった。ピアノを弾くメカニズムを知りたくなってきたのだ。リツは気になる点について、どんどん質問する、それに対し、宇佐川も何十倍の知識で答える。興味は尽きなかった。あんなに授業が退屈だったのが嘘のようだった。

「君は、ロボットの演奏に泣いた」

宇佐川は決めつけた。

「や、泣くまでは……」

「いやあ、心は打たれていた。だから、ここまでやってきた」

「まあそうです」

宇佐川はピアノのように、人ができることだけではなく、人ができないことをロボットはできると熱を込めて話した。

「例えば、チェルノブイリ原発。レスキュー。危なくて人が近寄れないところでも、ロボットは果敢に行く！」

宇佐川は握りこぶしに力を籠める。その言葉にはロボットへの深い愛が迸《ほとばし》っていた。

「ロボットの可能性は、広がる。これから、もっと広がる。新たな産業革命が起こりうる。私は、そう信じている。そのために君たちはもっと学ばねば！」

宇佐川の話はもう止まらなかった。くどくどと、熱をもっていつまでも話し続ける。リツは研究所の煮詰まったコーヒーをすすりながら、相槌を打つ。意外に嫌ではなかった。気づけば日はとっぷり暮れ、五時間もの時間が過ぎていた。

リツは机の上の資料にあった、ロボットの起源に目を止める。そこには、「手のない人の義手、足のない人の義足など、そもそもロボットは人の欠けた部分を助けるために開発された」と書かれていた。

「耳も……例えば、片耳、失聴していたとして、それの助けになるようなことは……？」

リツが尋ねる。宇佐川は「ふーむ。なるほどあり得るかも」などと言いながら、研究室の鍵を閉めた。

「先生、今、何を？」

「ん、なぜ、ロボヨがピアノを弾いていたと思うかね？　学生という名の魚を釣るためです。君は釣れた魚なので、この研究室に入ってね」

宇佐川は語尾にハートがついているのが見えるような、うきうきした口調で言った。

にたあっと笑いながら、宇佐川はじりじりとリツとの距離を詰めてきた。リツは反射的に後ずさる。しかし、監禁された危機感をちらりとでも持つより先に、ドアをノックする音が聞こえた。乱暴にガチャガチャとドアノブを回す音もする。

「先生、宇佐川先生、いるんでしょ、開けてください!」

女の子の声だった。宇佐川はちっと舌打ちし、ドアを開ける。

作業服を着た三人の学生がどっとなだれ込んできた。

「あ、また、いたいけな学生監禁して、勧誘してますね? いくら宇佐川研究室が弱小で、瀕死の危機だからって、そのうち、大学にバレて、問題になりますよ。キミ一年? ごめんね」

三人のうちの唯一の女子学生が、すぐにリツに気づき、ごめんと手を合わせる。

化粧っ気のない女の子だった。いかにも度のきつそうな眼鏡をかけ、ひっつめた髪は、ところどころぼさぼさと飛び出している。

ふたりの男子が挨拶もそこそこに、実験データを宇佐川に報告する。

その横で女の子は、学内にシャワーをつけてほしいと訴えた。

「これから、夏です。私たち臭くなります。今も、ほんのり臭くないですか?」

彼女は作業服の袖を顔に近づけ、くんくんと嗅ぐ。

宇佐川はばっと立ち上がり、リツと学生の間を遮る。そして、ものすごい速さで話し出した。会話の速度が上がる度に、振り回す手の動きも加速する。

「いや、違うから。この学生たちが臭いのは、研究研究で風呂に入る間も寝る間も恋をする間も、映画を見る間もないわけじゃなくて、ただ、単にもともと臭いんだ」

慌てて言い訳するあまり、学生に対する暴言になっている。リツは宇佐川の言葉をスルーして、女の子に尋ねた。

「この研究室、弱小なんですか？」

意外だった。こう見えて宇佐川乙郎《おつろう》教授といえば、世界で初めて二足歩行のロボットを開発したすごい人だ。当然、彼の研究室は人気で、学生でいっぱいだろうと思っていた。

「ロボット、夢があるじゃないですか」

リツの言葉に、男子の一人が重々しく言った。

「はっきり言おう。夢しかないからだ」

アトムやスター・ウォーズに憧れて、宇佐川研究室の門を叩こうという若者は少なくない。しかし、その多くは、門を叩く前に、ふと就職を考え、躊躇してしまうのだという。ロボットを研究しても、就職先などほとんどない。あったとしても初任給も期待できそうにない。

ほとんどの学生は自動車、家電、エレクトロニクスといった日本の主力産業や、バイオやコンピューターといった、将来性が見込める産業を選ぶ。

そのため、ロボットに憧れる学生も、結局はこの研究室の前で踵《きびす》を返してしまうというわけだった。

一九九〇年、ロボット産業はまだ海のものとも山のものともわからない時代だった。

男子学生の言葉に、宇佐川はあからさまにがっくりと肩を落とす。

「ああ、せっかくうまく騙せたと思ったのに」

「いえ、僕、そういうのあんまり、これから来る、とか、初任給とか関係ないです」

しょんぼりと、ロボヨをいじる宇佐川の背中に、リツは話しかける。宇佐川は動物じみた速度で、ばっと振り返った。

「ちょっと、その、ロボヨの『ふるさと』と先生の話に感動した部分があるので……あ、みなさんが臭くなるほどがんばって研究やってることにも少し、感動しました……また、ここ来てもいいですか？」

宇佐川はリツの手を両手でぎゅっとつかみ、上下にぶんぶんと振った。

「もちろん！　これ、これ、私の本だ。最近、出たやつだ」

宇佐川はそこら中に山積みされている本を一冊取って、リツに手渡す。表紙には「ロボット革命」とある。かなり分厚い本だった。

「なんなら、サイン」

「あ、ありがとうございます！　あ、サインは別に……」

サインペンを手に準備万端な宇佐川をかわし、出口に向かう。

「高峰《たかみね》くん、お代を」

宇佐川の言葉に、女の子がリツに向かって手を突き出す。

「あ、はい。二千八百五十円頂戴します」

「……はい……」

お金取るのか。しかも、高いし。財布を開いて、しぶしぶお金を払う。

ドアを開き、五時間ぶりに外に出る。

また新たな学生を誘い込むべく、ロボヨが「ふるさと」の演奏を再開させる。リツは懐かしいメロディに耳を澄ませた。

「そもそも、宇宙開発やコンピューターなんか、アメリカやソ連に後れを取っているのに、ロボットに関しては、日本が一番なんだよ。なぜか、わかるか？　宗教がないからなんだ。キリスト教圏では、ロボット、人間の形をしたものを作る、ということに反感がある。神がそれを許さないわけだよ。日本には神がいないだろ？　ま、いわゆる、宗教における神？　だから、ロボット産業は、進んだわけだ。だから、ロボットには夢があるんだ。ま、初任給はちょっと安いらしいけど……」

ブランコを揺らしながらスズメは、目の前のベンチに座るリツを見つめる。

ふたりはお互いの家のちょうど中間あたりにある、イルカ公園にいた。正式名称はわからない。ただ、イルカの遊具があるのでそう呼んでいた。

リツは分厚い本を手に、顔を合わせた瞬間から、ずっと熱弁をふるっている。スズメは正直、リツが話していることがよくわからなかった。一生懸命聞こうとはするのだが、言葉が脳を素通りしていく。

さらに、今のスズメは既に別のことで頭がいっぱいで、新しいことに頭の容量を割く余裕がまるでなかった。

「リツ……それ読んだんだね」

スズメはやっとのことで言う。リツは目を輝かせて頷いた。

「読んだ、一日で」

スズメはブランコを下り、ベンチに近づくと、リツの手から本を取る。

「ロボット革命」という本は、普段本を読まないスズメをたじろがせるに十分なほど分厚い。試しに開いてみたが、びっしりと文字が詰まっていて、読む気にもなれなかった。

「ウサガワ……変な名前」

スズメはリツに本を返し、ブランコに戻る。

「でも、リツは夢を見つけたってこと？」

リツの話している内容はよくわからなくても、それだけはわかった。今のリツの目は、きっと、漫画を語るときの自分の目とおんなじだ。リツは照れくさそうにうなずいた。

「夢のかけら？　将来、ロボットを開発してみたいかな」

「ふーんっ」

スズメはぐんとブランコを大きくこいで、ぱっと飛び降りた。

「ごめん、リッ。私、今何も頭に入らない。何も心が動かない」

「さっきから、俺は、壁に向かってしゃべってるみたいだった。暖簾《のれん》に腕押し、的な。自分の体温と全く同じ温度の風呂に入るような……何があった？」

「リツ……私、恋をした」

スズメはもじもじとブランコの鎖をねじる。リツは「ふぎょぎょ！」と小さく叫んだ。

「またか⁉」

「何⁉　聞き捨てならない！　私が、いつ、誰に、恋をした」

スズメはすっかり、新聞部の小林くんのことを忘れている。リツが思い出させてやると、スズメは遠い目をした。

「そうか、そういや、そんなこともあったな……」

「今度は、つけ耳をつけないようにな」

「あの頃の私とは違う」

スズメはこぶしを握り締めた。その目には闘志がみなぎっている。恋愛漫画というより、スポ根漫画のノリだった。

「今度は、絶対に、行ける！」

「絶対に？」

そう言うリツはまったく信じていない。

「……きっといける」

リツの言葉にちょっとだけトーンダウンしたものの、スズメは今度の恋の勝利を確信していた。

リラクゼーションルームでは、秋風塾が開かれている。

その日のテーマはあろうことか「スズメの恋について」だった。漫画を描くうえで重要な、テーマの捉え方の題材に使われたのだ。

スズメは自分から誰彼構わず、恋をしたことをぺらぺらと話していたが、秋風には話していなかった。秋風にだけは死んでも知られたくなかった。

それが、こうして秋風によって、自分の恋が俎上《そじょう》に載せられたことに、スズメはショックを受ける。

「羽より軽い口が、誰かを傷つけるって考えたことないのか?」というリツの言葉が初めて、ほんの少しわかったような気がした。

秋風は「プライバシーの侵害だ」というスズメの言葉に耳を貸すことなく、ホワイトボードに、スズメとマサトとのやり取りをまとめていく。

「ある日、スズメは、喫茶おもかげに出向き、私の厳しいレクチャーにうなだれていた。そうしたら、あのボーッとした顔の彼がいて」

「ボーッとしたはやめてください」

スズメが立ち上がって抗議する。

「ふんわりした彼が」

秋風が修正した表現に満足し、スズメはよしよしと頷く。

「フルーツパフェを作ってくれた」

「あ、そこ、違います。チョコレートパフェです」

「あそ？」

秋風はすぐにホワイトボードの文字を書き換えた。

「こういうディテール、意外と大事ね」

ボクテとユーコがすかさずメモを取る。

スズメは題材になるのを嫌がっていたことも忘れ、嬉しそうににこにこしていた。

「なんで、スズメ、協力的なの？」

ユーコがボクテにひそひそと囁く。

「スズメちゃんは、自分が場の中心だと、もうDNAレベルでうれしくなっちゃうから」

ボクテの的確なスズメ評に、ユーコは深く頷いた。

秋風はさらにスズメの恋について簡潔にまとめていった。

「花火をどうぞ、とくれたので、一緒にやりませんか？　と言ったスズメ。すると、彼は、なんだっけ？　なんと言ったんだっけ？」

「え……って一瞬、驚いて、いいよって」

スズメはにまにまと笑う。秋風はホワイトボードに『ボケた顔「いいよ」と言う』と書いた。

「さて、みなさん。ここからが、問題です。花火を一緒にしませんかと言って、いいよ、と言われたんだよね」

「はい」

スズメは自信満々で頷く。

「それはいつのことだ？」

「……ん？　えと、一週間くらい前？」

「そして、その後は？」

「その後、とは？」

「このあとの、展開だ」

秋風は、人差し指の背で、ホワイトボードをトントンと叩いた。

「え……ふたりで、花火するんじゃ……」

「いつするの？」

「え、それは、そのうち……」

「そのうちっていつだ？」

秋風は電話はかかってきているのかと畳みかけるように尋ねた。スズメは「かかってきません」と呆然と答える。秋風はスズメにぐいっと顔を近づけ、気取った笑みを浮かべた。

「スズメくん。教えてあげよう。『今度一緒に』って言って『いやだよ』という男性は、この世にいない。『暇になったら電話するね』と言われたらその人は一生暇にならない。人は中学三年過ぎたら、社交辞令ってものを身につけるんだよ」

ショックだった。こんなにショックを受けたのは、リツに「面白い女の子はモテない」と教えられた時以来かもしれない。

そのうち一緒に花火をするのだと信じて疑わなかった。今度こそ絶対に、行けるのだと確信していた。

「そのうち」は永遠に来ない。スズメはがっくりとうなだれた。

菱本が「先生」とたしなめる。

「え……泣いてんの？」

秋風がおそるおそる尋ねる。スズメはかすかに首を横に振った。

「泣いてないです。心が、泣いているだけです」

スズメは崩れ落ちるように、椅子に座る。

しんと沈黙が下りた。みな息を殺し、スズメの様子を見守っている。

秋風ひとりが戸惑っていた。まるで、面白がっていじっていた、蝶の羽がもげてしまったとでもいうように。

スズメは自分が情けなかった。中学三年生レベルの自分が気づかなかったことを、皆とうに気づいていたに違いない。自分が浮かれてマサトの話をする度に、かわいそうだと思われていたかと思うと、今すぐ実家の布団に逃げ込みたいような気持ちになった。

弓道の授業は朝早くから始まる。

一緒に授業をとったはずのマサトは早々に脱落していた。

リツは早朝の弓道場に立ち、弓を引いた。

まだ始めて数カ月。的に当たることもなかなかないというのに、その日は奇跡が起きた。

皆中《かいちゅう》したのだ。四射の矢がすべて的に当たった。妙に心が澄んでいて、その心のままに射た矢がまっすぐに飛んだ。

道場では決して笑ってはいけない。私語も厳禁だ。リツは皆中に内心飛び上がって喜びながら、涼しい顔で的前を下がった。

「おめでとう、リツくん」

次のグループと入れ替わる時、ひとりの女性がすれ違いざまに小さな声で言った。

リツはぱっと振り返る。

「お久しぶり」

サヤだった。伊藤清。リツの心臓が跳ねる。しゅっと視界が狭まり、世界に自分と彼女しかいないような錯覚に陥る。

的前に進んだ彼女は、リツの方をちらりと見て、唇をそっと動かす。

(待ってて)

確かに、そう動いたように見えた。

真剣な瞳で、サヤは的を見据える。その横顔、その曲線を、リツははっきりと覚えていた。

サヤが弓を引く。彼女の射た矢は的を大きく外した。

体育の授業の後、リツは道着のまま、近くのベンチに座り、サヤが出て来るのを待った。サヤはずっと昔から約束していたかのように、すっとリツの隣に座る。

リツは改めてサヤの顔を見つめる。彼女は変わらず美しかった。きりきりと限界まで引き絞った弓のような、張り詰めた美しさ。彼女が目の前にいることが信じられなかった。そして、同時に、当然のことのようでもあった。

「萩尾律くんだよね。旋律の律、と書いてリツ」

「サヤさん」

「えっ」

小さく驚くサヤを見て、リツはさざめいた波に驚いて飛び立った小鳥のようだと思う。

「伊藤サヤさん。サンズイに青。清いと書いて、サヤ……」

「覚えてくれたんだ」

「綺麗な、名前です」

ふたりは視線を合わせ、そして、同時にうつむいた。

リツとサヤは互いに次の授業のことを尋ねる。そして、同時に、授業には出なくていいのだと口にしていた。

ふたりは顔を見合わせる。

「あれ……今、なんて？」

「よかったら、コーヒー……飲みませんか？」

名前を聞いた時の勇気を思い出し、リツはサヤを誘う。

サヤは「はい」と笑顔で頷いた。


マサトからの電話は来ない。

もう駄目なのだとわかっても、スズメはついつい「スズメちゃんの喜ぶ顔見たかった」というマサトの言葉を思い出してしまう。

仕事中もマサトのことばかり考えてしまい、スズメは失敗を繰り返した。秋風に怒られるたびに、しっかりしなくてはと思うのだが、ダメなのだった。

その様子を見かねた秋風は、スズメをリラクゼーションルームに呼び出した。

説教をされるのかと思いきや、秋風は「恋をしろ」とスズメに言った。

「私がなぜ、お前を弟子にしたかわかるか？」

「え……五平餅？」

「違う。いや、違わない。それもあった。楡野は、他のふたりとは違う。山を駆けまわっていた。そのリアルが重要だ。小宮や、ボクテとは違うんだ。あいつらの漫画の知識は深い。なぜだ？　漫画ばかり描いたり、読んだりしてたからだ。それではダメなんだ？」

「……え？　ダメなんですか？」

「ああ、俺が恋をしろ、というのはそういうことだ。リアルを拾うんだ。想像は、負ける。好きな奴がいたら、ガンガン会いに行け。仕事なんか、いつでもできる。ベタなんかいつでも塗れる。空想の世界に生きてるやつは弱いんだ。心を動かされることから、逃げるな。そこに真実がある」

スズメは感動していた。これも全部漫画につながるのかと思った。自分の中学生レベルの勘違いも、その恥ずかしさも全部漫画になる。すごいことだと思った。普通ならマイナスのことも、全部使える、役に立つ。創作意欲がめらめらと燃え上がると共に、秋風によって水をぶっかけられた恋心に再び火がともった。

「だから、楡野。いいか、半端に生きるな。創作物は、人が試される。その人が、どれだけ痛みと向き合ったか。憎しみと向き合ったか。喜びを喜びとして受け止めたか。逃げるな！」

「はいっ！」

「……俺は、今、もしかして、すごくいいことを言ってる気がする」

「心に刻みました、彫刻刀で！」

「大切なことは、目に見えないんだよ。これとどっちがいい？」

「星の王子さま。私、その言葉はぴんと来ません。目で見える大切なこともあるんではないでしょうか」

「私はサン＝テグジュペリに勝った……」

秋風は勝手に勝利宣言をすると、掃除をしているツインズに、皆を呼んでくるように言った。

「私のいい話を楡野だけに聞かせるのは、もったいない」

すぐに仕事場からボクテとユーコが下りてきた。菱本も一緒にやってきて、テープレコーダーのスイッチをガチャリと入れる。

「先生、どうぞ。あとから文字に起こしましょう」

「そう……言われると……」

そこまでいい話だったか。ボクテたちのキラキラした目を前に、急に不安になりながらも、秋風は自分の漫画に対する情熱を少しでも彼らに伝えるべく、口を開いた。

コーヒーを飲むと言っても、あまり店などは知らず、結局リツはサヤを連れて喫茶おもかげに向かった。

サヤは西北大学の弓道部に所属しているのだという。いつも弓道の授業で、先生の手伝いをしている先輩が来られなくなり、今日だけ代わりを務めたのだ。

「でも、お手本見せるはずが、大外ししちゃった。カッコ悪い」

サヤは笑った。リツも笑い、そして、しみじみと言った。

「今日行って、よかった。あやうく寝坊して、チョンボするとこだった」

そうしたら、サヤとこうして再会することはできなかったかもしれない。リツの脳裏を、運命という言葉が過《よぎ》る。しかし、口にはしなかった。口に出した途端、それが陳腐に響きそうで。それに、もう彼女もわかっている気がした。

「君に会うために、弓道を始めた」

「えっ?」

「なんて、ウソ。いや、ちょっと、ウソでホント。高校の時、君の弓道見て、カッコいいなーっと思って。ちょっとやってみたくなった」

「そう」

サヤは嬉しそうに微笑んだ。

「あんな少し会っただけなのに、よく僕のこと覚えててくれたね」

「忘れられないよ。あんな風なこと。人生に何度もないよ。一度だけかも……」

リツはシャトルを取ってくれたサヤのことを思い出す。彼女の手の中で、シャトルが小さな白い雛鳥のように見えたことを。サヤもあの時のことを思い出しているのがわかった。

コーヒーを飲み干し、ふたりはイルカ公園に向かった。

「ごめんね。東京、連れていけるような場所、知らない」

リツが謝る。彼女は首を振った。

「同じく。弓道ばっかりやってるの」

リツはサヤに高校時代に聞いた噂について尋ねた。インターハイ出場と、名古屋の栄でスカウトされたという噂。サヤは笑って、「インターハイはホントだけど、スカウトはウソよ」と答えた。「変な噂」

「可愛かったから……」

サヤは首を傾げる。

「どうかな。私ね、でも、インハイ出て、雑誌載ったりして、よその高校から、人が見に来たりして、どんどん自分が自分でないみたいになったんだ。最初はいい気になったけど、息苦しくなって。人の期待に応えなきゃいけない、今度は優勝しかない、なんて思って。でも、大学に入って、スランプになって。本当の自分っていうの？　わかんなくなっちゃって。いや、本当の自分、なんていうの、あるかないかもわからないんだけど。あ、理屈っぽいね。ごめん」

サヤは苦笑して誤魔化すように手を振る。

しかし、リツは体温がぐっと上がったような感覚を味わっていた。同じだと、思った。

「ううん、わかるかも。あ、俺は、こっちは、そんなインターハイとか、雑誌に載るとか、ぜんぜん、そんなすごいもんじゃないんだけど。梟町っていう、小さな商店街でただの写真館の息子なんだけど、西北大学入っただけでも、ちょっと評判になっちゃうような小さな町で。なんか、やたら、小さい時から、周りに期待されて。井の中の蛙《かわず》っていうか……」

「あ、でも、その先……」

「その先？」

「井の中の蛙、大海を知らず。されど、空の青さを知る、って……聞いたことある」

「へえ、ちょっといいね」

リツは空を見上げる。東京の空は、梟町ほどではないけれど、十分に青かった。

「ね、ちょっといいでしょ」

サヤが手にしていた缶ジュースを飲み干す。

「お腹、たぽたぽになっちゃうね。さっきから、飲んでばっか」

リツが申し訳なさそうに言うと、サヤは小声で「トイレ」と言った。

「えっ」

「さっきから、ちょっと我慢……」

サヤは恥ずかしそうに声を潜めた。リッは「大変だ」とクールに言う。そして、やっぱりクールに自分の部屋のトイレを使うように言った。

サヤは一も二もなく頷いた。本当に我慢していたらしい。

ふたりはすぐにリツの部屋に向かった。

「ごめん、ありがとう」

トイレから出てきたサヤが言う。

「間に合った……」

「間に合った」

サヤが笑う。

「いきなり、部屋まで来てしまってごめんね」

「いやいやいや。こっちも、なんかひっぱり回しちゃって」

「……楽しかった」

サヤはバッグを手にし、弓を手にする。帰る風情《ふぜい》だった。もうこれ以上引き止めるのも悪い気がして、リツは黙って玄関まで送る。

「あ、じゃ、そだね」

サヤは自分から帰る気配を見せながら、帰る流れになったことを惜しむようにリツを見る。

「あ、あの……また、会えるかな」

リツは残りの勇気を振り絞って声をかける。サヤは「もちろん」と頷いた。

「……たとえば、明日とか」

「いいよ」

サヤはふふっと笑った。

「私たち、なんか、はぐれた迷子がやっと会えたみたいね」

リツは微笑む。自分は今まで迷子だったのだ。いつも心のどこかに淋しさがあった理由が、彼女と再会したことで、ようやくわかった気がした。


秋風ハウスのピンクの公衆電話の前で、スズメはため息をついていた。

マサトの電話番号の最後の数字がどうしてもダイヤルできないのだ。怖くなって、受話器を置いてしまう。そんなことをもう何度も繰り返していた。

漫画のためにも、恋をしなければならない。幸せは歩いてこない。自分から摑みに行く。そう覚悟したはずなのに、電話ひとつできないでいた。

突然、電話が鳴った。マサトからではないかと思い、一番かわいい声で出た電話は、ハルからのものだった。

「あんた、どこから声出しとる？」

そう言われて、どっと脱力する。ハルの用件は、六月末に東京に遊びに来るというものだった。秋風ハウスを見たいのだと言う。仕事が忙しく、ろくに実家に電話していない。久しぶりに、ハルに会って話せると思うと嬉しかった。

詳しいことはまたといって電話は切れた。

スズメはふうっと息を吐く。すっかり覚えてしまったマサトの電話番号を念のため確認し、受話器に手を伸ばした途端、また、電話が鳴った。マサトの声を、どうしても期待しながら、受話器を取る。しかし、今度は、リツからだった。

「ちょっと、話したいことがあって」

「リツが電話してくるなんてめずらしい。何かあった？」

スズメがわくわくと尋ねる。リツは妙にたっぷりと間を取って「あった」と答えた。

「ん？　何があった？」

「出会ってしまった」

「ん、未確認飛行物体？」

おどけるスズメにかまわず、リツは続ける。

「正しくは、再会した。サヤに会ったんだ」

「サヤ？」

「ほら、昔、スズメが絵を描いてくれた、弓道の……」

「ああっ！」

スズメのテンションががっと上がった。実際のサヤではなく、自分の描いたサヤが、スズメの脳裏に蘇る。

「ええっ！　会ったの⁉　ど、どこで⁉　偶然？」

リツは照れながら、サヤとの再会について話してくれた。

「すごいっ！　カッコいい。リツ、それ、運命だ！　運命の再会だ！」

スズメはきっぱりと断言する。

「うん、なんか、俺も、ちょっと運命的なもの感じて」

「良かったねえ～！　あ、ナオやブッチャーにも知らせないと。サヤさんは、私たちのマドンナだ！　ヨシ！　私もがんばろうっ」

「えっ……⁉」

「私も頑張る。勇気を出して、電話する！　今ので、なんか腹が決まった。私もマサトくんに電話する！　ありがとう！　じゃあねっ」

突然スズメの口から出たマサトの名前に、驚くリツの声もきかず、スズメは電話を切る。そして、すぐさま受話器を取り、マサトの番号を回し始めた。

「おお、スズメちゃん、元気？」

マサトは久しぶりであることを感じさせない親し気な口調で言った。中学三年生レベルのスズメには、電話をもらって彼がうれしいのか、本当は迷惑なのかはよくわからない。

「あ、はい。マサトくんは、お元気ですか」

「はい、元気ですよ」

なんとかぎくしゃくと挨拶を交わすのが精いっぱいだった。もう当たり障りのない話をして様子を見る余裕などなく、スズメはいきなり本題に切り込む。

「あの……この前、花火！　花火するって言ったじゃないですか？　あれ社交辞令ですか⁉　洋服買いに行くとぜんぜん似合ってないのに、あ〜、すごくお似合いですよって言われる、あれと同じやつですか⁉　友達の彼氏の写真見せてもらった時に、うわ〜、ないわ〜と思っても、わ〜ステキとか優しそうとかとりあえず言う、そういうやつですか⁉」

ユーコから「都会の男の人は、暑苦しいのが苦手だ」と事前に忠告を受けていたというのに、頭からすっ飛んでいた。

「スズメ、ダメだよ。追い詰めちゃダメだってば」

遠くから、ひっそりと見守ってくれていたユーコが、慌ててダメダメと手を振る。

スズメははっとして手で口を押さえる。しかし、時すでに遅し。もう言葉は口から飛び出し、マサトに届いてしまった後だった。

（やってまった……か）

パニックになりかけたスズメに、マサトのふわんとした声が届く。

「え、違うよ。しようよ、花火。自分、この前、電話したよ、スズメちゃんに」

ほっとして、思わずじわっと涙が滲んだ。

「本当に？」

息のような声で、尋ねる。

「明日、しようか、花火？」

「明日？」

スズメの心が宙に浮く。『暇になったら電話するね』ではない、具体的な約束。飛び跳ねるように自室に戻ったスズメは、ずっと壁にかかったままの蛙のワンピースをうっとりと見つめた。


「初花火」

しゃがみ込みながら、スズメはピンクや青に色を変える花火を見つめる。

スズメとマサトは、イルカ公園で、約束通り、花火をしていた。

マサトはスズメの花火から、自分の花火に火を移し、「ん？」と尋ねる。

すぐにマサトの花火からも、綺麗な炎が上がった。

「今年、初めての花火。東京に来て、初めての花火」

「ん……スズメちゃんとやる、初めての花火」

マサトの言葉に、スズメはぱっと立ち上がる。

「……そういうことは、言わない方がいい……二回目があるみたいに聞こえるから」

「……二回目、ないの？」

マサトが屈託なく言う。あまりに屈託がなさすぎて、なんだかスズメは腹が立ってきた。

「マサトくんは、調子のいいとこがある」

マサトは小さく咳ばらいをした。

「リツが言ったの？」

「自分で思った」

「蛙のワンピース、着てくれたんだね？」

「え？」

「初めてのデートで着るって言ってた」

「しまった……」

「しまったって」

マサトは笑う。

「可愛い。似合ってる」

「ホント⁉」

用心しようと思ったはずなのに、心は勝手に喜んでしまう。

花火のセットが一本、一本と減っていく。これがなくなったら、この時間は終わってしまうんだとスズメは切なく思った。

「自分、引っ越すんだ」

突然、マサトが告げる。海外転勤する親戚の家に、留守番がてら暮らすことになったのだという。半月後には、引っ越してしまうと知り、スズメはさっと表情を曇らせる。しかし、引っ越し先の吉祥寺がここから二十分ほどだと知ると、ぱっとその顔が輝いた。

くるくると変わるスズメの表情を見つめていたマサトは、ふふっと笑った。

「スズメちゃん、金魚みたい。近くまで来たかな、と思うと、スッとまた行っちゃう。ひらひらって泳ぐ、金魚みたい」

スズメの花火がぽとりと落ちた。

マサトは新しい花火をスズメに手渡し、手で風を遮りながら、蠟燭《ろうそく》で火をつけた。スズメの手の花火から、ぱちぱちと綺麗な火花が散りはじめる。

「金魚、掬《すく》ってください」

気づけば、そう口にしていた。

花火が照らす、互いの顔が近い。

マサトは静かに、スズメに顔を寄せ、そして、唇に近い頬に小さくキスをした。

そのまま息のかかるほどの距離で、マサトはスズメを見つめる。スズメは息を止め、視線を返した。

また、マサトの顔がゆっくりとスズメに近づいた次の瞬間、スズメははっと息を飲んだ。

「あっ、マサトくん！　燃える！　燃えとる！」

気づけば、マサトが持った蠟燭の火が、彼の上着の端っこを焦がしていた。

「うわっ、死ぬ。俺死ぬ」

マサトは慌てて上着を脱ぐ。

「大丈夫、死なない！　平気」

スズメはマサトが地面に投げ捨てた上着を踏む。マサトも続けて踏み始める。

火はすぐに消えた。

ふたりは焦げた上着を見つめ、呆然と立ち尽くす。

もう、さっきまでの魔法にかかったような空気は、跡形もなくなっていた。

花火はまだ残っていたけれど、続ける雰囲気でもなく、ふたりはそのまま別れた。

あの時、マサトの上着に蠟燭の火がつかなければ、キスしてたんだろうなあとスズメは後々までよく考えた。

半分で終わってしまった花火。

夏はもうそこまでやってきていた。


六月末、予告通り、ハルが上京してきた。事前に、ハルが来ることは秋風たちに話してあった。秋風はわざわざ着物に着替え、ハルを出迎えてくれた。秋風はお土産の五平餅を喜んで受け取りながら、ハルに頭を下げる。

「あの時は、よくしていただいた。五平餅だけでなく、お料理、みーんな美味しかったです。ふきのとうもウナギ蒲焼も」

「いーえっ、なんにも、おかまいできませんで」

「あの時のことを私は、なんか、よく思い出すんです」

ついこの間のことなのに、秋風は懐かしむように目を細める。

「そうですか？　でも、本当に、お元気になられてよかったです」

ハルは心から言った。

秋風ハウスに向かう前に、スズメは菱本と共に、広いオフィス・ティンカーベルを隅々まで案内してまわった。

ハルは贅沢でモダンな部屋に、感心しっぱなしだった。口をぽかんと開けたまま、オフィス棟から、プテラノドンのトピアリーがある中庭を通り、秋風ハウスへと案内されたハルは、その建物を見て、また別の意味で驚いた。

「えっ……倉庫か何かかと……」

「それでは、私はこれで失礼いたします。どうぞ、親子水入らずで」

気まずそうな菱本は、ふたりを残し、そそくさと自分の仕事に戻っていく。スズメはハルにこそっと告げた。

「プテラノドンが天国と地獄の別れ道や。こっちがわは、貧乏。あっちがわは、超お金持ち」

「ほうゆうことか……。秋風先生、ニコニコしとったけど、油断できんな」

「でも、贅沢言ったらあかん。お風呂もあるし、台所もあるし、トイレもある。住めば都や」

スズメの言葉を聞いたハルは、「よしっ」と気合を入れる。

「おかーちゃんはあんたの住むところを整えるために来た」

ハルはわざわざ岐阜から掃除道具ももってきていた。せっかく東京に来たというのに、掃除をして過ごす気満々のようだ。

スズメを仕事場に追い返すと、ハルは腕をまくり、さっそく目についた共同炊事場のシンクを磨き始めた。

締め切り前の修羅場を終え、スズメはよれよれになって自分の部屋のドアを開ける。自分の部屋とは思えないほどきれいに片付いた部屋を見て、スズメはハルが来ていることを思い出した。

ちゃぶ台の上には、ハンバーグやポテトサラダなど、スズメが好きなおかずばかりが並んでいる。

ハルは疲れたのか、スズメのベッドに頭をもたせかけて眠っていた。

「おかーちゃん、ただいま……」

起こすのが忍びなく、スズメは呟くように言う。しかし、気配で気づいたのか、ハルがゆっくりと目を開けた。

久しぶりに食べるハルの料理はおいしかった。

「おかーちゃんのハンバーグは世界一や」

スズメの言葉に、ハルは嬉しそうに目を細める。

その後、スズメはハルと一緒に風呂にも入り、久しぶりに親子水入らずの時間を過ごした。

夜、ベッドの横にハルのために布団を敷き、そろそろ寝ようという時に、ハルは「忘れるとこやった」と宅配便の荷物を渡してくれた。

ハルが到着するタイミングでつくようにと、ウタロウが送ってくれたものだった。

中身は、木の電気スタンドだった。ウタロウとセンキチとソウタ、三人で作ってくれたものだという。スズメはさっそく電気をつけた。傘にブルーのラインが入ったライトは、やわらかく枕元を照らす。

「いい感じ」

心なしか、温かみがある光のように感じられた。

「暗すぎないかって、おとーちゃん気にしとった」

「ちょうどいい」

「スズメは、真っ暗なとこで、よう寝んもんなあ」

ハルの目が壁にかけてあった蛙のワンピースを捉える。

「あんた、あれ着たの」

「着た!」

聞いてほしくてほしくてうずうずしているというのに、ハルは「ふぅん」と気のない相槌を打つ。スズメはがばっと身を起こした。

「そいだけか!? いつ着たの? とかどこで着たの? とか聞かんの?」

「あ……いつ着たの?」

「花火した。あれ、着て」

電気スタンドに照らされたスズメの顔は、だらしなく緩んでいる。ハルはその横顔をじーっと見つめ、「彼氏、出来た?」と尋ねた。

「えっ!! なんで、わかる!?」

「どんな人?」

「……もうちょっとで、かっこ良かったのにっていう感じの人」

ハルはちょっと笑って、「なに、それ」と言った。

「マショマロみたいな感じの人……甘くてやわらかそう。あれ、マシュマロ、マショマロ? どっちどっちどっちどっち?」

「マシュマロや。おかーちゃんに、会わせてくれんの?」

「まだ、早い。まだ、半分、片想いや」

「半分、片想いやったら、半分は両想いやね」

「うん……いい人やよ」

「ほんと」

しんと沈黙が下りた。一人の方がもっと静かなはずなのに、ハルの息がかすかに聞こえる今の方が静寂を感じた。

「……スズメは、リツくんかと思っとった」

ハルがぽつりと言った。

「スズメがリツでも、リツは違う」

スズメもぽつりと答える。今にも笑い出しそうな気配を含んだ、いつものスズメの声とは違う、淋し気な声だった。

「おかーちゃん、リツの顔、ちゃんと見たことある？　すごい可愛い顔しとる」

「知っとるよ」

「おかーちゃん、リツの成績表見たことある？　5ばっかりやった」

「そうか」

「おかーちゃん、バレンタインのリツ見たことある？　両手にチョコレートがいっぱいや。駅前の岩田屋に下取りしてもらっとる」

「そうか」

「リツと私じゃ、月とすっぽんや。リツには、ちゃんと好きな子がいる」

「ほうかね」

また沈黙が下りた。眠ってしまったのかと思うほど長い沈黙の後、またぽつりとハルが言った。

「お母ちゃんには、スズメは一番やけどね」

「ん？」

「スズメが、一番の美人さんに見える」

「あ、さっきの話の続きか」

「この世で、一番かわいいと思っとる」

「ミス・ユニバースか⁉」

スズメは笑う。ハルは真面目な顔でむきになったように言った。

「あんなもんより、よっぽどかわいい」

「おかーちゃん、そういうのなんて言うか教えたろか？」

「何？」

「親バカって言うんやよ」

「はは、あんたに言われりゃ、世話ないね」

スズメは寝返りを打ち、うつぶせになると、枕元においたライトの光を見つめた。

「おとーちゃんのライトカッコええね」

「うん……おじーちゃんもソウタも作ったよ」

「うん……」

しばらく柔らかな光を見つめ、スズメはそっとライトを消す。ハルに話しかけようとすると、もう彼女は静かに寝息を立てていた。

スズメははがれていた布団をかけてやると、ハルに背中を向けて目をつむった。


蔦《つた》のからまる古風な図書館が、その日のふたりの待ち合わせ場所だった。

リツはベンチに座り、時折ちらりと人通りに目を走らせながら、手にしていたロボット関係の本を読み進める。

「リツ」

サヤの声に目を上げる。そして、息を切らして駆け寄ってくる彼女に、優しく微笑んだ。

「ごめん。最後の最後で質問する人いて……授業長引いた」

「あるある、そういうこと」

ふたりは並んで歩きだす。

「こういうの憧れてた。二限のあとに、図書館の前で待ち合わせ、とか」

サヤがリツにそっと寄り添いながら言う。

その時、ふたりの男子が通りかかった。リツは顔見知りの彼らと軽く挨拶を交わす。

彼らは冷やかすように、チラチラとリツたちを見る。

リツが「なんだよー」と言うと、彼らは笑いながら去っていった。

「俺も大学歩くの好き」

サヤの顔をちらっと見て、リツが言う。

「なんで？」

「サヤが、自慢だから」

「バカ」

サヤは優しく笑って、リツの袖口をぎゅっとつかむ。

ふたりは寄り添うようにして、リツの部屋に向かった。

トイレを借りた日から、サヤはもう何度もリツの部屋に来ていた。もう、リツに代わって、コーヒーをいれられるぐらい、彼女はすっかりこの部屋になじんでいる。

「面白かった、人間とロボットの未来」

サヤは自分のバッグから本を取り出して、リツに渡す。

「ホント？　今度、宇佐川先生の研究室、行ってみる？」

「えっ、いいの？」

サヤは嬉しそうに手を打ち合わせた。

「あ……」

リツはサヤの爪に目を止める。彼女の爪は淡いすみれ色に塗られていた。

リツの視線に気づいたサヤは、ぱっと両手を後ろに隠す。

「嫌いだった？　マニキュア？」

「いや、綺麗な色」

サヤは嬉しそうに微笑み、隠していた爪を今度は堂々とリツの前に突き出した。

「今までしたことなかったの。でも、今日ね。大学行く途中で、かわいいの見つけて……。さっき、リツくんと会う前に」

「へえ……」

弓道のために短く切りそろえられた爪。それを自分のために初めてすみれ色に塗ったのだと思うと、くすぐられるものがあった。

「どうやってやんの？　それ。見たことない」

「えー、ホントに？」

サヤは面白がって、バッグからマニキュアの瓶を取り出す。

「これでね、塗る。ほら、左手は、自分の右手で塗れるけど、右手は、左手で塗ることになるでしょ？」

「うんうん」

「だから、右、うまく塗れないな、と思って、友達にやってもらった」

「へえ」

リツがにやっと笑う。スズメなどには見せたことのない色気のある笑みだった。

「え、なに」

「その、ともだちに塗ってもらうとこ、想像したら、ちょっと、いいね、と思って」

「エミちゃんだよ。彼女、手先、器用。あ、リツ、塗ったげようか？」

身を乗り出したサヤに、リツは顔をしかめる。

「え、いいよ、変でしょ？　男が」

サヤは一瞬企《たくら》むような顔になる。

「一本、だけ、とかどう？」

「……あ、なんかちょっといいかも」

「よし……」

サヤはさっそくリツの手を摑み、マニキュアの蓋を開ける。

「薬指でいい？」

「ん、どこでも」

リツの言葉を受けて、サヤは左手の薬指を迷わず選ぶ。そして、自分の印でも残そうかというように、丁寧に丁寧にすみれ色のマニキュアを塗った。

「あ」

サヤの手が止まる。彼女の目は、机の陰になった目立たない場所に貼られた、一枚の写真に向けられていた。梟会の四人を写したモノクロ写真だった。

「これ、誰？」

「ああ、地元の友達。梟会なんつって、四人で仲良かったんだよ」

「いい写真」

「あ、その右端の女の子、知ってるんじゃない？　朝露高校、弓道部だった。木田原ナオ」

「ああ、そういえば……見たことあるかも……もう一人は？　リツの隣にいる子」

「幼馴染み。スズメ。楡野スズメ。変わった名前でしょ」

「かわいいね……スズメさん」

「え、そう？　あ、そうだ、スズメが描いてくれたサヤの絵がある」

「えっ？」

リツは「確か、この辺に」などと言いながら、机の引き出しを探る。そして、一枚の絵を探し当て、サヤに手渡した。

その瞬間、電話が鳴った。リツは慌てて受話器を取る。相手はハルだった。スズメの部屋のカーテンを新しくしたいので、カーテン屋を教えてほしいという。

リツは土地勘のないハルのために、時間をかけて丁寧に説明した。

「なんでも電話してやって。俺、いますんで」

電話を切ったリツに、サヤは「誰？」とさりげなく聞いた。

スズメが描いた絵を、サヤはもうそっと元の引き出しの中に戻していた。

サヤの美少女ぶりをうまくとらえたスズメの絵。しかし、サヤはそれを見て喜ぶどころか、一瞬、険しい顔で睨《にら》みつけたことを、リツは知らない。

「スズメのお母さん」

リツはさらっと答えた。

「今、上京してきてて……。娘は仕事に忙しくて、部屋の掃除してるんだって。ウチのワコさんも、そうだったな。帰る日までずーっと、いろいろ俺の身の回りのこと、気にして」

「仲いいんだね」

「ん？　親と？」

「ううん。スズメさんと。だって、お母さんが電話してくるくらい」

「カーテン屋さん、どこかって聞かれたんだよ」

リツの顔は笑っている。サヤは拗《す》ねたように唇を尖らせた。

「なに、その嬉しそうな言い方？」

「だって、サヤ、ヤキモチ焼いてるから。こんなことは、めったにないから、楽しんでおく」

サヤはリツに飛びつくようにして、ぎゅっと抱きしめた。

「キミ、意地悪だね」

サヤは耳元でささやく。リツはサヤの顔を見つめ、愛おしそうに笑った。

「こうしてやる……」

サヤは強く強く抱きしめる。リツも同じ強さで抱き返した。

痛いぐらいに抱擁されて、サヤはうっとりと微笑む。

「大丈夫？　苦しくない？　息できなくない？」

「このまま死んでもいい……なんて」

リツの背中に、サヤはすみれ色の爪を軽く立てた。


上京して二日目、ハルは朝からせっせと掃除に励んでいた。忙しいスズメは掃除をする余裕もないようで、一見そこそこ片づいているように見えても、ベッドの下などからは、大量の埃とお菓子の袋などが次々に出てきた。

忙しいのは共同生活を送るボクテやユーコも同じなのだろう。主婦の目から見れば、共同スペースは掃除をしていないも同然で、ハルは娘の部屋だけでなく、共同スペースもせっせと掃除し、磨き上げた。

途中、炊事場の棚から、ハルは土鍋を発見した。彼女はスズメに送った大量のお米がそのままになっていたことを思い出し、土鍋でご飯を炊き始める。

つやつやと美味しそうなご飯が炊けた。

ハルはシャケ、タラコ、梅干といった定番の具材を買ってくると、せっせとにぎっていく。コンロであぶった海苔を巻くと、美味しそうなお握りが完成した。

ハルはお握りを仕事場に差し入れる。

スズメは横にいる菱本の目を気にしながら、「おかあさん」と固い声で改まって呼んだ。少し迷惑そうなスズメに、ハルは「邪魔やったかね？」と尋ねる。

しかし、菱本は「いえいえ、とんでもない！」とハルの手からお握りを受け取った。

菱本が差し入れだと、奥の仕事場に声をかけると、皆わらわらとやってきて、次々に手を伸ばす。秋風ももぐもぐと食べ、「うまいっ」と唸った。

大量にあったお握りはあっという間になくなった。

皆が食べ終わるのを見届けて、ハルはスズメの部屋に戻る。そして、古く日に焼けたカーテンを取り外し、新しいカーテンを掛けた。

まるで、青空を切り取ったかのような綺麗な青いカーテン。

柔らかな日差しの中、そのカーテンが風にひらりと揺れるさまを、ハルは満足げに眺めた。


すっかりきれいになったスズメの部屋の床に座り、ハルは大きなあくびをする。

首を左右にコキコキと動かす。さすがに疲れていた。

ふと、写真を貼ったコルクボードが目に留まる。ハルは自分の写真を一番目立つところに移動させ、これでよしと頷く。

ノックの音がした。スズメかと思ってドアを開けると、そこにはユーコとボクテの姿があった。

「おばさん、これ、ボクテと私から」

ユーコが封筒を差し出す。

「なんやろ」

にっこり笑って受け取ると、ハルはさっそく封筒を開けた。中にはイタリアンのランチコースのチケットが入っていた。

思いもよらぬプレゼントにハルは戸惑う。

「お握りすごく美味しかったです」

ボクテは心から言った。ユーコも頷く。

「それにおばさん、台所とか、綺麗にしてくださって。この家のことは、私たち三人でやるはずなんですけど、私たち、ぜんぜん、暇ないからさぼってばっかり……お礼です」

「そんなあ……」

その店は秋風と相談して決めたという。スズメとふたりで行くようにと、チケットは二枚入っていた。

「ありがと……」

思わずうるっときて、ハルは目を手でぐっと押さえる。

「あ、おばさん、あかんねえ。歳取ると、涙腺が弱なって……」

「お握り、私もすごく美味しかったです。関係ない話ですけど、私、母とうまく行ってなくって、再婚したんですよね、ウチの母。新しい父が来てからは、あんまり……」

ユーコがさみしそうな顔でうつむく。ボクテは「ぼくもそうなんです」と何かを諦めたような淡い笑顔を浮かべて言った。

「ほら、ぼくってこんなだから、ちょっと、親は、恥ずかしいっていうか……」

「そんなことないよ。いい子やない……」

ハルは心から言う。

「だから、なんていうか。その……」

うまく言葉にならず、ユーコはもどかしそうに首を振る。

「私たちからのお礼です」

「です」

ふたりは深々と頭を下げる。ハルは封筒を押しいただいた。

「ありがとう。大事に使わせてもらいます」

そして、ハルはふたりと同じぐらい、深く深く頭を下げた。


スズメが部屋に戻ると、ハルは帰る支度をしていた。

もう少し長くいる予定だったのだが、ウタロウから電話があって、帰ることになったのだという。大口の仕出しの仕事が入り、ハルの手が必要になったのだ。

つくし食堂が仕出しを始めたことをスズメは知らなかった。

商売があまりうまく行っているわけではないことは、なんとなく感じていた。しかし、食堂だけでは食べていけないほどだとは思ってもみなかった。

ハルはユーコとボクテからもらったチケットをスズメに見せた。

「明日、新幹線に乗る前に、あんたと行けたらいいと思って。仕事、忙しいか？」

そうハルに問われ、スズメは口ごもった。

明日は休みだった。しかし、スズメには先約があった。マサトとの二度目のデートなのだ。着る服も、履く靴も、持つバッグも、靴下さえも、もう決まっていた。

「ああ、仕事か。いいよ、仕方ない」

なんて言おうかとスズメが曖昧に言葉を選んでいるうちに、ハルは勝手に勘違いしてそう言ってくれた。

スズメは「ごめんっ」と言った。ハルの勘違いを、あえてそのままにしておいた。

スズメはハルに嘘をついたのだった。


朝、目を覚まし、スズメは天井を見上げていた。

今日はずっと楽しみにしていたデートだというのに、心が弾まない。重たく沈んだままだ。

ハルについた嘘が、ずっと重く心にのしかかっていた。

ギッとかすかな音を立てて、ハルが部屋に入ってくる。もう身支度を整えてきたのだろう。その手には、歯ブラシとタオルがあった。

「おはよう」

「あ、起きた？　おはよう。朝は、お味噌汁でも作ろうかね」

ハルがカーテンを開けようとする。

「あ、待って」

スズメが言うと、ハルはその手を止めた。

「おかーちゃん。このカーテン、昨日は夜でわからんかったけど、光があたると綺麗やなあ」

カーテンを通して差し込む光が、古ぼけた小さな部屋を、青の空間に変えていた。

「青がええかなあと思った。これから、暑なるし」

ハルはスズメのベッドに腰を下ろす。

「海ん中にいるみたいや。おかーちゃんと、海の中にいる」

スズメの言葉に、ハルははっと笑った。

ハルは手早くお味噌汁や出汁《だし》巻《ま》き卵を用意してくれた。東京の材料で作ったものなのに、それはやっぱり、ハルの、楡野家の味がした。

食器を片付けながら、ハルはスズメに仕事に行くように促す。

秋風たちに挨拶しなくてもいいのかというハルに、スズメは慌てて、「これから修羅場や」と言った。

「みんな、忙しいから。私から言っとくし」

嘘だった。今日はお休みで、オフィス・ティンカーベルには、誰もいない。それを知られまいと、スズメは嘘をついた。

「あっ、ボクテとユーコがくれた、イタリア料理のコースのギフトチケット、どうする？」

「あ、あれね。せっかくのみなさんのお気持ちやし、ひとりで行って、ランチいただいて、帰ろうと思って。食べてみたいし。ティラミス」

「……ひとりで大丈夫？」

「大丈夫やよ。大人やもん」

ハルは胸を張った。

秋風ハウスの玄関で、ハルは出かけていくスズメを見送った。

「ほんのそこまで、いくだけや。いいよ、見送らんでも」

「久しぶりに、行ってらっしゃいって言いたい。久しぶりにあんたのおかーちゃん、やりたいもん」

スズメはもうハルの顔がまっすぐに見られない。

「ほんなら、みなさんにくれぐれもよろしくね。修羅場やで、ご迷惑やから、覗かないで帰るね。おかーちゃん……みんないい人で、安心した。ボクテくんにもユーコちゃんにも、よろしくな。あ、イタリア料理の感想は手紙で書いて送るね。あんたも、体気を付けてね」

「うん……」

「あかんわっ。きりない。行って行って」

ハルは手で払うようにして、スズメを送りだす。

「おかーちゃん」

一瞬、本当のことを言おうと思った。嘘をついたことを謝って、一緒にイタリア料理を食べて、今度は自分がおかーちゃんを見送って……。でも、言えなかった。

「あんた、頑張んなさいよ。応援しとるよっ！」

いつものように笑って応えたかった。しかし、嘘は笑顔を歪め、スズメは痛みを堪えているような、情けない顔でハルに手を振った。

代々木公園のベンチで、スズメとマサトは並んで座っていた。それぞれ、ソフトクリームとコーヒーを手に、雑誌を見ながら、これから見る映画を選んでいる。

しかし、スズメは気もそぞろだった。

ソフトクリームはほとんど減っておらず、溶けかかっている。

「ああ、たれる」

マサトが引き取って、垂れさがった部分を思わず食べる。スズメは「あげる」と、ソフトクリームを見もせずに言った。

「……スズメちゃん、今日、なんか元気ないよ。ソフトクリーム食べないなんて、お腹とか具合悪いの？」

ソフトクリームを食べながら、マサトが尋ねる。スズメは時計をちらりと見た。もうすぐ一時になる。

イタリア料理店の中で、たくさんのフォークやナイフを前にがちがちに緊張しているハルの姿が浮かんでいた。二人連れや三人連ればかりの賑やかなテーブルの中で、ハルひとりがぽつねんと料理を食べている。

そんなイメージがデート中もずっとちらついて、気になって気になって仕方がなかった。

「マサトくん、ごめんなさい!!」

スズメはマサトに打ち明ける。ハルが今日帰ることも、ひとりでイタリア料理店に行ったことも、嘘をついたことも。洗いざらい聞いたマサトは、「なんで言ってくれなかったの?」と呆れるというよりは、不思議そうに言った。

「こっちの日にちは、ずらして良かったのに」

「マサトくん、引っ越しの準備で忙しいとこ、日にち出してくれたの知ってたし、私も締め切り前で、なかなか会えなかったし、何より……マサトくんに会いたかった」

スズメはしょんぼりと言った。

「お母さん、どこのイタリア料理屋さん?」

「青山だけど……」

マサトは時計を確認する。

「行こう」

マサトは戸惑うスズメの手を引いて、走り出した。

その頃、イタリア料理店ではハルが料理を堪能していた。

スズメの想像と違い、楽しそうにリラックスしている。そして、彼女の前にはリツが座っていた。カーテンが無事に買えたか気にして電話をくれたリツに、ハルはスズメの仕事が忙しく、これからひとりでイタリア料理店に行くと話した。それを聞いて心配したリツが、お供を申し出てくれたのだ。

その店は秋風が、イタリアンならここと決めているところで、サービスも味も一流だった。

慣れない客を威圧するような雰囲気もなく、ハルとリツはリラックスして料理を楽しんだ。

「あ……そうや、リツくん。スズメが恋をしてるらしくて……」

食後のコーヒーを飲みながら、ハルがおそるおそる尋ねる。リツは「ああ」という顔をした。

「ああ、聞いてる。あの子、リツくんには、何でも言うねえ。遠慮がない……ていうか」

「昔からそうなんで」

「あ……。ちょっと心配なんや、おばさん……。リツくん、気にしてやってくれる?」

「はい、大丈夫です。僕が、フォローします」

リツははっきりと言った。スズメを守るのは、リツにとってごく当たり前のことだった。スズメより一足先に生まれたのは、スズメを守るためだったのだなあと思うほどに。

「ほんと?」

ハルは声を弾ませた。

「助かる。離れとるで心配や……」

「そのために、僕、いますから」

少し入り口が騒がしい。そちらに目を向けると、きょろきょろしながら店に入ってくるスズメの姿が見えた。

スズメは「おかーちゃん」と泣きそうな顔でハルを呼ぶ。そして、やっとリツに気づき、怪訝そうな顔になった。

「あんた、仕事はどうした?」

ハルが尋ねる。スズメが答える前に、スズメの後からマサトがやってきて、ハルに向かってぺこっと頭を下げた。

「こんにちは。朝井《あさい》マサトです」

混乱した、気まずい空気の中でも、マサトだけはどこか違う星にいるようにのほほんとしていた。

イタリア料理店を出て、用事があるというリツと別れ、スズメとマサトは、東京駅まで、ハルを送っていった。

「悪かったねえ、デートの途中に」

申し訳なさそうなハルに、スズメは改めて嘘をついたことを謝った。

「そういう時もあるよ」

ハルはくすっと笑う。「本当に好きなんやねえ」というハルの言葉に、スズメは赤くなった。

ハルはマサトが気を利かせて買ってくれた飲み物と女性週刊誌を手に、無事帰っていった。

それからふたりはマサトが知っている中華料理店に行った。

もう心が痛くなるような嘘もなく、ようやくスズメはマサトとのデートに集中する。

いっぱい食べて、いっぱい話して、いっぱい笑って。

店を出る頃にはかなり遅い時間になっていた。

「美味しかった〜」

「でしょ？　わりといけるでしょ、あそこの中華。リツもくればよかったのに」

「……意地悪だね」

スズメはマサトの目を見ずに、さくっと言う。

マサトはきょとんとした目で、スズメを見た。何の悪意も、何の執着もない目だった。

「なんでもない」

ふたりはイルカ公園を横切っていく。公園はひと気がなく、静かだった。

スズメの左側にいることに気づいたマサトが、さっと右側に回る。

「あ……いつもマサトくん、私の右側に来てくれてて、気を付けてくれてたんだね。偶然かと思ってた」

「や、自分、今、忘れてたし」

スズメはふふっと笑う。気づかないぐらい、さりげないマサトの優しさがうれしかった。

「今日はありがとね。お母さんも喜んだ」

「ああいうのは、早めに言おうよ。こっちの都合は、どうだってなるんだから。家まで送るよ、もう遅いから」

スズメはふと足を止め、マサトの袖をぎゅっと握った。

スズメに袖を引かれ、マサトも足を止める。

不思議そうに小首を傾げるマサトに、スズメはうつむきながら言った。

「この手が勝手に……。まだ離れたくないって」

「スズメちゃん……」

「マサトくん……好きです」

顔を上げ、マサトの目を正面から見つめ、告白する。そのあまりにまっすぐな言葉を受けて、マサトの目が泳いだ。

「ごめん、スズメちゃん。自分、そういうつもりじゃなかったんだ」

「えっ⁉」

スズメは心底驚く。喜ぶ顔を見たいと言ってくれて、花火を一緒にしてくれて、いつも右側をさりげなく歩いてくれて。それなのに、どうしてそんなことを言うんだろう。わけがわからなかった。

「いやだ……マサトくん、好きだよ」

スズメはマサトの腕に抱き着く。

「離して」

マサトは断固とした手つきでスズメを引きはがした。いつだってふわんと笑って、スズメを見守ってくれたマサトの顔が、冷たく、よそよそしく見えた。

その顔を見たとたん、スズメの中で何かのスイッチが入った。

「いやだよ、マアくん」

スズメはマサトの腕にしがみつく。

「マアくんとかやめて。離してってば」

必死にしがみつくスズメを引きはがそうと、マサトはぐっと力を籠める。突き飛ばされる格好になったスズメは、どんと軽く尻もちをついた。

スズメはショックで凍り付く。

「大丈夫？」

気まずそうに眼を背けながら、マサトが手を差し伸べる。

スズメはさすがにその手を取ることはしなかった。自分で立ち上がり、何も言わず、歩き出す。

イルカ公園を出る頃には、もう涙は頬を伝い、首元を濡らし始めていた。

リツはユーコからの電話で、スズメの失恋を知った。

ユーコはスズメが過呼吸になるほど泣き続けていると暗い声で告げた。スズメが「リツに会いたい」とやっと聞こえるような声で言っていると聞かされ、躊躇なく、リツはすぐに行くと伝えた。

リツは電話を切るや否や、玄関を飛び出し、マサトの部屋のドアをノックした。

マサトは固い顔のリツを見て、すぐに事情を察し、無言で部屋に招き入れる。

マサトは引っ越しの準備中だった。ほとんどの荷物がダンボールに詰められ、運び出すばかりになっている。

「そんな顔、しないでよ」

せっせと本をダンボールに詰めながら、マサトは静かな声で言った。リツはマサトの手を押さえ、作業を止めさせる。

「ま、人の恋愛に立ち入るほど、野暮《やぼ》なことはないと思って、黙ってたけど」

「恋愛じゃないし」

「……じゃ、なんで。なんで、つきあったの?」

「つきあってないよ。一回花火して、今日、公園歩いて、その後、お母さん、新幹線まで送っただけ」

いつものふわふわとした柔らかなマサトの口調。しかし、リツは思わず強く拳を握った。

「……そいで十分なんだよ。あいつ、免疫ないから。マハジャロとかゴールドのお立ち台乗ってる女と一緒にすんなよっ」

気づけば、大きな声で吐き捨てるように言っていた。リツははっと手で口を押さえ、ゆっくりと息を吐く。

「あ、今のは、ちょっと、偏見だったかもしれないけど。マハジャロに悪かった……」

「一緒にしないために、はっきり言ったんだ」

マサトは静かに言った。

「自分、スズメちゃんのこと好きになりそうだった。いや、なってた? 十分の一くらいは、十分の三くらいは、半分くらいは、いやもっと、なってたかも?」

「乙女かよ。もっと、事実をわかりやすく」

「スズメちゃんに、好きって言われて、この子を、いま抱きしめたら、絶対に好きになる。抱きしめてキスしたら、もう百パーセント好きだよ」

「そいでいいじゃん。恋愛ってそういうもんじゃん」

マサトは首をひねった。

「自分さあ、リツくんみたいに真面目な人にはわからないかもしれないけど、遊びとかって感覚なくて、かわいいな好きだなあ、と思って、つきあうと、どんどん……」

リツは「わかった」とうんざりした顔で、マサトを遮る。

「その先はわかった。どんどん女の子が増えちゃうんだよな？ 犬みたいに。新しい犬飼って、次の犬が来たから、前の犬捨てる人いない、っていう理屈は、前に聞いた」

「そんなとこに、スズメちゃん、巻き込みたくなかった。スズメちゃん五人目の彼女は許されないだろうと思った」

「……えっ、今、お前、四人もいるの？」

「いや、たとえばってこと。いま、回り回って、フリー」

マサトはダンボールにガムテープで封をする。そして、ずるずるとダンボールにもたれるように座り、自分、リツを見上げた。

「……それに、自分、リツが大事だから」

「はっ？」

「リツは、東京に来て、一番にできた友達だから。自分、けっこう、人嫌いで、あんまり人とうまくいかないんだ。こう見えて。でも、リツのこと、吉祥寺に誘ってんだよ。

マサトの引っ越しが決まってから、リツは再三、一緒に住もうと誘われていた。留守を預かる家には、部屋が余っているらしい。しかし、リツは返事を濁していた。スズメの近くで暮らすことにあれだけ抵抗があったのに、離れるとなるとためらいがあった。

「こんな友達……友達って言っていいのかな」

いまさら、ふと不安になったように見上げるマサトに、リツは「どうぞ」と頷く。

「初めてなんだ」

「……で、それと、スズメとどう関係あるの？」

「リツの好きな人と、つきあえないよ」

「はあっ？」と腹の底から声が出た。

「何言ってんの？　お前」

「違うの？」

「……違うよ。俺には、サヤがいるし、スズメは、マサトが好きじゃないか！　現に！」

「お互いに気づいてないだけだよ、自分の気持ちに」

淡々と事実を指摘するような口調に、かっとした。

「はあ!?　何、その言い方、神様みたいに。何様なの？　自分が一番よくわかってるみたいなの!!　むかつく、お前が、俺とスズメを語るな！　俺とスズメの歴史を語るな」

肩で息をしながら、マサトをにらみつける。マサトは少し悲しそうな顔で、目を伏せた。リツははっと息と共に、怒りを吐き出す。

「ちょっと、俺、スズメ、覗いてくるわ」

マサトの目を見ずに、ぼそっと言って、リツは部屋を飛び出していく。

座り込んだままのマサトに、隠れていた猫がすり寄った。マサトが優しくなでると、猫はごろごろと喉を鳴らした。

秋風ハウスに帰ってきてからというもの、スズメはずっと泣き続けていた。

ユーコとボクテに話せば話すほど泣けてきて、あっという間にティッシュを一箱使い切った。

泣きすぎて過呼吸になり、ボクテに教えてもらった呼吸法で、なんとか息を整える。

薬が欲しかった。精神が安定する薬。ボクテは「秋風先生だったら、もってるんじゃない？　漫画家なんて、みんな心病んでるんでしょ」と暴言を口にし、ユーコから「差別発言」とたしなめられていたが、スズメが必要としているのは、リツだった。リツに会いたかった。スズメにとって、安定剤はリツなのだった。いつの時も。

リツが来てくれる。ユーコに言われ、スズメは泣きながら待ち続けた。でも、ただ待っていられなくて、スズメはハルに電話をかけた。失恋はひとりで抱えるには重すぎて、とにかく、痛みも苦しみもみんな洗いざらい話して、自分だけのものではないようにしたかった。

そこに、少し息を切らしながら、リツがやってきた。

「あ、来た！　リツ、来た！」

涙で腫れぼったい目をティッシュで押さえながら、スズメは電話先のハルに告げる。

ハルから、リツに代わってほしいと言われ、スズメは受話器をリツにぐいっと押し付けた。

「私、ティッシュなくなった。部屋で泣いとる」

そうリツに告げると、ずるずると部屋に戻る。

そして、新しいティッシュの箱を抱え、ベッドに這いあがると、スズメは丸くなって泣き続けた。

軽いノックの後、リツが部屋に入ってきた。

「スズメ……」

リツはベッドにそっと腰を下ろす。スズメはひっくひっくとしゃくりあげている。その度にビクンと跳ねる薄い肩が痛々しかった。

「おかーちゃん、なんやって？」

「東京、出て行こうかって」

スズメはびっくりして思わず、ベッドに埋めていた顔を上げる。

「大丈夫です。僕が、いますって言っといた」

ハルはスズメを心配していた。小さい頃、スズメは打ち上げ花火を見た日から、興奮して三日眠れなかった。そういう気持ちが強すぎるところを、ハルはよく知っていて、だからこそ心配していた。

「……息できなくなったの？　そんなにショックだった？」

リツが尋ねる。スズメはひくひくと息を乱しながら、答えた。

「そういうつもりじゃなかったって。ごめんって言われた。あんな苦しいごめん、を聞いたことがない。ごめんってよく切れるナイフみたいな言葉やな。思い出すと、胸が痛い」

スズメはまるで傷跡を押さえるように胸に手を当てる。

「リツ、裏貸して」

「裏？」

「表でなくて、いい。裏、背中」

リツがスズメの方に背中を向ける。スズメはそろそろと体を起こし、その背中に横向きにもたれかかった。涙で冷やされた頬に、リツの体温がじんわりと感じられる。

「怖い夢見ると、おかーちゃんの背中に、よう抱きついとった」

「俺は、お前のおかーちゃんか」

「リツの背中はあったかいな。よけい、泣けてくるな」

「そう？」

「ホッとすると涙出るな」

「そんなもんかね。三十六度ないけどね。平熱」

「低温動物やな」

「恒温動物だよ、スズメ」

「いくら泣いてもスズメの涙、なんつって」

リツは思わずクスリと笑う。そのかすかな震えを背中ごしに感じ、スズメは思わず微笑んだ。

「こんな時でも、リツが笑うと嬉しい。ホッとする」

「俺さあ、スズメ」

「ん?」

「多分、生まれて初めて聞いた泣き声が、スズメの泣き声なんだよな」

「どゆこと?」

「いや、お前の五分前に、同じ病院で生まれたから」

「あ……なるほど」

スズメは少し笑った。涙は止まらないものの、呼吸は次第に落ち着いてきた。

「……左の耳が聞こえんくなった時も、リツの横で泣いた」

スズメは河原で泣き続けた日のことを思い出す。左の耳が聞こえなくなって、ずっと泣けなかったのに、リツの前で初めて泣いた。「帰ってもいいぞ」と言っても、リツはただスズメの隣にいてくれた。スズメが泣き止むまで、ずっと。

「そんなことも、あったな」

「あったよ……」

あの時のように、リツはただ泣き続けるスズメの側にいてくれた。涙で背中がびしょびしょになっても何も言わず、貸し与えてくれた。

「涙、止まってきた」

まだじわじわと涙はあふれ続けているが、タガが外れてしまったような量ではなくなってきた。

「そりゃ、よかった」

ごそっと身じろぎした拍子に、リツの指が目に入った。スズメはリツの薬指だけにマニキュアが塗られていることに気づく。

「綺麗な色。すみれ色」

スズメがぽつんと呟くと、リツはちらりとすみれ色の爪を見て、屈託なく言った。

「ああ、サヤに塗られた」

「……ふう〜ん」

スズメは曖昧に相槌を打つ。すみれ色の爪を見ながら、リツが自分以外の女の子の名前を呼び捨てにするのを初めて聞いたとぼんやりと思った。

次の日、リツはマサトの部屋にいた。

誰かに話を聞いてほしいと思った時に、真っ先に思い浮かんだのがマサトだった。いや、正確に言えば、候補は他にいなかった。

こんな友達初めてだとマサトは言ったけれど、リツにとってもマサトはそういう友達だった。

マサトは昨日のことがなかったように、にっこりと笑ってリツを部屋に招き入れた。

リツは寄ってきた猫を抱き上げる。

引っ越しの準備はもうすんだようだった。

「一軒家だと、ミレーヌ暮らしやすいんだろうね」

「うん、それが一番にあったんだ。リツも気が向いたらおいでよ」

マサトはリツの抱いたミレーヌを愛おしそうに撫でる。

いい奴なんだよなあとリツは思う。だからこそ、なんだかもったいなく思えて、リツは普段は言わないようなお節介を口にする。

「な……お前、ちゃんとした恋しろよ。スズメ、泣いてたぞ」

「なんか相手ひとりに絞ってさ、ふられたら、自分ひとりじゃん」

「当たり前だろ」

「こわいよ。俺さ、なんか、弱いとこあるから、そういうのとつながってんのかな。ちゃんと、恋愛できないの」

いつものほわんとした笑顔が、なんだか泣きそうに見えた。

「マサトは優しいんだよ」

マサトはリツの言葉に頷かなかった。突然、猫がリツの腕の中でもがきだす。おろしてやると、さっとソファの下に消えてしまった。

「ねえ、リツ。リツはやっぱりスズメちゃんじゃないの？」

「いや、俺、考えたんだけど」

「考えたんだ」

考えたのだ。マサトに言われ、ほんの少し不安になって、サヤといる今を自信を持って過ごすためにも、ちゃんと一度考えようと思った。

「たとえばさ、あいつは、俺にとって、ドラえもん。世界の扉なんだ」

「すごいたとえだな」

「病気で左耳、失聴したときに、小人が踊るって言った。あいつの想像力と、生きる力はすごい。いっしょにいると元気が出る」

「じゃ、なんで？」

「ドラえもんなんだ。しずかちゃんじゃない。恋愛感情はない。恋愛感情はこれっぽっちもないんだ」

リツはきっぱりと言った。

「その全否定は、わりと失礼じゃないか、リツ」

「僕たちには出会いがない。生まれた時から一緒にいる。いや、生まれてすぐ出会ったともいえる」

「すげーっ、ロマンチックじゃん」

リツは肩をすくめた。

「生まれた瞬間から、横に転がっていたんだよ」

「覚えてんの？」

「いや、ワコさんが、いつもそう言ってたから。写真も残ってるし。あれ見たら、お前……」

「でも、リツ。『ドラえもん』という漫画はドラえもんがいないと成立しない。リツがのび太だとして」

「ガーン、俺はのび太か？」

「しずかちゃんより、ドラえもんをとった方が正解じゃないの？」

ドラえもんを例にしながらも、マサトの顔は真剣だった。リツは嫌そうな顔をする。

「えっ、いや、俺の人生アニメじゃないから。それ、俺、恋とか、結婚とかしないの？」

「いや、ほとんどの夫婦が、どうせ、何年もたつと、そのなんていうかしなくなるらしい。だったら、もう最初からなくたって」

「おいっ。待て。俺はまだ若い。若い芽をつむな。恋もしたいし、そりゃ、そういうことも人並みに……やがて子供……。子供とか欲しいかな、まだわかんないけど」

「……ま、そうか。そりゃそだな」

「うむ……」

同じ男として理解してくれたかと思いきや、マサトはいつの間にかまた姿を現した猫を抱き上げながら、にやっと笑った。

「でも、君たち離れられないよ。僕はそう思う。予言だ」

「予言をするな！　呪いをかけるな」

「呪いかよっ」

マサトは笑った。

「それに、俺は好きな人がいる」

リツは自分に念を押すように、はっきりと言った。

「サヤが好きだ」

マサトはもう何も言わなかった。ただ、何でも知っている神様のような微笑みをたたえて、猫を抱いていた。

リツのおかげで一度止まりかけた涙は、リツの姿が見えなくなった途端、勢いよくあふれ出した。三日経っても涙は一向にとまる気配がない。

仕事中、涙が原稿に落ちてしまうので、スズメは涙をせきとめるためのマスクを自作し、作業をしていた。いくら泣いても、マスクが涙を吸収してくれるようになっていて、これをつけてから、原稿を濡らすことはなくなった。

そして、なんとか仕事をやり遂げると、部屋に駆け込んで、ベッドに突っ伏し、マスクを外して思い切り泣くのだった。

ベッドで泣きながら、スズメは振られた瞬間のことを何度も何度も思い返した。「そういうつもりじゃなかった」と言うマサトにすがった自分。突き飛ばされ、尻もちをつく自分。そういう自分を思い出すたびに、惨めで惨めで泣きたくなる。

「カッコ悪い……最低……最悪……死にたい」

違うことを考えた方がいいことはわかっていた。しかし、何を考えても、何をしても、思いは、あの時に戻っていくのだった。

「スズメ……」

スズメを心配し、ユーコとボクテが部屋をのぞき込んで声をかける。スズメは顔を上げないままで「ごめん、ちょっとひとりで泣く」と答えた。

「わかった。何かあったら、言って。壁越しにでも、コンコンしてくれたら、すぐ来るから」

「ぼくも何かできることあったら、言って。明菜《あきな》ちゃんのいい曲、あるよ。いつだって、ぼくら、このボロい秋風ハウスにいるから」

ユーコとボクテはそう言って、ドアを閉じた。

ふたりの優しさがうれしかった。しかし、その優しさを受け取る余裕が、今はなかった。

スズメはベッドに突っ伏したまま、ピクリとも動かず泣き続ける。頭の下の腕が鈍くしびれてきても、スズメは同じポーズのまま、固まっていた。

コンコンとノックの音がした。

「だから……ひとりに……」

涙でかすれた声で言いかけて、スズメははっと息を飲む。

思うように動かない体を起こして、ベッドを滑り降りると、慌ててドアを開けた。

「リツ⁉」

来てくれたことが信じられなくて、スズメは半信半疑で名前を呼ぶ。

扉の向こうで、リツがうっすらと微笑んだ。

共同炊事場で、リツは手早くスープを作りはじめた。

豆腐と油揚げとベーコン、そしてマカロニが入ったコンソメ味のスープだ。美味しそうな匂いに、ユーコとボクテがやってきて鍋をのぞき込む。

「たくさん、作ったから、よかったら」

リツの言葉にユーコは「いいの？」と声を弾ませる。しかし、リツが「せっかくだから、みんなで食べようか？」と誘うと、ボクテとそろっていやいやと首を横に振った。

「スズメはリツくんを待ってたんだよ」

ユーコの言葉は、リツには大げさに聞こえた。ユーコも、ボクテも、そして、マサトも、誰もかれもが、スズメとリツの関係に意味を持たせようとしている。そんな気がした。

スズメの部屋で、リツはスープを器に注ぎ、スズメに手渡す。

スズメは一口飲んで「おいしーい」と顔をほころばせた。そして、リツが食べていないことに気づき、「リツは？」と尋ねる。

「俺は、食べてきたから」

「これ、いつも、ワコおばさんが作ってたスープやね。リツが喘息ひどくて、具合悪い時とか」

リツは何度かスズメの様子を聞くために、オフィス・ティンカーベルにこっそり電話をかけていた。スズメがほとんど何も食べずにいるとボクテから聞いたリツは、ワコのスープのことを思い出したのだった。

「あ……これ、知ってたっけ？」

「うん、スズメも食べたことあるよ。小学校ん時かな。リツが学校休んで、ノート持ってってあげた時に、ワコおばさんが、スズメちゃんもよかったらどうぞって。あ、なんか昔のことしゃべると、自分のこと、スズメって言ってまうな」

「……スズメは変わんないよな。何かあると、ゴハン食べられなくなって、嬉しいと、喜んで」

「おかわり」

スズメが器をリツに突き出す。リツは「あいよ」とちゃぶ台の上の鍋から、スープを注いだ。

「スズメは東京にいる時も、梟町にいる時も、変わらん」

「……リツは、もしかして、梟町を出て楽になったか？」

「スズメはそれ、ないの？」

「ない、どっちも一緒だ」

こんな弱っている時でさえ、その言葉は揺らがなかった。

「スズメは、自分が強いからな。どこに行っても、きっと変わらない。俺は、周りに影響されるんだ」

「……でも、だから、リツなんだな」

スズメはスプーンから手を離し、しみじみと言った。

「リツは雲みたいって思っとった。風の流れで形が変わる。ふわふわ。雲の上で寝たら、ふわふわで安心する」

「人を勝手にふとんにするな」

リツが笑う。その顔に、スズメはほっとしたように表情を緩める。そして、スープをすくい、ゆっくりと口に運んだ。

「美味しい……」

呟いてスズメははっと息を飲んだ。

「……リツ、爪」

スズメはリツの指をじっと見た。すみれ色に塗られていたリツの薬指の爪。その爪の上に、絆創膏が貼られていた。

「あ……なんか、自分だけうまく行ってるのもあれか、と思って。自粛《じしゅく》」

「……リツは優しいね」

スズメは笑った。そのまま泡になって消えてしまいそうな、ひどく淡い笑みだった。

失恋の直後、スズメは仕事がつらくてつらくてたまらなかった。早く終えて、部屋に逃げ帰ることばかり考えていた。しかし、日が経つにつれ、仕事が何よりの救いであることがわかってきた。目の前の原稿に集中している時は、心の痛みを忘れることができる。

次第に、仕事中に泣くようなこともなくなり、スズメは涙止めのマスクを外した。

仕事仲間であるユーコとボクテの存在も大きかった。

彼らは隙あらば部屋に引きこもろうとするスズメを、根気強く引っ張り出してくれた。共同炊事場でかき氷を作ったり、リラクゼーションルームでカラオケをしたり。忙しい合間を縫って、スズメが楽しめそうなことを次々に計画してくれた。

ユーコとボクテのあったかさのなかで、スズメの心にささった刺《とげ》も、次第にまあるくなっていった。

そして、一週間後、スズメはユーコとボクテと共に、喫茶おもかげでナポリタンを食べていた。

もうすっかり食欲は戻っている。店に入る時、マサトの思い出にちくんとぐらいは心が痛んだけれど、この店のナポリタンを食べたい気持ちが勝った。

「よかったよかった、スズメ、フツーに食欲出て」

ユーコがにっこりと笑う。スズメは答えがわかった小学生のように、片手をぱっと上げた。

「この後、ホットケーキとチョコパフェ行きます！　あ、みんなに、心配かけて迷惑かけたから、おごるよ。でも、千円過ぎた分は、自分で払ってね」

スズメが感謝しつつ、ちゃっかり釘を刺したところで、カランとドアのベルが鳴った。

「リツ……！」

まるで知らない東京の大学生みたいな顔で、リツが入ってきた。すぐ後ろから、そっと寄り添うようにサヤが入ってくる。スズメの目はまるで勝手にフォーカスしたかのように、サヤのすみれ色のネイルを捉えた。

「初めまして」

リツが紹介するより先に、サヤは笑顔でスズメに挨拶をした。スズメは慌ててぺこっと頭をさげる。

「初めまして……あ、私は、知ってて、ウチの学校であった弓道の試合、観に行ったから」

「ここ、ケチャップついてるよ」

サヤは自分の口元をとんとんと叩いた。スズメは慌ててナプキンで拭う。

サヤはくすっと笑って、「反対」と言った。そのやり取りに、横で聞いていたユーコの顔が一瞬強張る。しかし、スズメはサヤの微妙なニュアンスに気づくことなく、「ああ」と素直に口の反対側を拭った。

「どうも。弓道、インターハイに出た人って、有名で。弓射るところ、カッコよかったです」

「ありがとう。絵まで、描いてくれたのよね」

「あ……見たんですね、あんまりうまく描けてなくて」

「ううん、上手だったわよ」

サヤは綺麗に笑った。

「あ、あそこ空いてる」

リツが席を見つけた。サヤは小さく会釈して、リツの後に続こうとする。その時、ユーコがふたりの進路を遮るように、さっと立ち上がった。

「初めまして、私、彼女の友達で小宮裕子です。あっ、リツくん、この間はスープすごく美味しかった、ごちそうさま」

ユーコはわざと親し気に、リツに微笑みかける。そして、「スープ？」とリツに尋ねるサヤに向かって、無邪気な表情を装って言った。

「リツくん、スズメにスープ作りに来てくれたんです。そのご相伴《しょうばん》に、与《あずか》ったの」

「……へえ……料理なんかするんだ、知らなかった」

「しないよ、気まぐれ」

リツがさらりと言うと、サヤはリツの腕にそっと手を置いた。

リツとサヤが空いた席の方に移動したのを確認すると、ボクテははらはらとした表情で、ユーコに尋ねた。

「何？　ユーコちゃん。わざと波風立てるようなこと言って」

「気に入らない」

ユーコは腕を組み、憤然と言う。スズメはナプキンでまだ口元を拭っていた。

「もうついてないよ」

ユーコがイラッとした声で指摘すると、スズメはやっと拭くのをやめ、ホッとしたようにへらあっと笑った。

「綺麗な人よね」

ボクテが離れた席に座るサヤを、ちらりと見て言う。

「ううん、上手だったわよ」

ユーコはサヤの口調をそっくりまねて言うと、リツに微笑みかけるサヤをにらみつけた。

「なんで上から目線」

「上だからじゃない？　スズメより。女としてランクが」

ボクテはさりげなく毒を吐き、クリームソーダのサクランボをぽいっと口に放り込む。

スズメは「おいっ」とツッコんだ。

スズメはちらりとリツとサヤの席に目をやった。

ふたりは揃ってコーヒーを飲んでいた。リツは何も聞かずに、サヤのカップに二杯砂糖を入れてやる。

「ありがと。ブラック飲めないなんて子供ね」

そう言って恥じらうサヤに、リツは笑顔を向ける。そんなことないよと笑顔で語っていた。

スズメは慌てて、目を落とす。

「私、パフェやめよかな。お腹いっぱいになってきた」

「ほんと、スズメ、わかりやすい」

ユーコがやれやれといった口調で言う。スズメはわかったようなユーコの顔が憎らしくて、「えっ、何が」とむきになって言った。

離れた席では、リツとサヤが静かにコーヒーを飲んでいる。

「私にも、今度作ってよ」

甘いコーヒーを一口飲んで、サヤはずっと気にしていたことを、まるで今思いついたかのように言う。

「スープ」

「ああ、いいよ」

リツは笑顔でさらっと答えた。

リツはこういう時、延々と言い訳するのをダサいと思っていたし、何より、女の子の問い詰めてくる感じが苦手だった。だから、どうしても、答えは短くクールになる。リツの答えを受けて、サヤはにこっと笑った。そして、それ以上は何も言わず、ゆっくりとカップを唇に当てた。


アシスタントとしての仕事に追われながら、スズメたちは秋風塾の課題も熱心にこなしていた。

三人とも目標はプロの漫画家だ。アシスタントとして技術を磨くことも大事だが、オリジナルの作品が作れなければ意味がなかった。

秋風塾のメソッドは独特だった。秋風は弟子たちに、どんな構想があるか、今何を考えているかを聞く。そして、最近、実生活の中で気になったことを必ず発表させるのだ。どんな小さなことでもいいから、それを心に書き留めさせる。

その上で、それを物語に昇華させるという訓練をしていた。

なぜなら、秋風が最も大事に思うのが、オリジナリティとリアリティだからだ。彼は借り物の物語を決してよしとはしなかった。

その日の秋風塾でも、スズメたちはツインズが出してくれたお菓子を食べながら、気になったことを発表していた。

ボクテが発表したのは、三面鏡への恐怖心だった。

「ぼく、正面の顔には自信があるんです。でも、鏡って、一面鏡しか持ってない。この前、デパートのトイレに入って、そこが、男子トイレにまで三面鏡があって、左手から見た顔がぼくの知らないぼくの顔で、ああ、意外に、ぼくってないけてないのかなってこわくなりました」

ボクテの発表に秋風は満足そうにうなずく。

こうして自分の感情をむき出しにさせることも、秋風の訓練のひとつだった。恥ずかしがっていたら、そこから、抜け出せない。物語に昇華できないというのが秋風の持論だった。

秋風はボクテの話を受け、昔見たドラマの話をする。遊園地の鏡の館に入った美少女が、歪んだ鏡に映った自分を真実の姿だと思い込み、自殺してしまうというホラーだ。

「ま、持っていきようは様々だ。ボクテなりの物語を」

そして、続けて秋風はスズメを指名した。

「まさか、何も考えてないとは言わないだろうな。キミが大きな失恋をしたことは知っている。しかし、甘くはないぞ。キミのネタを言いたまえ。最近、心に突き刺さったことは？」

「……爪に」

ユーコとボクテが心配そうに見守る中、スズメはぽつりと言った。

「爪？」

「はい、リツの爪に、綺麗な、すみれ色の、ネイルが塗られていて……左の……左手の薬指です。一本だけ」

「サヤさんが、塗ったの？」

すぐにユーコが察して言う。スズメは頷いた。

「そう、一本だけ、ふざけて、きっとサヤさんが。この前、おもかげでサヤさんを見た時に、同じ爪の色でした。おそろい……」

「そういうのが、生きたエピソードだ！　どんどん、いただけ！」

秋風はすっかり興奮している。秋風はスズメの前にぐっと身を乗り出して尋ねた。

「楡野。その時、お前はどう思った？　その、リツくんの、すみれ色の爪を見た時」

「その指を、折ってやりたい！　と思った？」

ボクテもわくわくと目を輝かせながら、スズメを見る。

「どうなんだ？」

秋風が迫る。スズメは考えるように宙を見た。

「折ってやりたい、とは思わなかったけど……次にスープを作りに来てくれた時に、絆創膏が貼ってあって、リツは私が失恋したのに、自分だけうまく行ってるのは申し訳ないからって、自粛って言ってました」

秋風は顎に手を当てながらじっと聞いている。スズメは誰の顔も見ないで、自分の心をそのまま見つめるように話した。

「マアくんにふられたことよりも、何よりも、この一週間の中で一番、心に残った出来事は、リツの、一本だけの爪の色……です。私はこの先、マニキュアを塗りたいと思っても、すみれ色は、選ばない気はします」

「なかなか、いいじゃないか。正直でよろしい」

秋風は珍しくスズメを褒める。スズメは心細そうな表情で、秋風を見上げた。

「自分の心がわからなかったので、よけいに心に残りました。先生、自分の心を見つめ続けることが、創作の原点なら、これは苦しい仕事ではありませんか？」

「見つめている時はな。でも、それが美しい物語に昇華した時に、そして、読者が喜んでくれた時に、君のその心も癒されるのだ」

「スズメは傷ついたの？　リツくんの爪」

ユーコに尋ねられ、スズメはゆっくりと首を振った。

「わからない……」

本当にスズメはわからなかった。創作のためには、わかるまで見つめなければいけないのだろうか、とスズメは思う。漫画家にはなりたいけれど、このことだけは、ずっとわからないままでいたいような気もした。

梟会の四人が映ったモノクロ写真。さりげなく、しかし、大切に飾られていることがよくわかるその写真を、サヤはじっと見つめていた。

リツはビデオを借りにでかけ、リツの部屋にはサヤしかいない。

サヤは床にぺたんと座りながら、四人が映った写真の中で、ただ一点、スズメだけを見つめていた。写真の中でスズメは大きな口を開けて笑っている。その隣ではリツが今より少しナイーブそうな顔で笑っていた。

スズメの無邪気な表情を、サヤはじっと見つめ、そして、すみれ色の爪でその顔の上にバッテンを書いた。

サヤはふっとため息をつく。

「ただいま～」

鍵が回る音がして、リツが帰ってきた。

サヤは慌てて、写真から目を逸らす。

「『恋人たちの予感』、貸し出し中だったから、『レインマン』借りてきた」

リツはレンタルビデオショップの袋から、ビデオテープを取り出し、デッキにセット

である。

「あれ……？」

サヤはリツの爪に貼られた絆創膏に気づいた。それが、自分の印の上に貼られたものであることにも。

リツはすぐにサヤの視線に気づき、さらっと言った。

「あ、この前料理する時、取れちゃいけないって、絆創膏した」

「バカね。マニキュア取れないよ、そんなことじゃ」

リツの嘘を敏感に感じ取りながら、サヤは笑う。彼女の鋭すぎるセンサーに、「料理する時」という言葉が引っかかっていた。スープを作った時に、この人は絆創膏をした。リツの咄嗟の嘘から、サヤは瞬時にほぼ核心へと迫り、しかし、それを全部綺麗に隠して、笑った。

そして、ふたりはベッドにもたれるようにして座り、「レインマン」を見た。「レインマン」のエンドロールが流れる頃には、サヤはリツにぴたりと寄り添い、頭を彼の肩に乗せていた。サヤはリツのTシャツとジャージを借りて、着替えている。

親密な空気の中で、サヤは一本一本自分の指に触れ、その数を数えていく。そして、十本全て数え終わると、リツの左手を取り、その薬指に触れて、「十一」と数えた。

「私の、十一本目の指」

そう言って、絆創膏をはがす。

「出てきた」

たちまち姿を現したすみれ色の爪を見て、サヤはうっすらと笑った。

「こういうの、ウッとなる？」

「いや、俺、そういうの嫌いじゃないから」

リツはさらっと答え、立ち上がった。そのままキッチンに向かい、冷蔵庫を開ける。そして、水のペットボトルを取り出すと、ふたを開け、そのまま勢いよく飲み始めた。

「湿度高い系、大丈夫なんだ？」

膝を抱えたサヤが、リツを見上げながら尋ねる。リツは「いっそ、好きかも」と笑った。

「それこそ、恋愛の醍醐味《だいごみ》でしょ？」

「大人……」

「もっと、子供と思った？」

「……かな。可愛い顔してるから」

リツはサヤの前にしゃがみ、左手の薬指をサヤの前に差し出した。

「サヤの十一本目の指は、わたくしが持ってますので。いつでも」

リツは右手に持ったペットボトルをサヤに手渡す。サヤは無言でそれを受け取ると、当たり前のような顔で飲み干した。

うるさいほどにセミが鳴いている。気づけば、季節はもう夏に差し掛かっていた。

秋風ハウスの中庭には、菱本が手配した笹の葉が揺れている。

その日は、七月七日。織姫と彦星が一年に一度逢える日であり、スズメの誕生日であり、そして、リツの誕生日でもあった。

昼の早い時間から秋風がバーベキューの支度をする中、スズメたちは短冊に願い事を書いていた。

「君たちの欲はすごいな。ひとり、何枚書くつもりだ」

秋風は呆れ顔で言う。笹にはもう短冊が鈴なりになっていた。スズメは家族の健康を願い、漫画家になれるようにと願い、つくし食堂の商売繁盛を願った。そして、最後にもうひとつ願い事を書くと、神様の目に留まりやすいようにと、一番目立つところに結びつける。

中庭にはテーブルもセッティングされ、パーティーの用意が整いつつある。

次々と運び込まれる食材の中には、出版社からのお中元だという、最高級の松阪牛もあった。

「あっ、あれだ。せっかくだから、リツくんも、マサトくんも呼んでやったら、どうだ。あっ……」

珍しく気を利かせた秋風は、失言に気づき、はっとする。

スズメは微笑んで首を振った。もう、マサトの名前を聞いても、そこまで胸は痛まない。マサトのことを思って流す涙は、もう流しつくした気がした。

「じゃ、リツくんだけでも、呼んでやったらどうだ？　この肉、今日中に食べた方がうまい。あ、そいで、ついでに、ケーキ買ってきていいぞ」

「本当ですか？」

スズメの顔がぱっと輝く。秋風はいつになく優しい顔で微笑んだ。

「誕生日ケーキだ」

気前よくケーキ代を渡され、スズメはユーコと共にリツの部屋に向かう。

途中、目当てのケーキ屋ではしゃぎながらホールケーキを選んだスズメは、イルカ公園を横切るあたりから、妙に心細そうな顔になって、「リツ、いるかな」と、何度もユーコに尋ねた。

答えようのないユーコは、首を傾げるしかない。しかし、しばらく経つとまた、スズメは同じことを尋ねるのだった。

「今日、誕生日なんだ、リツも……」

「知ってる。前に話聞いたもん」

「あ、そうか、私、話したか」

リツのマンションが見えてきた。リツの部屋の窓を見上げ、スズメはポケットから笛を取り出す。そして、三回吹いた。

「リーツー」

スズメの声が住宅街に響く。しかし、しばらく待っても、リツが出てくる気配はない。

「いないな。デートかな、誕生日だし……」

スズメがぽつりと呟く。ユーコが「行こか」と促すと、スズメはどうしても諦められない顔で、「待って」と言った。

もう一度、三回笛を吹く。

「リーツー。お誕生日、おめでとう！」

やはり反応はない。窓は固く閉まったままだ。いないのだろうとは思った。でも、どうしても、スズメは言いたかったのだった。リツに、おめでとう、と。

スズメはユーコに「行こう」と告げ、淋し気な口調で言った。

「毎年、お誕生日おめでとう、言い合ってたんだ」

ユーコはうんと優しく頷いた。

ふたりは窓に背を向け、オフィスに向かって歩き始める。

その時、窓が開いた。

スズメがぱっと振り返る。しかし、そこからスズメを見下ろしているのは、リツではなかった。サヤが笑顔でスズメを見下ろしている。

「サヤさん……やってまった……」

スズメは思わず呟く。さすがのスズメも、サヤがいる時に、リツの部屋に行くのはまずいということはなんとなくわかった。

「リツに用？」

「いや、あの……」

「上がって、待てば？」

「えっ？」

「どうぞ、上がってきて！　玄関、開けるから」

サヤはやけに明るい口調で、強引に言う。スズメは戸惑いながらも、その有無を言わせぬ迫力に、リツの部屋に向かうしかなかった。

リツの部屋で、サヤはまるで自分の部屋のように、迷いない手つきでお茶をいれてくれた。

しかし、スズメもユーコもカップに手を付けない。

部屋には緊迫した空気が漂っていた。

「リツ、もうすぐ帰って来ると思うから」

これはなんだとスズメは思った。本能的に不穏な気配を察してはいたものの、それが何かはまだよくわかっていなかった。

「あっ、すいません、私、急いでるんだった」

スズメは慌てて腰を浮かす。しかし、サヤはスズメの腕をがっと摑んで引き止めた。

「話したかったの……！」

「え……」

「私、あなたと話したかったの」

サヤはずっと笑みを浮かべている。スズメはその笑顔が怖かった。蛇に睨まれた蛙のようになって、力なくすとんと座り直す。

「あの……一緒に暮らしてるんですか？」

ユーコが口をはさむ。サヤは脇役でも見るような目で、ユーコを見た。

「あ、私は邪魔でした……」

ユーコは首をすくめる。しかし、サヤは無視することはなく、淡々と答えた。

「一緒に暮らしてないよ。今日は、誕生日だから、来たの。ほら、そこにケーキの箱」

気づけば、床にケーキの箱が横倒しになっていた。

「喧嘩になってね。彼、出てったってわけ」

「彼……」

スズメがぼんやりと繰り返す。ユーコはケーキの箱を拾い上げ、横を縦にする。

「もう中見る勇気ないね……」

サヤは自嘲気味に笑った。

「あそこにさ、あれ貼ってあるじゃない？」

サヤは梟会のモノクロ写真を指差した。

「あれ、外してって言ったんだよね、私。そしたら、聞いてくれなくて。あれは、自分の大切な思い出であり、今も続く梟会だから、仲間だから、友達だから、これは外せないって」

話すほどに、サヤの声は大きく、ざらついたものになっていった。

「それで、リツの隣で、あなたが、なーんの悩みもないって顔したあなたが笑ってるんだよね。私、リツに私の知らない時間があることが、嫌なんだよね。それが過去でも」

「帰ります」

スズメはすっと立ち上がった。もう、サヤを怖いとは思わなかった。ただ、静かに腹が立って、このままでは、いらないことを言ってしまいそうだった。

「あのさっ」

サヤはもう怒りを隠さなかった。

「マグマ大使だかなんだか知らないけど、人の恋人、三回笛吹いて呼ぶのやめてくれないかなっ」

スズメはサヤの邪魔をしようなどとこれっぽっちも思ってはいなかった。ただ、自分が大事にしてきたことを変わらず続けたかっただけだ。その二つが相反するかもしれないということが、スズメにはまだよくわかっていなかった。

「こんなものが、あるから、いけないんだ！」

サヤが壁に貼られた梟会の写真に手をかける。そしてそのまま、破ろうとした。スズメは慌てて、サヤの手を摑んで止める。

「やめて！　それは、リツのお父さんが、ヤイチおじさんが撮った大事な写真！　ナオも、ブッチャーもいるし！　やめて！」

スズメとサヤは写真を取り合って、もみ合う。ユーコはその横でおろおろしていた。

「それに、帰ってきたリツが悲しがるから、そんなことするの、やめて！」

スズメの言葉に、サヤはキッと目を吊り上げ、声を荒げる。

「……リツが悲しがるって何なの？　あなた、リツの何なの？　何なの？　消えろよ！」

「消えらんないよっ」

スズメも気づけば怒鳴り返していた。

「その指の爪の色こそ、何なの⁉　なんで、リツの指にまで、マニキュア塗るの⁉　気持ち悪い！」

「はあ⁉　気持ち悪いって言ったね」

言葉の激しさが増すと共に、つかみ合いの激しさも増していく。ユーコは意を決して、ふたりの間に割って入った。

「やめろっ、スズメ、やめろっ。ほら、野生児！　岐阜の猿、やめるんだ！　サヤさんも！　いつものステキなサヤさんが、台無し」

「リツを返せ！　リツは私のものだ‼　生まれた時から、リツは私といたんだー！　リツを返せ！」

スズメの口から飛び出した言葉は、スズメも知らない言葉だった。心の奥底に、自分でも気づかないままに隠されていた言葉。それをスズメはほとんど無意識でぶつけていた。

「何言ってんのよ！　リツは、私のものだよ！」

サヤはスズメを突き飛ばす。どんと尻もちをついたスズメは、その拍子に、サヤの手にあった梟会の写真を摑み、破ってしまった。

「あはは、自分で破ってる。オウンゴールだ」

サヤは嘲笑するように笑う。

スズメは自分の手の中の半分になってしまった写真を呆然と見つめる。リツの姿がない、写真の残骸を。

その時、ドアが開いて、リツが入ってきた。

スズメとユーコがいることに驚いている。そして、リツはスズメたちの乱闘でやや荒れてしまった部屋を見回し、「えっ、何？　なにごと」と尋ねた。

「何事？　じゃないよ、この色男……」

ユーコはぶつぶつと呟きながら、倒れたものを直している。

リツはケーキの箱をテーブルにことんと置いた。

どっちが放り投げたかはわからないけれど、リツは崩れたケーキのスペアを買ってきたことに、スズメは気づく。さらに、ちらっと見えた左手の薬指の爪は、あいかわらずすみれ色で、スズメは、うっすらと自分の敗北を、この時、もう感じていた。

「帰ります……。お邪魔しました。うちらのケーキも溶ける」

スズメは固い声で告げ、よろよろと立ち上がる。

そして、すれ違いざまに、リツに告げた。

「リツ、お誕生日おめでとう……」

リツはおめでとうとは返してくれなかった。スズメも返ってくるとは思わなかった。

自分たちのケーキを手に、スズメとユーコが静かに部屋を出ていく。

ぱたんと扉が閉まった。

「リツ……」

サヤがリツに抱き着く。リツは優しく抱き留めた。

しかし、その視線は、スズメが出ていった扉に向けられている。

スズメをなくす予感に、その目は淋しく陰っていた。


十九歳の誕生日の夜を、スズメは秋風ハウスの中庭で迎えた。

年齢の数だけ蠟燭を立てたケーキを前に、スズメはうつろな目でぼうっと立っていた。

オフィス・ティンカーベルの人たちがハッピーバースデーの歌を歌ってくれているのも、ほとんど耳に入っていない。ユーコに「ほら」と肩を揺すられ、スズメははっと我に返る。

そして、慌てて、蠟燭の火を吹き消した。

みんなが拍手をし、口々に誕生日を祝ってくれた。

あくまで、これは七夕のパーティーだと頑なに言い張っていた、秋風も笑顔で拍手をしている。

スズメはなんとか笑みを浮かべた。

しかし、すぐにその目はぼうっとさまよい始める。

スズメの心は過去の誕生日に飛んでいた。

リツと合同誕生会を開いたものの、ひとりでキャンドルの火を全部消してしまい、リツを怒らせてしまった八歳の誕生日。

窓の下で笛を吹いて、「誕生日おめでとう」とリツに告げたら、むすっとした顔のリツが誕生日のプレゼントだと、色とりどりの風船を降らせてくれた十歳の誕生日。

やっぱり窓の下で笛を吹いて、「お誕生日おめでとう！」と告げたら、リツが「忘れとったわ」と笑った十七歳の誕生日。

そもそも、とスズメは思い出す。

リツがあの笛をくれたのも、誕生日のことだった。九歳の誕生日に、「これやる」といきなりくれたのだ。

「ふぎょぎょ！　笛！」

驚くスズメにリツは、父が蓼科《たてしな》に撮影旅行に行ったおみやげだと告げた。

「まさかの横流し⁉」

そう言いながらも、笛を吹いてみたスズメは、その音に顔を輝かせた。

「いい音！　これで、リツを呼ぶ！」

「なんやそれ⁉」

「マグマ大使や！　手塚治虫や。ウチに漫画ある！　おとーちゃんに教えてもらった！

マグマ大使は英雄や！」

「俺、英雄か⁉」

あの時の、リツのわくわくした顔を、スズメは鮮明に思い出す。

全部の誕生日にリツがいた。もちろんそうだ、必ずお互いに祝いあってきたのだ。それなのに、今、ここにリツはいない。

きっと、これからの誕生日にもいない。

取り分けられたケーキを見つめる、スズメの目が見る見る潤みはじめる。

「えっ、スズメちゃん。どうしたの？」

自分の皿にケーキを取り分けたボクテが、驚いて声をかける。

「感動しちゃった？　もしかして」

スズメはわっと泣き出した。

「ちょっと、私、すみません……」

涙に震える声で、何とかそれだけ告げると、自分の部屋によろよろと向かう。

後を追おうとしたボクテを、ユーコが止めた。

「そっとしといて。あとから話す」

ボクテは戸惑いながらも、頷く。

「大丈夫なのか？」

秋風に尋ねられ、ユーコは「あ、はい」と曖昧に頷いた。

うるさいほどだったセミの声が、いつの間にかだいぶ小さくなっている。

夜の気配が忍び寄っていた。


喫茶おもかげの時計は、深夜に近い時間を指している。

スズメはリツと向かい合って座っていた。

遅い時間のおもかげに、ほとんど客はいない。店はひどくしんとしていた。

スズメは電話でリツから呼び出されていた。

「話がしたい……」

そういうリツの声は、聞きなれたリツの声と違って聞こえた。

話がしたいと言ったのはリツの方なのに、リツは店で顔を合わせてから、ほとんど話していない。スズメは涙で赤い目を隠すように、じっとうつむいていた。

アルバイトの女の子がふたりの前にレモンスカッシュとコーヒーをことりと置く。その日、マスターの姿は店になかった。

リツはコーヒーに手を伸ばすこともなく、ようやく重い口を開いた。

「……帰ったら、梟会の写真が破れてた。サヤは、スズメが破ったって言った」

「こういう時、私がいい子ぶって、自分がやったって、言うのかもしれんけど、私は本当のことを言う。サヤさんがあの写真を破ろうとして、私が止めた。そして、つかみあいになって、そのひょうしに私が破ってしまった。オウンゴールやって笑われた」

スズメはなるべく公平にありのままに話そうと努める。しかし、どうしても、その言葉には、悔しさが滲んだ。

「サヤさんがなんて言ったかしらんけど、どっちを信じるかは、リツの自由や」

「スズメを信じるよ」

迷わずリツはそう言った。スズメの顔がほんの一瞬、ぱっと明るくなる。

「スズメの言う通りなんだと思う。サヤは、スズメにやきもち焼いてるんだ」

「……私だけやない。梟会にも。サヤさんは、リツに自分の知らない時間があることが、嫌だって言ってた」

サヤがそう言うことは意外でもないのだろう。リツはスズメの言葉に驚かなかった。

「恋って、こわいな。そんなになってしまうのか……」

スズメはストローでレモンスカッシュをぐるぐるとかきまわした。細かい泡が上に上がっては消えていく。

「私には、わからん。……でも、サヤさんと喧嘩してたら、自分も怖くなった。何やるかわからん。人ってこわいな」

スズメはレモンスカッシュを一口飲んで、「すっぱ」と言った。

「サヤに、リツは私のものだ、返せって言ったの？」

慎重な口調でリツが尋ねる。スズメは目を伏せて、正直に答えた。

「……言った」

「それアウトっしょ」

「リツは、サヤさんのものか？」

「誰のものでもないよ。俺は俺だよ。サヤのものでも、スズメのものでも、言ってみれば、俺産んだ、ワコさんのものでもない」

スズメは思わず笑った。

「ここで、ワコおばさん、出てくるか」

しかし、リツは笑わなかった。

「厳密にはね。でも、スズメが、リツは私のものだ、ってサヤに言ったら、もう駄目だよ」

「取られると思うと、返せって言っとった。私は、いつもリツの隣におった。小学校のお誕生会でも、梟会でも、教室でも、リツの隣は、私の場所やった！　なんで、なんで、あの子が、リツの部屋におる」

リツの言っていることはちゃんと頭ではわかる。でも、話すほどに、理不尽だという思いがどんどん強くなって、スズメは声を詰まらせる。涙が滲んだ。

リツはじっとスズメを見ていた。うんざりした優しい顔でずっとそばにいてくれたリツとは違うリツだった。そばにいるのに、そばにいる感じが少しもしなかった。

「なんで、私さっきから岐阜弁や。標準語喋れるようになったし、漫画のためには、そうしろって、いつも秋風先生に、注意される」

スズメはティッシュを取り出し、盛大に鼻をかんだ。

「これからは、標準語でしゃべる」

「お前、俺を、笑わせようとしてるの?」

リツは眉一つ動かさずに言った。スズメは首を振る。

「それは、ない」

本当は自分でもわからなかったけれど、否定しなかったら、本気で呆れられてしまう気がした。

「この町を越そうと思う」

リツが静かに言った。

「スズメと距離を置くためだ」

「そうか」

「サヤを傷つけたくないんだ。サヤが好きだ」

リツは言わなければいけないことのように言う。スズメは零れ落ちそうな涙をぐうっと奥歯を噛んで堪えた。

「……私は、私は、ただ、今までと同じように、リッといたかった。リッにそばにいて欲しかった。リッのそばにいたかったよ」

「……そのつもりだったよ！　ルール破ったの、そっちじゃんっ。そっちじゃないか!?」

リッは声を荒げると、どんとテーブルを叩いた。口も付けていないコーヒーが少し零れて、受け皿を汚した。

「リッ、私、発見した」

今度は、スズメが静かに言った。

「何？」

「私、リッがキレても、全然、こわくない」

むしろ、さっきよりも気持ちは落ち着いていた。リッは震える息を吐く。

「泣いてるの？」

「……泣けてきたよ。でも、笑ってみたりして」

リッは綺麗に笑った。

「なんで笑うの？」

「この顔が、スズメに最後に残る俺の顔だから」

「……笑いながら、ひどいこと言うね」

「スズメが悪いんだ。俺たちは、一番、近い友達だったんじゃないのか？　親友だったんじゃないのか？　そういうのは、大切に扱わないと手に入らないもんなんだよ。なんなら、恋人なんかよりも……」

「私には、難しいことはわからない」

「難しいこと、わかれよ」

リツはどこか哀願するように言った。

「もう、今までみたいにはいかない」

「リツには、私が必要じゃないのか……」

質問のような、ひとりごとのようなトーンだった。リツは少し口をゆがめる。

「何言ってんの。スズメだって、ここで、マサトにチョコパフェ作ってもらって、恋に落ちたんじゃないの？」

「取り調べ？」

「どうなの？」

思いがけず、リツが刑事ドラマの取調官のような口調で言う。

「意外に私、魔性？」

「いや、誰も落とせてないから」

「こうして、笑ってると」

「笑ってないよ」

リツはもう笑っていなかった。

「笑ってよ、リツ。最後なんでしょ？　笑顔を見せてくれ」

スズメの言葉に、リツはにこっと無理矢理笑い、そして、「アホか」と呆れたように言った。

小学校の時のままのふたりが、大人ぶって、必死で大人の会話をしているみたいだった。

スズメは自分が何歳かわからなくなる。

「あの頃と何にも変わってないのに、何が変わっちゃったんだろう」

「……もう子供じゃいられないんだよ」

スズメはもうわからないとは言わなかった。わからないなりに、受け止めて、わかろうと思った。

「リツがいなくなると思うと、私は立ってる地面がなくなってまうみたいや」

「……岐阜弁、戻っとる」

つっけんどんに言うリツも、岐阜弁が少し戻っている。ふてくされた優しいリツの顔を、スズメはその日初めて見た。

「地面がすっぽりなくなってまう。こわい」

「……遅いよ、スズメ。もう、遅い」

その時、アルバイトの女の子がすまなそうに、閉店だと告げた。

「うちに来て話す？　つづき……」

スズメが尋ねる。もう遅いことはわかっていたけれど、言わずにはおれなかった。

リツは固い顔で黙っている。スズメは力なく笑った。

「つづき、なんかないか。お終いか」

「……送るよ」

リツがさっと立ち上がって、言う。スズメものろのろと立ち上がった。


おもかげを出て、ふたりは黙々と秋風ハウスへの道を歩き始めた。

空には雲一つなく、月がやけにくっきりと見えた。

「かわいい靴、履いてる」

沈黙を破って、リツが言う。スズメはちらりと自分の靴を見下ろした。

「いつも、履いてるやつだ」

「……あれ、そうか」

「そんなこといつも言わないじゃん。サービスかよ」

「なんで、サービス……」

言いかけてリツは口をつぐむ。最後だからだ。スズメもリツも口には出さず、その言葉をかみしめていた。

また、沈黙が下りた。

スズメは空を見上げる。大きな月が、まるでついてきているみたいに、近くに見えた。

「リツ、最後にひとつだけワガママ聞いてくれ」

「何」

「思い出ごっこしよう」

リツはちょっと笑って、「何だよ、それ」と言った。

スズメは構わず、真っ先に頭に浮かんだリツとの思い出を口にする。

「糸電話！　川挟むやつ」

「やった……」

思い出してリツは微笑む。

スズメはゾートロープ、ともしび、卒業式と次々に単語を挙げていった。

単語だけなのに、思い出がぶわっと蘇って、たまらない気分になる。

「スズメの晴れ着」

自分でも言いたくなったのか、リツが単語を挙げる。

晴れ着で初詣に行ったスズメは、その足で、大学受験を控えたリツに、大吉のおみくじを届けにいったのだった。今度はスズメが、懐かしさに目を細めた。

「マハジャロ」

スズメの挙げた単語に、リツが「この間じゃん」と抗議の声を上げる。しかし、スズメは首を振った。

「思い出に、順番はなくなるから」

スズメにとっては、マハジャロももう大切な思い出だった。

スズメとリツは思いつくままに、思い出を挙げていった。それはまるで記憶のお手玉だった。相手が単語を挙げる度に、思い出が次々に蘇る。

それは、秋風ハウスに着くまで続いた。

「着いちゃった」

プテラノドンのいる中庭で、スズメは立ち止まり、リツを見上げた。

プテラノドンのすぐ横では、七夕の短冊が揺れている。スズメも、リツも、自分の誕生日のことを、改めて思い出した。

「お誕生日、おめでとう、スズメ」

リツは腕時計を確認し、申し訳なさそうに言い足した。

「三分、過ぎたけど」

「ありがとう。バイバイ、リツ」

スズメはリツに背を向け、秋風ハウスに向かって歩き出した。

「最後は、見送らせてよ」

リツはスズメの背中に向かって言う。スズメは、背中を向けたまま、手を上げた。

「これ、一回、やってみたかった。ハードボイルド?」

「言いたいことはわかる」

ふざけたことを言いながら、スズメは一度もリツを見ない。見られなかった。前を向いたまま、彼女は静かに泣いていた。

「バイバイ、リツ」

「さよなら、スズメ」

さよならという言葉の重さに、スズメは耐え切れなくなって、走り出す。

リツはスズメの姿が、見えなくなるまで見送った。

さあっと風が吹き、七夕の笹を揺らす。たくさんの短冊ががさがさと存外に大きな音を立てた。

ぼんやりと笹を眺めたリツの目に、藍色の短冊が飛び込んでくる。

一番目立つ場所に飾られた、藍色の短冊。それは、スズメのものだった。

（リツがロボットを発明しますように!!）

その言葉を見た瞬間、リツはその短冊をちぎり取っていた。

生まれてすぐに出会ったスズメと、十代最後の夏に離れることになったリツは、最後に、スズメの夢を一枚だけ、盗んだ。

七夕の次の日、オフィス・ティンカーベルはお休みだった。

スズメはぽっかり空いた空洞のような目で、膝を抱えていた。

心配したユーコがコンビニで、スズメの好きなソーセージマヨパンを買ってきてくれた。

　ユーコと話している間にも、急に思いがこみあげてきて、スズメは声を上げて泣く。

　ユーコはそっと抱きしめ、背中をさすってくれた。

「リツをなくして、地面をなくした。立ってるのも大変なんだ……」

「……落ち着かないね」

「息をするのも、苦しい。息をする度に、泣いてしまいそうだ」

　ユーコは優しく背中をさすりながら、はあっとため息をついた。

「なんだろ、このデジャブ感。バリエーションは違えど、二回目な感じ。ダブルで来たってことか……」

「ダブルとは？」

「スズメ。言いたくはないが、スズメがマアくんにふられた日が、六月の終わり、そして、リツにふられた日がきのう七夕。二週間で二回ふられてる」

　スズメは顔を起こし、涙で真っ赤な目を呆然と見開いた。

「ホントだ。ダブルだ。気が付かなかった。二週間に二回、一週間に一回、このままで行くと、私は、死ぬまで何回ふられることになる？」

　そう言いながら、スズメはユーコが買ってきてくれたソーセージマヨパンの袋を開けた。

「あ、食べるの？」

ユーコは少し驚きながらも、コンビニの袋から牛乳を出してやる。

スズメはもぐもぐとソーセージマヨパンを頬張り、三角牛乳を飲んだ。

そこに、ボクテがおずおずと入ってきた。

「大丈夫？　スズメちゃん。ぼく、本当のこと言うと、スズメちゃんとリツくん、絶対くっつくと思ってたんだよ」

「私も本当のこと言うと、そう思っていた」

あっという間に、スズメはもぐもぐと半分ほどパンを平らげ、小さく首を傾げる。

「ような気がする。ボクテ、メロンパンちょーだい」

「あ、いいよ……なんで、買ってきたってわかるの？」

「ボクテ、メロンパン好きだから」

ボクテはすぐに自分の部屋からメロンパンを取ってきた。スズメはソーセージマヨパンの最後の一口を、牛乳で流しこみ、続けて、メロンパンを口にする。

「ちょっと、スズメ大丈夫？」

あまりのペースに、思わずユーコが言う。スズメは食べる手を止めずに頷いた。

「私、マアくんと、リツとどっちが好きだったんだろう」

「それ悩まなくていいよ、スズメ、どっちにもふられたんだから」

ユーコに言われ、スズメは「まーな」とぼんやりした口調で言った。

その後もスズメは自分の中の空っぽな部分を埋めるみたいに、食べ続けた。

狂ったような食欲が、スズメの悲しみの深さだった。

プテラノドンのいる中庭で、スズメはユーコとボクテと三人でお昼休憩を取っていた。異様な食欲はまだ続いている。何かを食べている時だけ、少しだけ安らいだ気分になった。

「……最後に、リツ、ここまで送ってくれた」

スズメが言うと、ユーコもボクテも「聞いた」と口をそろえた。少なくとももう十回はユーコたちに話している。スズメはゆるゆると首を振った。

「まだ、しゃべっとらんことをしゃべる」

なんとなく岐阜弁になっていた。

「最後に、今までの思い出を言い合った。いっしょに思い出してもらった……ほしたら、思い出したら、あの時、リツがこう言った。あの時、こんな風に笑った。一緒にお好み焼き食べた。卒業式から抜け出した……いっぱいあったんやけど」

ユーコとボクテはうんうんと聞く。

「でも、気が付いたんだ、私」

今度はなんとなく標準語になって続ける。

「触れた記憶が少なかった。さわった記憶がない。それが私とリツや」

「手もつないだことないの？」

ユーコが尋ねる。スズメは頷いた。

「ない。小さい頃はあったかもしれん。忘れた……」

「触れたいとも思わなかったの？」

　ボクテに問われ、首を捻る。

「よ〜わからん。マアくんのことは、触れたいと思った。ホントに好きだった」

「きっと、それは、恋だ」

　ユーコがやさしく言う。

「リツくんとスズメは、もっと深いところで繋がってたんだよ。恋なんかより、もっともっと深いところで」

「……それは、何色？」

　スズメの質問に、ユーコは考え込む。

「色⁉　色、と来たか。色は、ちょっと、わからん」

「今、ユーコが言ってくれたみたいに、思っとったのは、私だけやったかもしれん。リツの心は遠かった。触れんかった。歩いても歩いても、たどり着けんかった……」

　気づけばボクテがメモ帳を開き、猛烈な勢いで手を動かしていた。

「ボクテ、何やってるの？」

「あ、ごめん。スズメちゃん、自分で気づいてないかもしれないけど、あんまりいいこと言ってるから、忘れないようにメモしてた！　これ、絶対、使えるよ。ネームにすればいいよ！」

「……秋風先生が……描けって……漫画描けって」

ボクテの言葉に、スズメは秋風に言われたことを思い出す。

仕事中、急に気持ちがこみあげてきて、トイレに駆け込んで、何度も泣いた。トイレから戻る途中、秋風に呼び止められ、怒られるかと思ったら、彼は「描け」と言ったのだった。

(泣いてないで、いや、泣いててもいいから、描け、漫画にしてみろ。物語にしてみろ。楽になる。救われるぞ。創作は、物語を作ることは、自身を救うんだ。私は、そう信じてる。物語には人を癒す力があるんだ)

秋風の真摯《しんし》な言葉は、スズメの心に触れたけれど、動かすまでには至らなかった。スズメの心はびくともしないほど重く、すっかりくたびれていたのだ。

「描いたらね、忘れられる……とは言ってないな。楽になるって。救われるって。物語には、創作には、人を癒す力があるんだって……」

「人を癒す力……」

ユーコが呟く。

スズメはボクテの書いたメモにぼんやりと目を落とした。

秋風塾でのレクチャー中、秋風はスズメたち三人に、これから彼がいいと思う作品があれば、随時、月刊ガーベラに持ち込むと告げた。

いよいよ、本格的に、プロを目指した創作が始まるのだ。ユーコとボクテは真剣な目で頷く。スズメだけがひとり打ち沈んだままでいた。

ネタ出しの時間になった。秋風はスズメを真っ先に指名する。

「月が屋根に隠れる」

その言葉は、スズメの口からするりと滑り出た。

秋風は、「おっ、いいタイトル」と興奮気味に、ホワイトボードに「月が屋根に隠れる」と書く。

「どんな話だ？」

「男女が別れ話をしていると、月が見えていて……」

「いつになく大人っぽいね」

「女性は、ずーっと目の端に月がひっかかってるんです」

「月は、満月か？」

スズメは記憶の中の夜空を思い出す。

「満月、に近い……。なんか、つくりものみたいな、ペカペカした月で……ウサギが餅つきそうな感じです。ふたりは、小さい頃からの自分たちの思い出話なんか、してるんです。最後に、暗くなりたくなかったから。楽しい気分で別れたかったから」

秋風はもう相槌も打たず、黙って聞いている。スズメは夢中になって話し続けた。

「私は、リツに、あ、見て、月、綺麗だねって言えなかったんです……」

架空の男女で話し始めた話が、いつの間にか、自分とリツの話になっていることに、スズメは気づいていない。

ボクテが小さく「なんで」と尋ねた。スズメはじっと考え、「思い出しばりだったから?」疑問形で答えた。

「思い出、しか言っちゃいけない。今のことは言っちゃいけないような……。もうふたりの思い出、増やしちゃいけないような……? なんか、言えなかったんです。今まで思ったことは何でも彼に言ってたんですけど……」

スズメはふっと言葉を切り、恐怖に目を見開いた。

「どうした⁉」

すかさず、秋風が尋ねる。スズメは涙目になりながら、ぼんやりと言った。

「彼……なんて呼んだら、リツが、遠くに行ったみたいで、今、ゾッとしました。彼ってなんですか? 私、本当にひとりになるんですね?」

秋風はがっとスズメの両肩を摑んだ。

「楡野! 今だ! 今、描け! お前は絶対、いいものが描ける!」

「えっ?」

「お前、才能がある‼ これは神様がくれたチャンスだ‼ いや、リツくんがくれたチャンスだ!」

「……リツ……あ、今、リツって口にしたら悲しい……。頭の中で思うだけより、ずっと……」

切なげに言葉を継ぐスズメの口を、秋風の大きな手が乱暴にふさいだ。

「もう、しゃべるな！　スズメ。もったいない。しゃべらなくていい！　漫画にするんだっ」

スズメがしゃべる言葉は、秋風の手にせき止められ、むぐむぐと不鮮明なうめき声になる。スズメは秋風の手をどうにかして引きはがし、自由を取り戻すと、ぜいぜいと息を切らせた。

「それを、描け！」

「鬼……！」

スズメが叫ぶ。秋風は真剣なまなざしでスズメを見た。漫画のために家を焼いたとき、そんな目をしていたんだろうと思うような、怖いぐらいの強い目だった。

「鬼上等！　描くんだ」

秋風は少しも目を逸らすことなく、スズメを見る。気づけば、スズメも真剣なまなざしで、秋風を見返していた。

自分の部屋で、スズメは机に向かい、白い原稿用紙を見つめていた。

秋風に向けた時と同じ、怖いぐらいの真剣な目は、白い原稿用紙を通し、何かを見つめているようでもあった。

身じろぎ一つせず、じっと原稿用紙と対峙していたスズメが、突然、がっと鉛筆を摑んだ。

そして、下書きもネームもない状態で、真っ白な紙に、いきなり漫画を描き始める。リツに漫画を描いたらどうかと言われ、何も知らないまま、夢中になって描き上げた最初の漫画。あの時と、まったく同じやり方で、スズメは自分の全部を注ぎ込み、自分の世界を描き始めた。

一九九五年　東京

時計を見ると二時半を指していた。

しかし、スズメはそれが夜の二時半なのか、昼の二時半なのかすぐにはわからなかった。仕事場には分厚いカーテンが引かれ、昼も夜も二十四時間誰かが働き、常にこうこうと電気がついている。

それに、スズメはもう何日も仕事場から一歩も出ていなかった。

「ユカちゃん、ここパース、甘い。マルちゃん、ここにトーンを」

ふたりのアシスタントに短く指示を飛ばし、自分はメインキャラにペン入れをしていく。

しかし、しばらく描き続けたところで、突然、限界が来た。

「寝る」

スズメはがたっと立ち上がり、アシスタントに宣言すると、ふらふらと仮眠室へ向かう。そして、吸い込まれるように、布団に倒れ込んだ。

「何時に起こしましょう」

慌てて仮眠室にやってきたユカが確認する。渋々、薄目を開けたスズメは、「もう、起きない」と言い張った。

「ユカちゃん、私は眠れる森の美女だ。王子様のキスでしか起きない」

「先生……」

ずっと王子様がいないうちに、先生はちょっとおかしくなってしまったと、ユカは思う。そんなことをアシスタントに思われているとも知らず、スズメは「冗談」と真顔で言うと、置時計を確認し、「三時半に起こして」と告げた。

起きるのが夜の三時半か、昼の三時半かはよくわからないが、今は一時間以上寝ることが許されないスケジュールであることだけはよくわかっていた。

寝る、起きる、描く、食べる、寝る、起きる、描く。

スズメの時間は数珠繋《じゅず》ぎだった。一日、一日の切れ目もない。あるのは、締め切りという区切りだけだった。

番茶もギリギリ出るかどうかという二十四歳。スズメはプロの漫画家になっていた。

五年前、「月が屋根に隠れる」を猛烈な勢いで描き始めた時、スズメは自分がすぐにプロになれると疑っていなかった。秋風に才能があると言われたのだ。漫画に対する情熱もあった。

しかし、描き上げた漫画は、ダメ出しの嵐だった。百回以上描き直してもＯＫが出ない。スズメが足踏みをしているうちに、ユーコが先にプロデビューを果たした。大御所の原稿が落ちてしまい、そのピンチヒッターということで、彼女のラブコメディ「5分待って」の月刊ガーベラ掲載が決まったのだ。担当がついた彼女は、連載を目指して頑張り始めた。

ユーコに先を越されたことで、スズメとボクテも一層、新人賞に本気で取り組むようになった。同年代の学生たちが、夜な夜な合コンを開き、シーリングファンが回るオシャレな店で、モスコミュールやソルティドッグやスプモーニなど舌を嚙みそうな名前のものを飲んでいたころ、スズメたちはただひたすら漫画を描き続けた。

そして、新人賞に応募する直前になって、スズメは「月が屋根に隠れる」を諦め、別作品に取り組むことを決めた。描き直しすぎて、スズメはもう何が面白いのかもわからなくなっていた。「月が屋根に隠れたから、なんだ?」とツッコみたい気持ちにもなってきて、「一瞬に咲け」というカメラオタクの女子高生と走り高跳びをする男の子の物語に勝負をかけることにした。

ちょうどその頃、スズメは「神様のメモ」のアイデアを譲ってほしいとボクテに拝み倒されていた。そのあまりに切実な様子に、スズメはつい了承してしまった。

ボクテとスズメの選択は、最悪の結果を招いた。

その頃、ボクテは母親から「ゲイとやらも、漫画とやらもやめて」呉服屋を継ぐようにと、強いプレッシャーを受けていた。ついデビューを焦ったボクテは、月刊アモーレという他誌の編集者の口車に乗り、「神様のメモ」を発表してしまったのだ。「神様のメモ」は、雑誌のカラーに合わせ、セクシー路線に大幅に変えられていた。

そして、そのことが発覚した日に、ボクテの新人賞受賞の連絡が入ったのだった。

秋風はボクテの裏切りを許さず、破門にした。新人賞の受賞も辞退させた。

秋風は、秋風を信じず、そして、自分自身の才能を信じなかったボクテに怒っていた。そして、「神様のメモ」のアイデアを、やすやすと渡したスズメにも腹を立て、彼女にも破門だと言い渡した。

「なんだ、お前は、神様か!? 天才か!? そんなものは、いくらだって浮かぶか？ プロ同士でネタの貸し借りはご法度《はっと》だ！ いいか、喉から手が出るくらい、そのアイデアに飢える時がくる。プロになるってのは、そういうことなんだ。締め切りまでに必ず描かなくてはいけない。何も浮かばなかったら、ジ・エンド。お前の漫画家人生は終わる」

スズメはボクテと一緒に、すぐさま秋風ハウスからも退去するように命じられたが、ボクテの必死のとりなしで、なんとか首の皮一枚つながった。

そして、ボクテが秋風ハウスを出ていった後、スズメは新人賞受賞の連絡を受けたのだった。ボクテが辞退したことによる、繰り上げ受賞だった。

そんな、棚ぼたな受賞ではあったが、デビューはデビューだ。上京して二年。二十歳の夏に、「一瞬に咲け」で、スズメはとうとう漫画家デビューを果たしたのだった。

デビュー後しばらくして連載も決まり、二十四歳となった今、「一瞬に咲け」の連載は三年目を迎えていた。コミックスは四冊出ている。アンケート結果もコミックスの売り上げも、可もなく不可もなく、パッとはしないが、そこそこファンは付いている、というのがスズメの現状だった。ガーベラの中堅どころといえば聞こえがいいが、それほどプロとして安泰というわけでもない。実際、巻を重ねるごとに、新刊の増刷がかからなくなってきていた。

スズメが感じているマンネリを読者も感じているのだろう。何せ、高校卒業までの半年間の話をもう三年も描いている。

ユーコとスズメがプロになったタイミングで、秋風は、秋風ハウスをリフォームした。彼女たちが仕事場として活用できるようにしたのだ。焦げ臭い、ボロボロの建物に比べたら、夢のように綺麗で、快適な仕事場をスズメたちは手に入れた。

しかし、今、この秋風ハウスには、スズメしか暮らしていない。

誰より早くデビューしたユーコは、男性誌で連載を決め、一時は映画化の話も出るほどブレイクした。しかし、一気に出た人気は落ちるのも早かった。打ち切りが決まったのだ。

秋風も、スズメも、そして、自らの手でデビューをつかみ取り、今や時代の寵児となったボクテも、ユーコのために動こうとした。しかし、彼女は、結婚を選んだ。居場所を求めていた彼女は、漫画ではなく、愛する人との結婚に、それを見出したのだった。

そして、彼女は秋風を父親がわりにして、秋風ハウスから嫁いでいった。

それ以来、ユーコの仕事場は空いたままになっている。

借りたいという話はあったけれど、秋風が断った。

帰る場所があれば、ユーコも出ていきやすいだろう、という秋風の親心だった。


脳が興奮しているのか、スズメはあまりよく眠れず、ユカに起こしてほしいと頼んだ時間よりも早く目が覚めた。

頭は動いているのに、目だけがしょぼしょぼする。体のリズムがおかしくなっているのだろう。もうしばらく、まとまった睡眠もとっていない。

「あかーん。浮かばん……。私もスランプか……。いや、私は、いつだってこんなもんやな……。なんや岐阜弁になっとるな。なんでや……」

スズメは「一瞬に咲け」のネームを見ながら、ベッドをごろごろと転がる。

その時、遠くで電話が鳴る音がした。

「ああっ、原稿の催促やっ」

スズメはばっと布団をかぶる。電話を取ったユカが、仮眠室にやってきて、「先生」と声をかける。

「楡野は、いません。永眠しました」

布団をかぶったまま、スズメが答えると、ユカは「違います」と言った。

「先生。岐阜の木田原菜生さんです」

たちまち脳裏に懐かしいナオの顔が浮かんだ。スズメはばっと布団を跳ねのけると、急いで仕事場に向かい、電話を取る。

「なんや、ナオ。久しぶりやんか！」

一瞬で言葉が戻る。ナオは来月、キミカの還暦パーティーがあるのだと告げた。キミカが取り上げた赤ちゃんをみんな呼ぶ、かなり大規模なパーティーになるのだと言う。帰ってこられないかと尋ねられ、スズメは机の前に貼ったカレンダーを見つめた。

「うーん、締め切りが」

「たまには、会いたいて。それに」

「ん？」

「リツも来るよ」

その名前を聞いた途端、胸の奥がぎゅっと痛んだ。

リツとは五年前の七夕の夜に別れ、それっきり会っていない。

スズメは改めてカレンダーを見つめる。気づけば、真剣に、時間を捻出する算段をしていた。

睡眠時間を限界まで削り、これまでにないペースで漫画を仕上げ、スズメはなんとか還暦パーティーの前日に実家に帰ることができた。

久しぶりに帰省したスズメを、ハルはご馳走ぜめにした。ハンバーグ、ステーキ、お刺身、五平餅、朴葉《ほおば》寿司と、テーブルには正月とクリスマスと誕生日が一度に来たかのような料理が並ぶ。料理を食べるスズメを見るハルの顔が、あまりに幸せそうで、スズメは限界を超えてご馳走を腹に詰め込んだ。

「ナオちゃんが、名古屋デパートの靴売り場に勤めとるやろ?」

ウタロウが食後のお茶を飲みながら言う。

「そいで、西園寺《さいおんじ》さんとこの」

「ブッチャーな」

「そうそう、ブッチャーくんは、京都の大学卒業して、名古屋の名央建設かあ。ふたりとも、臬町から通っとるのか?」

「ブッチャーは、金持ちやで名古屋にひとり暮らしや」

「そのうち、家継ぐやろな。とりあえずは、修行っちゅうことか。あれ、リツくんは、どうしたんやった?」

スズメはリツのことを、ハルにも、家族の誰にも話していなかった。恋をしたことも、失恋したことも、全部話してきたスズメが、リツのことだけは、話せなかった。

しかし、家族は皆、リツとの関係の変化に薄々気づいていた。あれだけ、リツのことばかり話していたスズメがぱったりと話題に出さなくなったのだ。家族が察するのも、当然のことだった。

リツの名前が出たとたん、家族全員が、ちらりとスズメの顔を窺う。ハルが平静を装って、軽い口調で言った。

「ほれ、リツくんは、西北大学から、京大の大学院に進んだんやよ。今、京都やね」

宇佐川教授のもとで、ロボットの開発を始めたリツが、京大に移籍する教授についていくために、京大の大学院に入ったことは、ブッチャーから聞いていた。

「ほんで、スズメは、漫画家先生。一番の出世頭や」

ウタロウがにこにことスズメを見る。ウタロウはつくし食堂の棚から、あれだけ大事にしていた古い少年漫画を片付け、スズメの「一瞬に咲け」ばかり三十冊ほど並べていた。

「あんた、疲れとるとこごめんね。蛭川《ひるかわ》のおばさんに頼まれてね」

ハルがすまなそうに言う。スズメはハルから手渡された十冊ほどの「一瞬に咲け」に、寝転びながらサインを書いていた。

「いいけど、ちゃんと、読んどるのかなあ」

さらさらとサインペンを動かしながら、スズメが思わずぼやく。サインの労力はともかく、この漫画が一度も読まれずに死蔵されるかもしれないと思うと、何ともいえない気持ちになった。

「お前、漫画はうまく行っとるんか？」

ウタロウが尋ねる。

「まーな。あかんかったら、ここ継ごかな。看板娘や」

スズメはスランプや重版のことなど不安を全部ぐっと飲み込み、平気な顔で笑った。

スズメの部屋は高校生のころそのままだった。

龍の泳ぐ天井を見上げながら、スズメはベッドに横たわる。

眠れなかった。

スズメはむくっと起き上がり、バッグのポケットから笛を取り出す。

マグマ大使の笛。

否応なしに、リツのことを思い出してしまうその笛を、スズメは捨てられないでいた。

一度は本気で捨てようと思った。ユーコとボクテに捨ててほしいと頼んだこともあった。しかし、躊躇するふたりの代わりに、秋風が捨ててしまった瞬間に、後悔した。

結局、秋風は投げたふりをしただけで、笛は戻ってきたのだが、それ以来、スズメは笛を目に入らないようにして、大切にしまっていた。

ベッドに座り、スズメは小さく三回吹いてみる。

「持ってきてまった……」

帰省の準備をする際、スズメはその笛の存在を痛いほど意識しながら、しかし、ふと思いついたふりを自分自身にして、バッグのポケットにわざわざ入れたのだった。

スズメはぎゅっと笛を握りしめる。なんだか少し、明日がくるのが怖かった。

朝、やっと眠れたところをハルに起こされ、スズメは半分寝ぼけた状態で、茶の間に向かった。ほとんど開かなかった目は、ハルが洗濯籠から取り出した、鮮やかなブライトイエローのワンピースを見た途端、かっと見開かれた。

「はあ⁉」

スズメは呆然としていた。うっとりするようだったワンピースは、今や見るも無残な状態になっている。

「今、乾燥機開けてみたら」

ハルが気の毒そうに言う。スズメは顔を手で覆った。

「信じられん！　今日、着ようと思って……。おかーちゃん、これ、レダハーやっ、レダハーっ。いくらしたと思う？　言えんくらいやっ」

「おかーちゃんだって、見たら、わかる」

クリーニングに出すことが前提で作られた繊細な服は、アイロンをかけたぐらいでは元通りになりそうもなかった。

洗濯機を回したのはソウタだった。「その辺に、着たものつくねたって、洗濯機につっこんだった」と、ソウタが言った瞬間、スズメは思わずその右ほほをグーで殴っていた。

そして、二十四歳と二十三歳にもなって、ふたりは取っ組み合いの喧嘩をした。センキチに止められても、止まらなかった。

ウタロウとハルも加わり、三人がかりでなんとか喧嘩を止めた時には、もうすっかりスズメの心は折れていた。

あのレダハーのワンピースを見つけたから、スズメは帰ってきたのだ。今日の還暦パーティーに行く勇気も持てた。

すぐ帰るつもりでいたスズメは、着替えも持ってきていない。ハルが貸してくれたのは、いかにもイチキュッパといった雰囲気の、てろてろのアッパッパだった。

家で着ている分には楽だが、いかんせんおばさん臭い。

ハルが何度一緒に行こうと促しても、スズメは頑として、キミカの還暦パーティーに行こうとはしなかった。おかーちゃんの服ではどうしても行きたくない、キミカ先生に失礼、漫画家先生になって凱旋《がいせん》帰省なのにカッコ悪い、東京に出たのに垢ぬけないと言われたくない。スズメはいろんな御託を並べた。

しかし、ハルは見抜いていた。

「あれは、リツくんやね」

すっかり盛装したハルは出がけに、真珠のネックレスをつけながら、ウタロウに言う。

「え、そうなの？」

ウタロウは驚いて言う。

「あったりまえや。リツにーちゃんに会うための、レダハーや」

パーティーに一緒に行こうと玄関で両親を待つソウタは、姉に殴られた頬を赤く腫《は》らしながら、訳知り顔で言った。


ピピピピピピと、文字通り高い鉦《かね》の音のような、カネタタキの声がする。どことなく、悲しみをさそう虫の声だった。

スズメは茶の間から、庭を見ていた。

家族はみな、とっくに還暦パーティーに行ってしまった。一人残された家はしんとしていて、虫の声ばかりがやけに耳につく。

着ていく服がなく、パーティーに行けないスズメは、シンデレラだった。

アホのソウタのせいで、とスズメはため息をつく。

卓袱台《ちゃぶだい》の上には、還暦パーティーの招待状があった。スズメはなんとなくそれを手に取り、その下に、小冊子があることに気づいた。

それはキミカがとりあげた赤ちゃん全員の写真が載った小冊子だった。

年代順に並べられ、生まれた日付と時間、そして名前が掲載されている。

スズメはゆっくりとページをめくり、そして、自分の写真を見つけた。

猿のような小さな女の子。写真の下には、楡野鈴愛ちゃんと書いてある。

それを見ていたら、肝心なことに気づいた。

リツのことにばかり気を取られていたけれど、今日はキミカ先生のお祝いなのだ。臍の緒でぐるぐるまきになったスズメを、助けてくれた人。そして、リツがケガをした時も、スズメの左耳が聞こえなくなった時も、力になってくれた人。生まれた瞬間から見守ってくれた人の大事なお祝いの日なのだ。

スズメはさっと立ち上がる。そして、アッパッパのまま、急いで会場に向かった。

スズメが会場に到着すると、パーティーはもう終わった後だった。会場のあちこちで、もう片づけが始まっている。

スズメは会場のスタッフと話しているキミカを見つけ、駆け寄った。

「遅れてしまって、すみません。おめでとうございます」

スズメは途中で買ってきた花束を手渡す。

「ありがとう」

キミカは昔と少しも変わらないクールな笑みを浮かべた。

スズメはキミカに還暦祝いに赤いチャンチャンコを着るのかと尋ねる。キミカは猿回しの猿みたいでいやだと首を振り、その代わりに赤いスポーツカーを買うつもりなのだと告げた。今、免許を取りに教習所に通っているところなのだという。

キミカはスズメの仕事について尋ねた。スズメは妙に素直な気持ちになって、仕事の苦労や不安も打ち明ける。キミカは「一瞬に咲け」を読んでくれていた。町を離れてもなお見守ってくれているのだった。

それから、ふたりはロビーに移り、そこのベンチに並んで座って、赤ちゃんの写真が載った小冊子を開いた。

その小冊子にはスズメとリツの他に、ブッチャーとナオの写真もあった。よくよく見れば、スズメの写真はリツの前に載っている。

「リツの方が早く生まれたのに」

「レディーファーストや」

「……綺麗やな、リツ」

小さい頃から何度も何度も写真で見た赤ちゃんのリツ。改めて見ると、その顔は本当に綺麗だった。隣にスズメの猿のようなしわしわの顔があるので、余計にそう感じた。

「リツくんも、来てくれたよ」

キミカの言葉に、スズメはびくっと反応する。会場に入る前から、無意識のうちにずっとどこかで、リツの姿を探していた。

「今日、もう、京都に帰らないかんみたいやったけどね。あ、そうや」

キミカはバッグから一冊の雑誌を取り出した。理系の専門誌のようだ。スズメは一度も見たことがない雑誌だった。リツからもらったのだという。

「これに、リツくんが載っとる」

「えっ？」

「なんでも、京都大学のリツくんのおる宇佐川研究室が、ロボットの研究で賞取ったらしいよ。あの子は発明家になると思っとった」

キミカはそのページを開いて、スズメに見せる。

記事には、研究室の集合写真が掲載されていて、リツはその中の一人として、笑っていた。

「へぇ〜、すごい」

リツが夢を叶えたことがうれしくて、でも、こんな風に間接的に知ったことが悲しくて、スズメは目を伏せる。キミカはスズメに向って、にっこりと笑って言った。

「スズメの夢やから叶えたって言っとった」

「え？　私の夢？」

「うん、ちょっと、飲んだもんで、そんな話もした。十九の七夕に、短冊に書いた？　そんなこと」

スズメはたちまち、リツと離れた日の七夕のことを思い出す。

リツがロボットを発明しますように‼

確かに、スズメは短冊にそう書いた。リツはそれを見たのだ。そして、自分の夢を実現することで、スズメの夢を叶えてくれた。

「あ……ああ……」

スズメは思わず涙ぐむ。キミカはその雑誌をスズメに手渡した。

「これ、きみにあげよう。リツくんは、私やなくて、スズメちゃんにこれ渡したかった」

スズメは手渡された雑誌をぐっと握る。リツにおめでとうと伝えたかった。そして、夢をかなえてくれて、ありがとう、と直接告げたかった。

「リツくん、夏虫駅から帰るって言っとったよ。電車組は今さっきいっしょに帰った」

今さっきなら追いつけるかもしれない。

そう思ったところに、裏方として、会場の片づけを手伝っていたナオが姿を現した。

「スズメ！　遅かったねえ」

のほほんと話しかけるナオに、スズメは切羽詰まった声で、「車！　車出して」と言った。


夏虫駅は、ほとんど記憶のまま変わってはいなかった。

黄昏時《たそがれどき》。小さな田舎の駅のホームには、小さな灯りがともり、その光に引き寄せられた小さな虫が、かつんかつんと音を立てて体当たりしている。

その灯りの下に、数名の男の子たちがいた。高校生の時のように、遠慮なく小突き合いながら、声を上げて笑っている。その中に、リツがいた。あの頃のままの、青春の顔で笑っている。

(リツの声がしていた。たとえ、どんな雑踏の中でも、いつだってリツの声を探し当てた。懐かしい君の声。君の声は、私を包む。片耳しか、聞こえなくても、私に必ず届くのだ。それがリツの声だ。君の声を聞く)

駅の前で車を降り、ナオに手を振るのももどかしく、スズメはリツの声に向かって走り出す。

スズメが改札を抜けた瞬間、がたんがたんと静かに電車が入ってきた。

改札を抜けたところにあるホームとは、反対側のホームにリツがいる。スズメの目は電車に遮られる直前、ほんの一瞬の間に、リツの姿を捉えていた。

「リツー!!」

スズメは叫ぶ。そして、はっと思い出し、バッグのポケットを探り、笛を取り出した。

三回、力いっぱい吹く。懐かしい音が、静かなホームに響き渡った。

電車は、しばらく止まっている。

スズメは電車で見えない向かいのホームの方に目をやり、そのホームに続く階段を見上げる。そして、意を決して走り出そうとした。

しかし、その足が、まるで急にロックがかかったかのように止まる。

ハルのイチキュッパが視界に入ったのだ。

それに気づいてしまったら、もう動けなかった。

スズメはぼんやりと、見えないホームを見つめる。電車がゆっくりと加速していくとともに、向かいのホームが見えてくる。

スズメはただまっすぐ前を見つめていた。

ホームに、リツの姿はない。

誰も、残っていなかった。

スズメはしばらく立ち尽くし、そしてため息をついた。

ホームの中ほどに設置された、古ぼけた宣伝付きの鏡が目に入る。

そこにちらりと映る自分の姿に、スズメは思わず苦笑した。

「ひどい……かっこう……」

てろてろの安っぽいアッパッパに、化粧っ気のない顔。おばちゃんのようにも、高校生のようにも見える。

これでよかったのかもしれない。スズメは改めて深々とため息をつく。

その時、スズメの足元に、ゆっくりと長い影が伸びてきた。

スズメはふっと顔を上げる。

階段をゆっくりと降りてくるリツの姿があった。

リツはそのままゆっくりとスズメに近づいてくる。

ホームの真ん中で、スズメとリツはまっすぐに目を合わせた。

「スズメ」

リツが呼ぶ。笑っていないリツは、スズメの知らない、大人の顔をしていた。

〈下巻につづく〉

本書は文春文庫オリジナルです。

JASRAC 出 1803537-801

文春文庫

半《はん》分《ぶん》、青《あお》い。 上

定価はカバーに
表示してあります

2018年5月10日　第1刷

著　者　北川《きたがわ》悦《え》吏《り》子《こ》

発行者　飯窪成幸

発行所　株式会社 文藝春秋

東京都千代田区紀尾井町 3-23　〒102-8008
TEL　03・3265・1211㈹
文藝春秋ホームページ　http://www.bunshun.co.jp

落丁、乱丁本は、お手数ですが小社製作部宛お送り下さい。送料小社負担でお取替致します。

印刷製本・大日本印刷

Printed in Japan
ISBN978-4-16-791064-8

（　）内は解説者。品切の節はご容赦下さい。

角田光代
太陽と毒ぐも
もしもあなたの彼女が風呂嫌いだったら？　彼が物欲の鬼だったら？　大好きなのに、許せないことがある。恋人たちの日常と小さな諍いを描く、キュートな恋愛短篇集。　（池上冬樹）
か-32-4

角田光代
それもまたちいさな光
幼なじみの雄大と宙ぶらりんな関係を続ける仁絵。しかし、二人には恋愛に踏み込めない理由があった……。仕事でも恋愛でも岐路にたたされた女性たちにエールを贈るラブ・ストーリー。

か-32-8

角田光代
おまえじゃなきゃだめなんだ
ジュエリーショップで指輪を見つめる二組のカップル。現実とロマンスの狭間で、決意を形にする時―すべての女子の、宝石のような確かで切ない想いを集めた恋愛短編集。

か-32-11

北川悦吏子
運命に、似た恋
シングルマザーのカスミと売れっ子デザイナーのユーリ。運命に導かれた二人の恋の行方は……。NHKの連続ドラマとして話題を呼んだ、ラブストーリーの神様による純愛と救済の物語。

き-42-1

小池真理子
存在の美しい哀しみ
異父兄の存在を亡き母から知らされた榛名は、兄のいるプラハに向かった。――視点をいくつもに変えながら、家族の真の姿を万華鏡のように美しく描き出す、感動の長編。　（大矢博子）
こ-29-6

小池真理子・桐野夏生・村山由佳・桜木紫乃・林　真理子
野坂昭如・勝目　梓・石田衣良・山田風太郎
エロスの記憶
官能を開発する指圧院、美貌の男性講師ばかりのアートスクール、挿入のないセックスを追求するカップル、許嫁を犯された忍者の復讐など、第一線の作家たちの官能アンソロジー。

こ-29-7

小池真理子
ソナチネ
刹那の欲望、嫉妬、別離、性の目覚め……。著者がこれまで一貫してテーマにしてきた人間存在のエロス、生と死の気配が濃密に描かれる、圧巻の短篇集。　（千早　茜）
こ-29-9

（　）内は解説者。品切の節はご容赦下さい。

小手鞠るい
野菜畑で見る夢は
同窓会に参加するため帰郷したまゆみは10年前に別れた彼と再会する。終わったはずの恋が時を経て野菜畑でふたたび芽吹く——恋愛小説の名手による3組の恋の物語。（西沢邦浩）
こ-43-2

桜木紫乃
氷平線
真っ白に凍る海辺の町を舞台に、凄烈な愛を描いた表題作、オール讀物新人賞「雪虫」他、全六篇。北の大地に生きる男女の哀歓を圧倒的な迫力で描き出した、瞠目のデビュー作。（瀧井朝世）
さ-56-1

瀬戸内寂聴
あなたにだけ
インテリアデザイナーの桐子、大学助教授とその妻、奔放な桐子の姪と恋人、作家のたまごなど、複数の男女が絡み合って織りなす愛の形を、万華鏡のように艶やかに描き出す名作。
せ-1-21

瀬那和章
フルーツパーラーにはない果物
フルーツパーラーにはない果物はなんでしょう？　その質問をきっかけに、女性たちはそれぞれ自分の恋愛を振り返る。四者四様の恋模様を甘酸っぱく描く連作短編集。（倉本さおり）
せ-11-1

七月隆文
天使は奇跡を希《こいねが》う
良史の通う今治の高校にある日、本物の天使が転校してきた。正体を知った彼は幼馴染たちと彼女を天国へかえそうとするが。天使の嘘を知った時、真実の物語が始まる。文庫オリジナル。
な-75-1

林　真理子
不機嫌な果実
三十二歳の水越麻也子は、自分を顧みない夫に対する密かな復讐として、元恋人や歳下の音楽評論家と不倫を重ねるが……。男女の愛情の虚実を醒めた視点で痛烈に描いた、傑作恋愛小説。
は-3-20

（　）内は解説者。品切の節はご容赦下さい。

林　真理子
野ばら
宝塚の娘役の千花と親友でライターの萌。花の盛りのように美しいヒロイン達の日々は、退屈な現実や叶わぬ恋によってゆっくりと翳りを帯びていく。華やかな平成版「細雪」。（酒井順子）
は-3-29

林　真理子
美食倶楽部
モデルクラブ女社長の食道楽と恋をシニカルに描いた表題作他、不倫の恋の苦さが満ちる「幻の男」、人間洞察の傑作「東京の女性」。女の食欲とプライドが満ちる充実の三篇を収録。
は-3-35

藤田宜永
愛の領分
仕立屋の淳蔵はかつての親友夫婦に招かれ、昔追われるように去った故郷を三十五年ぶりに訪れて佳世と出会う。二人は年齢差を超えて惹かれ合うのだが……。直木賞受賞作。（渡辺淳一）
ふ-14-6

村上　龍
心はあなたのもとに
投資組合を経営する西崎は翳を持つ風俗嬢サクラに強く惹かれていく。彼女が抱えている「秘密」とは？　643通のメールのやり取りを通して男女の深淵を描いた長編。（小池真理子）
む-11-6

村山由佳
ダブル・ファンタジー（上下）
女としての人生が終わる前に性愛を極める恋がしてみたい。三十五歳の脚本家・高遠奈津の性の彷徨が問いかける夫婦、男、自分自身。文学賞を総なめにした衝撃的な官能の物語。（藤田宜永）
む-13-3

村山由佳
花酔ひ
浅草の呉服屋の一人娘結城麻子はアンティーク着物の商売を始めた。着物を軸に交差する二組の夫婦。かつてなく猥雑で美しい官能文学。（花房観音）
む-13-5

（　）内は解説者。品切の節はご容赦下さい。

村山由佳
ありふれた愛じゃない
真珠店に勤める真奈は、出張先のタヒチで元彼と再会。誠実な今の恋人との約束された愛か、官能的な元彼との先の見えない愛か。現代女性の揺れる心を描いた恋愛長編。（ブルボンヌ）
む-13-6

森　絵都
この女
釜ヶ崎のドヤ街に暮らす僕に「自分の妻をヒロインにした小説を書いてくれ」との依頼が……。嘘吐き女の正体、絡み合う謎、そして罠。極上の読み応え、恋愛冒険小説のカタルシス！
も-20-6

山田詠美
風味絶佳
七十歳の今も真っ赤なカマロを走らせるグランマは、孫のままならない恋の行方を見つめる。甘く、ほろ苦い恋と人生の妙味が詰まった極上の小説六粒。谷崎潤一郎賞受賞作。（高橋源一郎）
や-23-6

山崎マキコ
ためらいもイエス
わたしは仕事以外になにもない、さっぱりとした日常をいたく気に入っていたはずだった——二十八歳にして処女、仕事一筋の奈津美の初恋。愛すべき恋愛音痴のためのラブストーリー。
や-40-1

唯川　恵
息がとまるほど
同僚にプロポーズされたのを機に、不倫中の上司と別れる決意をした朋絵だったが、最後のデートを後輩に目撃され……。女たちの心に沈む思いを濃密に描く、八つの傑作恋愛短篇。（岸　久）
ゆ-8-2

唯川　恵
夜明け前に会いたい
元芸者の母と二人暮らしの希和子二十四歳。新進の友禅作家との恋が始まったかに思えたが——。金沢を舞台に純粋な恋の歓びと哀しみ、親子の情愛を描いた長編恋愛小説。（中江有里）
ゆ-8-5